朱彝尊 辑録

明詩綜

第五册

中華書局

明詩綜卷四十六

小長蘆　朱彝尊　録
武陵　胡期真　緝評

李攀龍十八首

攀龍字于鱗，歷城人，嘉靖甲辰進士。除刑部主事，歷郎中，出知順德府，升陝西提學副使，轉參政。終河南按察使。與王世貞、謝榛、梁有譽、宗臣、徐中行、吴國倫稱「七才子」。有《滄溟集》。

朱中立云：滄溟天才跌宕，奇氣特出。誠天閑之逸足，藝場之上匠也。

穆敬甫云：于鱗構思玄遠，造語精深，如蒼厓古壁，周鼎商彝，奇氣自不可掩。

顧玄言云：觀察七言律函思英發，驤調豪邁，如八音鳳奏，五色龍章，開闔鏗鏘，可稱絶美。至五言似有不盡然者。

王元美云：李于鱗如峨眉積雪，閬風蒸霞，高華氣色，罕見其比。又如大商舶，明珠異寶，貴堪敵國；下者亦是才難、火齊。又云：七言律詩至仲默而暢，獻吉而大，于鱗而高。

王敬美云：于鱗七律俊潔響亮，海内爭事剽竊，至使人厭。

彭子殷云：于鱗樂府思上薄漢魏，而病於襲；七律高華絶響之中，不免著迹。

屠緯真云：元美推尊于鱗，誠過。當時諸公，揮毫或未免纖弱。于鱗晚出，蒼健驚人，奈何不壓倒曹耦？今若盡讀于鱗詩，初則喜其雄俊，多則厭其雷同。若雜一首於衆作之中，則陡覺矯壯而突出矣。宜其爲元美賞詫如此也。

王承父云：詩衰於宋元，北地起而復古，一代摹擬之格，此則創矣。歷下一變，鍜鍊陶洗，脱凡腐而尚精麗。然才情聲律，未極變化，故用豪句構壯字自高，或晦，而雜疊，複而致厭。始多宗之，後且避之也。

胡元瑞云：獻吉學杜，步趨形骸，登善之摹蘭亭也。于鱗擬古，割裂餖飣，懷仁之集聖教也。必如獻吉歌行，于鱗七律，斯爲雙鵰并運，各極摩天之勢。又云：于鱗七律，高華傑起，一代宗風，而用字多同，十篇而外，不耐多讀。又云：仲默爲大家不足，于鱗爲名家有餘。

李時遠云：滄溟七律誠佳，至於擬古，雖無作可也。

孫文融云：于鱗詩自工，但恨猶是中唐調。

何无咎云：濟南以高華嘹喨取勝，非不金莖玉樹，月鶴霜鍾。第語過清空，意少變化。

段虎臣云：嘉隆間王李等七子詩，學盛唐不過匡廓耳。至於深沉之思，雋永之味，超脱之趣，尚未入室。

曹能始云：于鱗古詩不作漢魏以後語。然有心學步，去之愈遠；而無意者，時或近之。至其樂府，自謂擬議以成變化，而予無取焉。

焦弱侯云：七子互相矜許，雖有名於時，而詞調往往如出一人。

錢受之云：于鱗擬古，句摭字捃，興會索然，神明不屬。自謂胡寬之營新豐，而不知爲壽陵餘子之學步於邯鄲也。七言今體，三百年來，推爲冠冕。然舉其字，則三十餘字盡之矣；舉其句，則數十句盡之矣。百年萬里，已憎疊出；《周禮》《漢官》，何煩雒誦？專城出守，動曰東方千騎；方舟并載，輙云二子乘舟。遼海中丞，襲驃騎之號；廬江別駕，蒙小吏之呼。投抒曾母，訝許自天；傅粉何郎，冠以帝謂。經義寡稽，援據失當，何來天地，吾輩中原。矢口囂騰，殊乏風人之致；易詞夸詡，初無贈處之言。於是狂易成風，叫呶日甚。微吾長夜，于鱗既跋扈於前；才勝相如，伯玉亦簸揚於後。斯又風雅之下流，聲偶之極敝也。斯文未喪，來者難誣。當葵丘震驚之日，仲蔚已有違言；迨稷下消歇之時，元美亦持畢議。而王元馭序《弇山續集》，詆訶歷下，謂不及三十年，水落石出，索然不見其所有。斯藝苑公論也。

文湛持云：濟南七律接軫李頎，可無慚色。

陳卧子云：于鱗天骨既高，人工復盡。如玉出藍田而復遇巧匠，珠同隋侯而更耀蠙首。故遇瑕則剔，有美必雙。總其經營反側，不輕染翰，故能領袖群倫。五古規摹建安潘陸，以後涉筆便少，未免取境大狹。七古原於李頎，而雄整過之。五律雜出盛唐諸家。七律有王維之秀雅，李頎之流麗，而又加整練高華，固爲千古絶調。絶句調甚練而若出自然，意必渾而每多可思。照應頓挫，俱有法度，未易至也。

姚仙期云：于鱗擬古自黄澤白雲、南山越人而下，幾欲一字一意，不差毫髮。比於胡寬之營新豐，獨不思伯樂相天下馬，若滅若沒，若忘若失，自有其天機邪！

王貽上云：滄溟、弇州，皆萬人敵。惟蹊徑稍多，古調寖失，是以不逮弘正作者。

《静志居詩話》：于鱗樂府，止規字句，而遺其神明。是何異安漢公之金縢、大誥，文中子之續經乎？惟相和短章，稍有足録者。五言學步蘇、李、曹、劉，如「浮雲從何來，焉知非故鄉」，「來者自爲今，去者自爲昔」，差具神理，然新警者寡矣。七古、五律、絶句，要非作家。惟七律人所共推，心慕手追者，王維、李頎也。合而觀之，句重字複，氣斷續而神佩離，亦非絶品。元美比之峨眉天半雪，至謂「文許先秦上，詩卑正始還」，譽過其實，于鱗乃居之不疑。據白雪樓，高自位置，此時章丘李伯華架插萬卷書，海豐楊伯謙吟精五言體，是宜降心相從，乃敢大言謂「微吾竟長夜」，豈非妄人？又自詡與元美狎主齊盟，目四溟以橐鞬、鞭弭左右，四溟豈心服乎！

紫騮馬歌二首

出入渭城中，少年獨妍雅。不知是阿誰，但識紫騮馬。

問客復何爲？昨日發東平。袖中出短書，心知自劉生。

懊儂歌

長江得春風，使帆如使馬。朝發牛渚磯。暮宿白門下。

黄督

誰能見歌舞，不自愛陽春。少年雙淚落，知是他鄉人。

古意

秋風西北起，吹我游子裳。浮雲從何來，安知非故鄉。蕭蕭胡馬鳴，翩翩下枯桑。暮色入中原，飛蓬轉戰場。往路不可懷，行役自悲傷。

送趙户部出守淮陽

仙郎起草漢明光，幾載軍儲事朔方。五馬新爲淮海郡，三臺舊署度支章。行車麥秀隨春雨，卧閣花深對夕陽。時憶上林詞賦客，鴻書遥下楚雲長。

送皇甫别駕往開州

銜杯昨日夏雲過，愁向燕山送玉珂。吴下詩名諸弟少，天涯宦迹左遷多。人家夜雨黎陽樹，客渡秋風瓠子河。自有吕虔刀可贈，開州别駕豈蹉跎。

同元美與子相公實分賦懷太山得鍾字柬順甫

域内名山有岱宗，側身東望一相從。河流曉挂天門樹，海色秋高日觀峰。金篋何人探漢策，白雲千載護秦封。向來信宿藤蘿外，杖底西風萬壑鍾。

陸冰修云：起二語嫌太淺弱。

懷子相

薊門秋杪送仙槎，此日開尊感歲華。卧病山中生桂樹，懷人江上落梅花。春來鴻雁書千里，夜色樓臺雪萬家。南粤東吴還獨往，應憐薄宦滯天涯。

郡城樓送明卿

徙倚高樓問索居，故人湖海意何如？尊中十日平原酒，袖裏三年薊北書。大麓夏雲當檻出，石門寒雨過城疏。明朝遠道空相憶，那得仍停使者車。

寄劉子成

書札清秋問解攜，郡齋吟眺楚雲低。大夫持憲臨諸粤，使者徵兵出五溪。白日自流荒徼外，青山不盡夜郎西。於今萬里看銅柱，何意中原厭鼓鼙。

平凉

春色蕭條白日斜，平凉西北見天涯。唯餘青草王孫路，不屬朱門帝子家。宛馬如雲開漢苑，秦兵二月走胡沙。欲投萬里封侯筆，愧我談經鬢有華。

重送山甫

短髮蕭蕭日影孤，清秋行色又皇都。百錢杖底猶懸否，片刺懷中好在無。老去他鄉唯藥物，愁來佳句滿江湖。只言倒屣尋常事，不是燕山舊酒徒。

子與病起移書一美吳下群賢爰修禊事踊躍勝遊遥爲屬寄

伏枕經春憶舊遊，永和三日命扁舟。一時藝苑人亡恙，千載蘭亭事可求。吳下山川何緼藉，王家兄弟本風流。獨憐搦管傳觴處，有客中原自白頭。

上朱大司空

河隄使者大司空，兼領中丞節制同。轉餉千年軍國壯，朝宗萬里帝圖雄。春流無恙桃花水，秋色依然瓠子宮。太史但裁溝洫志，丈人何減漢臣風。

郡齋同元美賦得橋字

山色秋停使者軺，孤城何處不蕭條。請看襄子宮前水，依舊東流豫讓橋。

春日聞明卿之京爲寄

十載浮雲傍逐臣，歸來不改漢宮春。摩挲金馬宮門外，誰識當時諫獵人。

贈梁伯龍

太華峰頭玉女壇，別時明月滿長安。不知秋色今多少，君到仙人掌上看。

王世貞四十二首

世貞字元美，太倉州人，嘉靖丁未進士。除刑部主事，歷郎中，出爲山東副使，以父難解官。補大名兵備，歷浙江參政、山西按察使，入爲太僕寺卿。以右副都御史撫鄖陽，遷行大理寺卿。歷應天府尹、南京刑部侍郎，改兵部，進刑部尚書。有《弇州正、續四部稿》。

穆敬甫云：元美才識雄俊，氣韻沉鬱，足稱大家。

汪伯玉云：于鱗業專專，故精而獨至；元美才敏敏，則洽而旁通。其取材也，若良冶之操爐錘，五金三齊，無不可型；其運用也，若孫吳之在軍門，宫嬪市人，無不可陳。

彭子殷云：元美《四部稿》未免篇帙太富，使人不能分去取。

王承父云：弇州與歷下同名而異用，博大僻遠，汪洋磅礴，無所不出入安。究其底，則死骨未寒，非之者過於慕之者矣。

胡元瑞云：弇州於古人詩，靡所不有，亦靡所不合。詞與代變，意逐題新。譬之龍宫海藏，萬怪惶惑。

弟敬美云：吾兄境雖神詣，學以年劭。取材愈博，演教彌神。或鬼篆蛇文，冥搜六合之外，或牛溲馬勃，近取咫尺之間。雜觀則邈若無關，湊泊則天然一色。大都字險者韻必妥，韻奇者聲必調。天壤之間，若爲預設。此真藝林之絶技也。樂府一出，必使于鱗匿響，明卿竄影。宏篇奥句，故是苦心極力之言。齊梁小調，亦無敵手。邇來述作大盛，取材欲盡，不覺時墮香山玉局趣中。

吴文仲云：李、何并駕，李雄視何，而李不若何之沖而雅也。王、李齊驅，王盛推李，而李不若王之博而大也。

蔣仲舒云：元美曠古逸才，當今大雅。一鳴四部，千載一時。藴藉則崑山良璧，懷瑾握瑜；

聲華則震澤明珠，連城照乘。

何无咎云：弇州主大，直欲體具百家，包括今古。汪洋萬里，崩奔自恣，而意貴富贍，詞多填實。求其風雅相宣、情境互暢，較之唐人，蓋有間矣。

錢受之云：元美弱冠登朝，與濟南李于鱗修復西京大曆以上之詩文，以號令一世。于鱗既沒，元美著作日益繁富。而其地望之高，游道之廣，聲律氣義，足以翕張賢豪，吹噓才俊。於是天下咸望走其門，若玉帛職貢之會，莫敢後至。操文章之柄，登壇設墠，近古未有。迄今五十年，《弇州四部》之集，盛行海内，毁譽翕集，彈射四起，輕薄爲文者，無不以王、李爲口實。而元美晚年之定論，則未有能推明之者也。元美之才，實高於于鱗。其神明意氣，皆足以絶世。少年盛氣，爲于鱗輩牢籠推挽，門戸既立，聲價復重，譬之登峻阪、騎危牆，雖欲自下，勢不能也。迨乎晚年，閲世日深，讀書漸細，虛氣銷歇，浮華解駁，於是乎渙然汗下，蘧然夢覺，而自悔其不可以復改矣。論樂府，則亟稱李西涯爲天地间一種文字，而深譏模放、斷爛之失矣。論詩，則深服陳公甫。論文，則極推宋金華。而贊歸太僕之畫像，且曰：「余豈異趨，久而自傷」矣。其論《藝苑卮言》，則曰：「作《卮言》時，年未四十，與于鱗輩是古非今，此長彼短，未爲定論。行世已久，不能復祕，惟有隨事改正，勿誤後人。」元美之虛心克己，不自掩護如是。今之君子，未嘗盡讀弇州之書，徒奉《卮言》爲金科玉條，之死不變。其亦陋而可笑矣。

陳卧子云：元美天思穎俊，取材贍博。師心獨運，而不累其法；擬議衆芳，而不掩其才。讀之如入五都之市，珠璣英瑶，雖西域賈胡，不能盡收。然鱻蔬陳列，亦足使販夫厭飫。又云：元美樂府，不必盡合古人，甚見才思。

宋子建云：元美如西域化人，手易山川，海量珠玉。

宋轅文云：元美七言勝於五言，近體勝於古體。合而觀之，未能與濟南伯仲。請以迪功之精鋭三千，當其數萬。

《詩話》：嘉靖七子中，元美才氣十倍于鱗。惟病在愛博。筆削千兔，詩裁兩牛，自以爲靡所不有，方成大家。一時詩流皆望其品題，推崇過實，諛言日至，箴規不聞。究之千篇一律，安在其靡所不有也？樂府變，奇奇正正，易陳爲新，遠非于鱗生吞活剝者比。七律高華，七絶典麗，亦未遽出于鱗下。當日名雖七子，實則一雄。其自述云：「野夫興就不復删，大海回風吹紫瀾。」言雖大而非夸。若于鱗自詡，至云：「微吾竟長夜。」惑易之言，亟當浴以蘭湯者也。

尚書樂

揚翠旄，曳金支。馬駊騀，車逶迤。手將兩黄鉞，大者誅二千石，小者僇偏裨。九卿班餞日崦嵫，相君呢呢前致辭，尚書行出師。樂哉尚書奈樂何？一解。所過二千石喪魂魄，日夜輦重稱軍食。黄金如山莫譙訶，纍女對對顰青蛾。回鶻小隊桃葉歌，中丞奉觴舞回波。樂哉尚書奈樂何？二解。大宛驄，珊瑚鞭，天吳繡蹙當胸盤，麒麟玉刻稱腰圓。珍怪百寶裝千船，席卷三吳向青天。九卿班迎，晡不得前。相君昵昵前致辭，中官黃紙紛而馳，尚書告班師。樂哉尚書奈樂何？三解。朝賜尚書，夕譙尚書，尚書第中錦不如，檀牀八角垂流蘇。紫衣屏息駢街衢，欲進不進足次且，左右十二波斯胡。平頭奴子貂襜褕，醉著不下公侯車。樂哉尚書奈樂何？四解。雲霾辭天，雨洗白日，詔收尚書下請室，削之歸一官不得著。昔來一何馳，今歸一何疾。念欲乘柴車，病不得驅；欲呼估客舟，估客不肯相於。婦女誶罵，小兒拍手揶揄。道逢九卿睥睨之。謁辭相君，相君新門十二重，東流之水西飛鴻。昔日父子今華戎。樂哉尚書奈樂何？五解。

江陵伎

江陵伎人子，掩袂作啼聲。家家叉簾立，送王上臺城。一解。王欲別太姬，門前黃紙催。出亦以徘徊，入亦以徘徊。二解。王入臺城後，不省作悲啼。妝臺鉛粉驕，別接冶遊兒。三解。朱門一家哭，萬家得安宿。一家亦不哭，太姬方啾粥。四解。門外雙烏棲，啞啞枝上啼。官今當大赦，不願赦王歸。五解。二十四皇孫，譬如南隴樹。一半枝撐天，半不知爨處。六解。

白蓮花

白蓮花，捧世尊。左跪聖母，右拜神君。蓮花水浴金盆。男女行照之，女爲后妃男侯王，金貂羅紈耀兩行。生當踏玉階，死當坐天堂。誰爲遣汝來？丘太師、周太師卻立那顏東西，授汝尺一錦牘，赤白號帶兩頭垂。但入上谷雲中，得好兒郎因依。精兵十萬騎，一一銜枚後頭隨。天運固難諶，白發所謀私。反接向市中，號呼衆男女：曷不救我爲？救我死者坐天堂，生當踏玉階。忽有一書生，衆不識爲誰。書生從何來？乃是闕下上書男子，長流關外，醉卧闤闠間，夜半縛致之。桃李種山岡，蓮花種湖陂。刺舟摘蓮花，卻折桃李枝。東市標書生頭鼓，曈曨使者輣，千金賞萬戶侯。道旁跌足涕被面，中丞封，御史轉，承相閣中三日宴。

太保歌

北山虎而翼，南溟鯨而爪。生世不諧錦，衣帥作太保。太保入朝門，緹騎若雲屯。進見中貴人，人人若弟昆。太保從東來，一步一風雷。行者闌入室，居者頷其頦。太保賜顏色，黄金立四壁。一言忤太保，中堂生荆棘。緹騎走八方，方方俱太保。太保百億身，所至倏如掃。雞鳴甲舍開，爭先衆公卿。御史給事中，不惜稱門生。歡飲丞相邸，刻臂爲父子。生非真骨肉，子貴父不喜。但呼太保名，能止小兒啼。鬼伯一何戇，苟索便相催。縣官爲震動，急敕治喪事。少府出金錢，東園給祕器。後帥朱都督，特遣護其家。起冢像陰山，贔屓插雲霞。弔客雖以繁，不及賀者多。可憐堂中哭，不勝巷中歌。

袁江流鈐山岡當廬江小吏行

湯湯袁江流，截臬鈐山岡。鈐山自言高，袁江自言長。不知何星宿，獨火或貪狼。降生小家子，爲災復爲祥。瘦若鸛雀立，步則鶴昂藏。朱蛇戢其冠，光彩爛縱横。孔雀雖有毒，不能掩文章。十五齒邑校，二十薦鄉書。三十拜太史，屹屹事編摩。五十天官卿，藻鏡在留都。六十登亞輔，少保秩三孤。七十進師臣，獨秉密勿謨。八十加殊禮，内殿敕肩輿。任子左司空，孽孫執金吾。諸兒勝拜跪，一一賜銀緋。甲第連青雲，冠蓋羅道途。爆直不復下，中禁起周廬。涼堂及便房，事事皆相宜。文絲織隱囊，細錦爲牀帷。尚方鑄精鏐，胡盌杯茈籬。雕盤盛玉膳，黄票封大禧。五尺鳳頭尖，時時遣問遺。黄絨團蟒紗，織作自留司。匹匹壓紗銀，百兩頗有餘。煎作百和香，染爲混元衣。温涼四時藥，手自劑刀圭。日月報薄蝕，朝賀當暑祁。但卧不必出，稱敕撰直詞。御史噤莫聲，緹騎勿何誰。相公有密啓，爲復未開封。九重不斯須，婕妤貼當胸。密詔下相公，但稱嚴少師，或字呼惟中。縣官與相公，兩心共一心。相公别有心，縣官不可尋。相公與司空，兩心同一心。司空别有心，相公不得尋。昔逐諸城翟，黄冠歸田里。後詒貴溪夏，朝衣向東市。戈矛生謦咳，虀粉成睚眦。朝疏論相公，箠榜夕以至。寧忤縣官生，不忤相公死。相公猶自可，司空立殺爾。凌晨直門開，九卿前白事。不復問詔書，但取相公旨。相公前報言，但當語兒子。「兒子大智慧，能識天下體。」九卿不能答，次且出門去。不敢歸其曹，共過城西邸。司空令傳語：「偶醉未可起」。去者歸其曹，留者當至未。九卿面如土，九卿足如枳。爲復且忍饑，以次前白事。司空有得色，相公直廬喜。司空稍囁嚅，相公直廬恚。不復問相公，但取司空旨。縣官有密詔，急取相公對。相公不能對，急復呼兒子。「兒子大智慧，能識天下體」。一疏天怒回，再疏天顔喜。九邊十二鎮，諸王三十國。中外美達官，大小員數百。各各黄金鑄，一一千金直。南海明月珠，于闐夜光玉。猫精鴉鶻石，酒黄祖珝琭。紅紫青韎鞨，大者如拳蕨。薔薇古刺水，伽南及阿速。瑞腦真龍涎，十里爲芬馥。古法書名畫，何止千百軸。玉躞標金題，煌煌照箱簏。妖姬回鶻隊，隊隊皆殊色。銀牀金絲帳，玉枕象牙席。杏衫平頭奴，絲縢雙蹴踘。酒闌呼不見，潛入他房宿。生埋馮子都，爛煮秦宫肉。生者百叢花，歿者一叢棘。近即龍牀底，遠至陰山後。凡我民膏脂，無非相公有。義兒數百人，監司迨卿寺。以至大節鎮，侯家并戚里。逶迤洙泗步，燦燦西京手。老者相公兒，少者司空子，謂當操鈞柄，天地俱長久。御史上彈章，天眼忽一開。詔捕少司空，究覈諸贓罪。三木囊赭衣，炎方禦魑魅。金吾一孫戍，餘者許歸侍。意猶念相公，續廩存晚計。舳艫三十艘，滿載金珠行。相公船頭坐，誰敢問譏征。嘯傲鄘塢間，足誇富家翁。司空不之戍，還復稱司空。廣徵諸山材，起第象紫宫。募卒爲家衛，日夜聲洶洶。從奴踏邑門，子弟郡國雄。不論有反狀，訛言所流騰。宗社萬不憂，黔首或震驚。御史再發之，天威不爲恒。御史乘飛置，捕司空至京。司空辭相公，再拜泣且絮。「今當長相别，兒不負阿父。」相公心自言，「阿父寧負汝。不識一丁字，束髮辟三府。月請尚書奉，冠服亞汝父。汝父身不保，安能相救取？」重懟監刑容，少入別諸姬。「歸者吾而配，不歸而鬼妻。」諸姬心自言，「司空何太癡？歸者吾而配，不歸人人妻。」還撫諸兒郎，「阿爺生別離。金銀空饒積，高與鈐山齊。不得鑄爺身，及身身始知。」兒郎心自言，「阿爺何太癡？有金兒當使，無金兒自支。」監刑兩指揮，各攜鐵銀鐺。程程視溲寢，步步相扶將。有酒強爲歌，無酒夜徬徨。秋官爰書上，頃刻飛騎傳。一依叛臣法，砙死大道邊。有尸不得收，縱施群烏鳶。家貲巨千萬，少府司農錢。上寶入尚方，中寶發助邊。不得稱相公，没入優老田。片瓦不蓋頭，一絲不著肩。諸孫呼踐更，夕受亭長鞭。僮奴半充戍，餘者他州縣。夜半一啓門，諸姬鳥獸竄。里中輕薄子，媒妁在兩腕。相公逼饑寒，時一仰天歎。「我死不負國，奈何坐兒叛。」傍人爲大笑，「唶汝一何愚！汝云不負國，國負汝老奴。誰令汝生兒？誰令汝縱臾？誰納庶僚賄？誰朘諸邊儲？誰僇直諫臣？誰爲開佞諛？誰仆國梁柱？誰剪國爪牙？土木求神仙，誰獨稱先驅？六十登亞輔，少保秩三孤。七十進師臣，獨秉廊廟謨。八十加殊禮，内殿敕肩輿。任子左司空，孽孫執金吾。諸兒勝拜跪，一一賜銀緋。甲第連青雲，冠蓋羅道途。以此稱無負，不如一妻豬。食君圈中料，爲君充庖廚。以此稱無負，不如一羖䍽。食君田中草，爲君禦霜雪。以此稱無負，不如韝中鶻。雖飽則掣去，毛羽前嚙決。以此稱無負，不如鼠在厠。雖有小損傷，所共多污穢。」相公寂無言，次且復徬徨。頰老不能赤，淚老不盈眶。生當長掩面，何以見穹蒼？死當長掩面，何以見高皇？殮用六尺席，殯用七尺棺。黄腸安在哉，珠襦久還官。狐兔未稱尊，一丘不得安。爲子能負父，爲臣能負君。遺臭污金石，所得皆浮雲。

《詩話》：長篇不費剪裁，滔滔莽莽，洵有大海回瀾之勢。題雖「當爐江小吏」作，要其節奏兼本於佛經偈言。

置酒行

置酒高堂上，樂聲慘不發。手抱三鵾絃，檀槽如秋月。此樂名爲誰，言是羌中出。本以寫哀思，云何虞賓客。聽曲各稱好，竟令沉懷鬱。繁響赴流光，悠悠逝倉卒。末坐而楚衣，一聽三歎息。

僊人篇

結茅華山顛，上有蒼鱗車。僊者四五人，要我偕所如。遨遊天漢上，經歷萬里餘。人間所見星，乃是千白榆。玫瑰切庭階，木難交綺疏。不知何宮殿，但怪非人居。呀然珠簾起，四角垂流蘇。中坐太乙君，夾侍青童姝。飲我丹霞漿，令我易肌膚。碧藕錯朱桃，玉饌芬且腴。天樂不能名，但用窮歡娛。回首望故鄉，妻孥不得俱。坐此一念謫，聊復在泥塗。疆疇雖歷歷，他姓治田廬。欲返渺何用，惻愴但含吁。

折楊柳行

曷不爲男子，不覩苧蘿村。種、蠡兩謀臣，不能勝婦人。一解。齊謳走孔丘，秦樂逐由余。但施婦人巧，賢聖亦不如。二解。絳、灌及樊、酈，手扶漢天子。匈奴北方來，不如一公主。三解。東家有匹雛，牝者亦司晨。西家婦女坐牀上，男子拜伏堂下塵。四解。

企喻歌二首

男兒好橫行，橫行身自樂。那見摩天鷂，結伴尋鳥雀。
女子愛妝束，妝束頭上釵。男兒愛妝束，妝束坐下騧。

折楊柳歌

桃花二三月，故愛東風吹。阿母不嫁女，忘取少年時。

歡聞歌

感歡千金贈，亦擬報千金。數盡人間物，無如儂寸心。

謁表忠祠有述

聖皇肇「貽厥」，元孫嗣「繩其」。武略或不競，文治所優爲。諸王擅國封，分布若置棋。稱詔行罰賞，匠意創車旂。是時上威令，頗不出京師。黄齊託肺腑，力以身任之。周叔既遠竄，齊谷復長羈。北平有髭王，屬尊功不卑。望氣若龍虎，養卒皆熊羆。削地錯已愚，奪國寧所宜。謀泄漢使僇，漁陽動征鼙。横驅屬國胡，席卷燕南垂。廟謨大草草，召使乳臭兒。蹀血白溝河，肉骨蔽陵坻。盛侯頗能軍，平保壯偏裨。一此或一彼，天心詎能知。桓桓鐵尚書，矯矯六出奇。東昌不茅靡，濟南湯其池。有斐天台生，密勿主所葵。肆赦赦不行，用間間不疑。大廈既將顛，一木焉能支。飛檝渡大江，群情遂乖離。三輔擬勤王，姚守已俘累。朱邸獻重關，將相請密期。舉宫爲煨燼，誰辨真龍尸。魏公元勳後，不以密戚移。甘作請室囚，竟終首陽饑。始禍復何言，縱體任封劙。天台乃甚口，五宗悉參夷。鐵公氣猶勁，慷慨了不悲。自餘諸名俊，卿尹曁曹司。俱懷吠犬忠，不識堯爲誰。而彼景中丞，趣朝獨逶迤。荆卿術未講，豫讓心空馳。噀血噴北風，捐脛付東媼。如聞九原轍，故主未可追。長寢事已畢，何煩論安危。笑彼崩角者，次第死胥靡。拂鬱二百年，身碎節不虧。君王沛明詔，彷彿異代思。加恩録後人，所在爲致祠。建康殉節地，群靈當格斯。故主猶若赦，焉能不攢眉。侑食懿園席，行當待來兹。

早起

初月將曙輝，亭亭澹空碧。微星漸以隱，存者猶歷歷。玄蟬乍停號，宿羽時鼓翼。時至鐘未鳴，山僧懶成寂。

暑懶

一暑生百慵，一慵百事簡。偃息衡門下，悠悠夢初轉。亭午鳥倦啼，槐陰自舒卷。時有涼風來，泠然忽稱善。勿謂羲皇人，此意知者鮮。

發自義興由東九抵湖汊一首

揚舲出荆溪，溪流浩無盡。疇謂當蕭辰，青山吐餘潤。鶩鱗發潛響，振羽横遥瞬。時見空翠來，焉知余榜進。喬木生午烟，場禾表秋信。茶叟攜筐歸，行歌渺然近。顧余若有適，壺漿當爲引。明發從此辭，中宵衣時振。

入林屋洞天不能竟有述

林屋第九天，中藏萬金庭。北穿丈人峰，西達峨眉陘。垂滋結乳玉，穿溜散空青。峆岈藏石門，嶒竑吐神鉦。是時秋始暮，積潦尚澄盈。雖負褰裳勇，踝擊中不勝。邇慚孺子託，遠愧靈威生。誓欲偕青童，飇輪探窈冥。千載靈文出，聖治冀可徵。

贈梁公實謝病歸

汝謀結室羅浮頂，下飲仙人葛洪井。桂樹宛宛山日深，松花濛濛白雲冷。我亦僅買蜻蜓舟，歸與少年爲薄游。采蓮一曲杳然去，得醉即卧清溪頭。

醉後勸客飲

今日爲客挂却頭，上鷹解我腰間魚。簪纓縲紲不足道，形骸土木終何如。少年彈棋六博兼，樗蒲一一將置前。庭除與客遞起爲歡娱，客不見洛陽蘇生惡少年，開口造化俱無權。横六黄金五車裂，總爲城南二頃田。客不見魏齊聲勢同山丘，厠中死人斷君頭。駑徒馬食相當下，當時溺者秦應侯。人生反覆難預期，精靈一別千憂隨。請看草木有榮悴，榮者何恩怨者誰。丈夫不能齷齪權門取榮貴，驅遣七尺供妻子。又不能仰面看屋梁，萬歲千秋亦如此。濁涇清渭何能理，先生一言客記取，拍浮酒船吾足矣。

慰明卿再謫長短歌和李于鱗

明堂堂成不見帝，十二牧伯朝逡巡。丞相肩輿入內殿，搖筆一掃三千人。王生束裝視黜籍，乃見武昌吳國倫。無官可謫左已久，有地足徙恩仍新。甘泉諸貴氣成雲，吳也亦是甘泉臣。小臣無狀業萬死，尚許短檄隨風塵。長沙坐中止鵩鳥，魯東門外悲麒麟。何方魑魅不撫掌，何處猨猱不鼓脣。李侯杜門十月矣，咁女再黜奚其陳。此時尺一馳南康，府主揶揄目吳郎。卷衣大笑出府舍，一舸乘風上武昌。匡廬五老宛相揖，長江九派流飛觴。歸來蕭條四壁立，大婦誶罵小婦傷。女等徒稱擅金石，豈無宗徐李與王。時從處士誇鸚鵡，可捄文君典鸘鷞。何物故人能見負，却令妻子徇文章。啼寒泣饑苦未已，東馳西竄窮遐荒。燕中炊米若炊玉，公田種秫不種秔。貢家車馬誰與買，季子貂裘胡計藏？解道人間富官職，女豈不念頭上霜。吳郎欲答答不得，王生請爲歌夙昔。日者歲之丙辰前，五星猶聞在奎壁。片語高呼白雪飛，寸心肯讓青雲色。吾宗少年強解事，吳郎目懾遺其舄。豈唯吳郎衆辟易，但語吾曹少堅敵。司空撾鼓盡裸袒，武安行酒半膝席。小兒僅呼楊德祖，一錢可擬程不識。儻問曹中理公事，君其且看西山碧。故知萬變同翻手，風雨青天晝能吼。遺舄少年坐上坐，誰哉捧案前奔走。世人榮辱強相制，吾輩行藏終自取。妻子寧須饒遠略，且用七尺餌其口。即使女官更削盡，豫章男子得活不？女乏江陵千樹橘，來共吳門千畦韭。耕盡要離墓上雲，洗眼看他竟何有？夢中得語云：百年那得更百年，今日還須愛今日。

因戲成短歌

化人宮中百事無，道書一卷酒一壺。枝頭黃鳥聽作曲，西山白雲看作圖。朝愛朝暾上東岫，夕愛夕陽映東牖。任他故人不通謁，任他朝事不挂口。偶然案頭餘酒杯，偶然躡屩山僧來。自斟自醉當自去，禮豈設爲我輩哉。昨夜懵騰意超忽，寱時得語醒時述。百年那得更百年，今日還須愛今日。縱能拂衣歸故山，農耕社劇亦不閒。何如且會此中趣，別有生涯天地間。

藏經閣西偏俯小罨畫溪

紺宇藏經閣，春雲罨畫溪。隔花催小艇，落日在招提。彼岸如相引，真源自不迷。老夫繙閱罷，隨意步東西。

大行方皇后輓歌

密雨椒塗淨，傷雲鷺輅興。深宮六衣卷，導扇五華層。僊馭何其杳，神君不可憑。還應從此日，起觀望昭陵。

憶昔二首

憶昔文王三出邊，六龍飛雨淨烽烟。天門直向陰山闢，北斗翻從南極懸。鐵馬春饑填瀚海，金人秋祭失祁連。只今何處無廉李，野哭荒村幾歲年。

更憶南巡漢武皇，樓船車馬鬱相望。輕裘鄠杜張公子，挾瑟邯鄲吕氏倡。秋淨旌旗營細柳，夜深烽火獵長楊。孤城尚有遺弓淚，不見當時折檻郎。

送瞿師道太史使大梁周府

長安草色上鳴珂，繁吹春調四牡歌。太史授圭開赤社，宗藩如帶指黄河。天邊漢節蛟龍擾，雪後梁園鴻雁多。上客知君頻授簡，鄒枚詞賦未應過。

戚大將軍入帥禁旅枉駕草堂賦此贈别

初聞小隊駐吳江，忽漫花溪隱畫艭。細柳尚虚金鎖甲，前茅時緩碧油幢。南中舊部思馳義，塞上新城喜受降。儻寫雲臺須第一，如論國士總無雙。

履善比部歸自嶺右賦此問之

聞君八月下牂牁，銅柱天荒使者過。桂嶺風來秋色早，盤江木合瘴烟多。蠻童夾道誇挪酒，蜑女穿花出櫂歌。向識子雲奇字擅，近來詞賦更如何。

清明遇雨

昨歲清明指冀方，今朝寒食滯鄖陽。兒曹上冢亦隨例，客子思親偏斷腸。四十九年年已去，一百五日日初長。毋論積雨斷新火，縱得餘光非故鄉。

衛河

河流曲曲轉，十里還相唤。那比下江船，揚帆忽不見。

江口

江口安檣處，孤舟盡日停。秋雲無限好，只傍蔣山青。

教坊婦

小拂乾紅袖，新聲十四絃。不知頭已白，猶唱想夫憐。

道過一嶺曰米花村其名頗雅因成一絶

夾溪黄葉路，三戶米花村。車馬須臾事，寒山日掩門。

正德宫詞二首

窄衫盤鳳稱身裁，玉靶雕弓月様開。紅粉别依回鶻隊，君王新自虎城來。

夜半毬燈出未央，俄傳鞞鐸向平陽。六宫處處秋如水，不獨長門玉漏長。

西城宮詞二首

兩角鵶青雙箸紅，靈犀一點未曾通。自緣身作延年藥，憔悴春風雨露中。
棃園弟子鬢如霜，十部龜兹九部荒。妒殺女冠諸侍長，大羅天上奏霓裳。

題文待詔畫

孤峰遠插白雲間，秀竹長松相對閒。聽得菱歌人欲近，不知猶隔法華山。

避暑山園

殘杯移傍水邊亭，暑氣衝人忽自醒。最喜樹頭風定後，半池零雨半池星。

登蛾眉亭有懷

囬首江南黯澹雲，蛾眉亭畔思紛紛。何因却作姑溪水，流到長江尚不分。姑溪水流出長江自爲一帶。

洞庭兩山竹枝歌二首

橘緑橙黄香滿枝，甕頭騶玉鱠魚絲。山中曆日由來少，知是江南九月時。
白雪繅成繭子緜，黄雲剪就稻花天。千家村裏無開市，三尺溪頭有繫船。

謝榛十四首

榛字茂秦，臨清人。有《四溟山人集》。
朱中立云：四溟詩法盛唐，而氣格不逮。
王元美云：謝茂秦如大官舊庖爲小邑設宴，雖事饌非奇，而飣餖不苟。又云：排比聲偶，爲一時之最。第興寄小薄，變化差少。
彭子殷云：茂秦諸體壯麗，類大曆以上。
穆敬甫云：茂秦志在學杜，庶幾升堂，游燕入晉，二稿傳誦藝林，至江南入洛等集，若出二人手髦矣。
陳玉叔云：山人窮極而思工，思工而語至。
胡元瑞云：茂秦融和流暢，自是中唐，與諸公大不同。

蔣仲舒云：茂秦詩宗少陵，窮體極變，近時之麟鳳哉。

江進之云：求真詩於七子之中，則謝茂秦者，所謂人棄我取者也。

錢受之云：山人嘉靖間，挾詩卷游長安，脫黎陽盧柟于獄，諸公皆多其行誼，爭與交驩。是時于鱗、元美結社燕市，茂秦以布衣執牛耳。已而于鱗名盛，茂秦與論詩，頗相鐫責。于鱗遺書絶交，元美諸人咸右于鱗，交口排茂秦，削其名於「七子」、「五子」之列。然茂秦游道日廣，秦晉諸藩，爭延致之，河南、北交稱謝榛先生。諸人雖惡之，不能窮其所往也。當七子結社之始，尚論有唐諸家，茫無適從。茂秦主選十四家詩，「熟讀之以奪神氣，申詠之以求聲調，玩味之以裒精華。得此三要，造乎渾淪，不必塑謫仙而畫少陵。」諸人心師其言。厥後雖爭擯茂秦，其稱詩之指要，實自茂秦發之。茂秦今體工力深厚，句響而字穩。七子、五子之流，皆不及也。

陳卧子云：茂秦沉練雄渾，法度森然，真節制之師，位在于鱗之下，徐、吴之上。

宋轅文云：茂秦五律似勝諸名家，然句法、篇法，未免束縛，神情不能出四十字外，此其所以不如也。七律源出嘉州，情景清切。

陳伯璣云：山人說詩，取初、盛十二家，并李、杜集中之最佳者，録成一帙。王、李諸公，倶用其法。近人多以王、李爲口實，并謝集亦束之高閣，不復寓目。間有誦法之者，止知其聲格之高，而不知其意境之細。予謂山人詩，凡可想像摹擬者，便佳，以其用意委曲也。五言古只平平寫懷，不復好奇角勝。律詩多有傷於迫促者。

《詩話》：七子結社之初，李、王得名未盛，稱詩選格，多取定於四溟。于鱗贈詩云：「謝榛吾黨彦，咄嗟名士籍。遂令清廟音，乃在褐衣客。」於時子與、公寔、子相、元美撰「五子」詩，咸首四溟，而次以歷下。既而布衣高論，不爲同社所安。歷下乃遺書絶交而曰：「豈其使一眇君子，肆于二三兄弟之上，必不然矣。」迹其隙末，乃因明卿入社，四溟喻以糞土，由是布惡於衆。元美别定五子，遽削其名。曰「後五子」，則南昌余曰德德甫、蒲圻魏裳順甫、歙汪道昆伯玉、銅梁張佳胤肖甫、新蔡張九一助甫也。曰「廣五子」，則崑山俞允文仲蔚、濬盧柟次楩、濮陽李先芳伯承、孝豐吴維嶽峻伯、南海歐大任楨伯也。曰「續五子」，則陽曲王道行明甫、東明石星拱辰、從化黎民表維敬、豫章朱多煃用晦、常熟趙用賢汝師也。曰「末五子」，則用賢、及京山李維楨本寧、鄞屠隆緯真、南樂魏允中懋權、蘭溪胡應麟元瑞也。其後廣爲「四十子」，而四溟終不得與焉。故四溟賦《雜感》詩，有「奈何君子交，中道兩棄置」之句，亦可憫矣。歷下有言：「眇君子雖耄，而繩墨猶存。」則亦未嘗深絶之。特明時重資格，於章服中雜以韋布，終以爲嫌爾。四溟論詩云：「平順却難嶮巇易」。斤斤局守格律，尺寸不踰，有雋句而乏遠神，有雄句而無生氣。或謂勝弇州之汗漫，然弇州才大，如曹孟德，放蕩無威儀，笑時頭沒杯案，不失爲英雄。四溟罄折雖工，特公孫子陽之修飾邊幅，僅堪作清水令耳。

送謝給事封蜀

使星巴蜀外，漢節夜郎西。樹斷分金馬，江清見石犀。王孫重茅土，天子錫桐圭。異世懷張載，應留劍閣題。

有感

薄伐元中策，論兵自古難。漢唐頻拓地，將帥幾登壇。絶漠兼天盡，交河蕩日寒。不知大宛馬，曾復到長安。

秋野

地闊清霜滿，林寒市葉稀。野雲秋澹澹，山日晚暉暉。殺氣三河動，邊聲一騎飛。中原多猛士，誰解晉陽圍。

暮秋即事

十見黄花發，孤樽思不勝。關河秋後雁，風雨夜深燈。留滯悲王粲，交游憶李膺。相隨少年子，走馬獵韓陵。

初冬夜同李伯承過碧雲寺

并馬尋名寺，登高藉短筇。飛泉鳴古澗，落月在寒松。石路經千轉，雲巖復幾重。人間多夢寐，誰聽上方鐘。

晚眺

寒日下西陵，漳河晚渡冰。孤城歸獵騎，雙樹隱禪燈。野眺心何遠，巖棲老未能。翻憐戎馬日，愁思坐相仍。

登榆林城

憑高望不極，天外一鴻過。衆嶺夕陽盡，孤城寒色多。蘆笳滿亭堠，羽檄度關河。遥憶龍庭士，嚴霜正荷戈。

暮秋簡徐别駕載卿

南征秋轉劇，不寐夜漫漫。白髮艱虞盡，滄洲去住難。旌旗連野暗，兵甲照江寒。選將須臾事，誰能議築壇。

南巡歌

南楚旌旗合，黄塵走百官。天王重巡幸，民物識艱難。馳道春風動，行宫夜月寒。萬年垂拱意，歌頌入長安。

宿淇門驛懷孫方伯性甫王憲副廷贍江少參伯陽

駐馬淇門夕，堂空暑氣徂。亂雲關樹暝，寒雨驛燈孤。身計聊時序，鄉心復道塗。何當報知己，秋雁滿江湖。

送謝武選少安犒師固原因還蜀會兄葬

天書早下促星軺，二月關河凍欲消。白首應憐班定遠，黄金先賜霍嫖姚。秦雲曉度三川水，蜀道春通萬里橋。一對郫筒腸欲斷，鶺鴒原上草蕭蕭。

楊參軍次和歸自古北口

淮南高士落人間，仗劍經秋未破顔。自惜草玄淹歲月，可堪垂白向邊關。天横落照明孤壘，地擁寒沙接亂山。長路誰能問行役，夜來驅馬雪中還。

秋日懷弟

生涯憐汝自樵蘇，時序驚心尚道塗。别後幾年兒女大，望中千里弟兄孤。秋天落木愁多少，夜雨殘燈夢有無。遥想故園揮涕淚，況聞寒雁下江湖。

擣衣曲

秦關昨寄一書歸，百戰郎從劉武威。見説平安收涕淚，梧桐樹下擣征衣。

梁有譽九首

有譽字公實，廣州順德人。嘉靖庚戌進士，任刑部主事。有《蘭汀存稿》。

王元美云：梁公實如緑野山池，繁雅匀適。又如漢司隸衣冠，令人驚美。但非全盛儀物。

胡元瑞云：公實與諸子最早成。律詩温厚縝密，但氣格微弱。

曹能始云：公實、茂秦，已入唐人之室。

錢受之云：公實詩詞意婉約，殊有風人之致。蓋與王、李結社後，即移病去，又捐館舍最早，雖參王、李七子之列，而其叫囂剽擬之習，重染猶未深也。

陳卧子云：公實雋才，意趣沉實，若假以年，所詣當不止此。

李舒章云：公實如清泉出山，涓涓駛溜，恨未到江河耳。

《詩話》：蘭汀學詩於泰泉，又與鄉人結社，號「南園後五子」。所得於師友者，深雖入王、李之林，習染未甚。誦其古詩，猶循選體。五七律亦無叫囂之狀。四溟而下，庶幾此人。度越徐、吴，奚啻十倍。

雜詩二首

圓象無停晷，四序迭相循。曄曄春華敷，欻忽委埃塵。候蟲善審時，鳴鳥常司晨。如何建名士，遲暮多苦辛。衝波鮮安舟，岐路恒摧輪。順風嚮易遠，却行難及人。鐘鼎鐫峻功，竹帛垂逸民。靜躁雖殊域，德業終同倫。慷慨感中情，高駕良可遵。

我行彼中野，靡靡令心憂。四顧莽無人，但見林與丘。高臺多悲風，滄海轉洪流。走獸駭叢莽，號鳥求匹儔。顧茲震心魄，欲去將何求。古來賢達人，高視隘九州。嗟哉愚蒙者，睠戀區中謀。雍門泣孟嘗，牛山悲爽鳩。闇彼代謝理，莅物恒怨尤。黄屋摩霄舉，螣蛇乘霧遊。斥鷃爾何陋，枋榆徒啾啾。知自有大小，達觀德彌優。

秋懷

夕霽涼氣發，曲房藹餘清。金風被蘭茝，白露浩已盈。密林謝陽彩，叢薄隕芳榮。迅商無緩調，征鴻懷苦聲。物候既易感，神理固難名。漢陰甘灌園，鹿門事躬耕。金張逐丹轂，王貢彯華纓。由來事不同，各以性自營。伊予秉微尚，恬曠諧夙情。柱下明守雌，漆園持達生。緬懷昔人訓，煩囂祗自驚。

送傅山人游羅浮

仙山矗遐陬，藴奇信靈造。晻靄蹴重溟，巍峩冠穹昊。陰室引陽輝，霧谷通霞島。玄溜澤難枯，炎林蕊還早。故鼎無留丹，煮石有遺老。神境誰能躋，玄蹤爾方討。祕檢洞中尋，塵悰雲外掃。陟霄搴若華，憑厓掇朱草。吹萬固不同，得一以爲好。嗤彼蜉蝣士，夸毗喪其寶。何當榮茅龍，吸景潄幽抱。

謁張丞相祠

開元治平日，英賢悉游衍。夫君匡屯器，憂國持先見。詎慚伊呂科，實冠東南彦。朝直承明廬，夕下金華殿。楚臣傷江楓，漢女悲團扇。而君復何爲，含情賦海燕。玉泉一以閉，微微市朝變。欃槍亘中天，長蛇屻畿甸。金根入蜀年，空餘淚如霰。我本慷慨士，懷古歲方晏。野烟羃歷起，祠樹何蔥蒨。搴杜寄芳情，掇蘋羞野薦。高芬誰復嗣，舊葉遥奔箭。唯留千載名，來哲同興羨。

黄司馬青泛軒

達人慕恬寂，開軒負西郭。芊緜引蕙田，逶迤通菌閣。積芳集隆墀，躭勝控遥壑。蕊氣通幽洞，湖光耿華薄。青桐帶露疏，翠羽衝花落。釐月鏡疏櫺，鵬雲冠虚幕。真筌一以契，琴書聊爾託。鶴性在烟霞，鳳想存寥廓。即此頤深棲，陋彼郊居作。

瓜步眺望

殘虹慘澹已黄昏，江上烟波獨愴魂。京口樹濃藏雨氣，海門風急長潮痕。西來暮色連三楚，北望浮雲隔九閽。正值旗亭須買醉，憂時懷土不堪論。

夜宿清遠江口

短櫂依依繫晚風，壯懷離思浩無窮。荒村夜急菰蒲雨，遠戍秋悲鼓角風。白雁影斜江樹暗，青猨聲斷嶺雲空。更堪處處征輸急，深箐休論戰伐功。

秋夜雨中過黎氏山房

瑶琴不復理，空餘山水情。棄置石牀上，風來時一鳴。

宗臣十七首

臣字子相，揚州興化人。嘉靖癸丑進士，除刑部主事，改吏部，歷員外郎中，出爲福建參議，遷提學副使。有《方城集》。

王元美云：宗子相如渥洼神駒，日可千里，未免齧決之累。又如華山道士，語語烟霞，非人間事。

穆敬甫云：子相才情兼美，造詣未竟。使天假之年，當能逐鹿于鱗、犄角元美。

江進之云：子相詩句邁逸，御風而行。

冒伯麐云：子相詩自成一境界，譬之洞天福地而外，别有桃源武陵。

錢受之云：子相詩，元美稱其天才奇秀，雄放橫厲。又摘其佳句，書之屏間，以爲上掩王、孟，下亦錢、劉，而其所就止此，子與、德甫之倫，又可知已。

陳卧子云：子相意取秀逸，不尚深思。從此入者，易流淺俗。

李舒章云：子相天姿明佚，好自跌宕，玉山頹唐，時有佳致，然其得意處，僅得太白之觕者。

宋轅文云：子相調頗清緊，氣力少薄。

《詩話》：子相詩才娟秀，本以太白爲師，跌宕自喜。使其不遇王、李，充之不難與昌穀、蘇門伯仲。自入七子之社，習氣日深，取材日窘，撰體日弱，薜荔、芙蓉，蘼蕪、楊柳，百篇一律，訖未成家而夭。最可惋惜。如對曹蜍、李志，有狐狸、貒貉噉盡之憂，然猶愈徐、吴之木偶土偶也。

楊氏園亭餞別謝榛

離思忽超越，逍遥事行游。散步過華池，芙蓉夾芳流。悲哉蟪蛄鳴，凄切動我愁。凝霜莽零落，明月澹飛樓。感此歲華暮，耿耿生百憂。居者不可去，行者不可留。去留兩不愜，何以慰綢繆。

留別子培舍弟

驅車上河梁，顧瞻舊鄉國。倉卒骨肉親，彷徨動顔色。子亦竟以南，予亦竟以北。本是雙飛鴻，胡爲乖羽翼。送子從此歸，涕下不能食。子其從遠猷，慰我長相憶。

寄人

浮飈動廣野，白日慘無色。之子在萬里，山川渺難極。豺狼滿路衢，况復荆與棘。我欲往從之，惜無晨風翼。因風寄瑶華，歲事日云夕。去往尠歡悰，撫膺長歎息。

歸歎

薊門春盡雲陰陰，倚杖出門愁暮禽。千金裘馬只自好，萬里江湖誰復尋。武陵一别桃花深，欲歸不歸傷我心。青楓未老楚月白，吾將長嘯投吾簪。

湖上幽棲爲沈二丈賦

主人結屋楚江曲，身披薜荔坐空谷，青天雙眼望鴻鵠。春風一夜開石門，萬里蘼蕪散新緑。

登江門諸山

山頭日白雲英英，千峰倒插千江明。手把芙蓉步石壁，蒼翠亂射猨鳥驚。誰其雲外吹紫笙，欲來不來空復情。天風吹我佩蕭瑟，怳疑身在崑崙行。

即事

坐歎兵機失，兼憂國計存。干戈在淮海，消息已乾坤。授鉞曾諸將，宵衣獨至尊。定知哀痛詔，早晚下江門。

長庚純一舜隆既別憶之

一別不自意，茫然空復愁。孤舟仍盜賊，多病已春秋。明月半江水，故人何處樓。風塵雙淚眼，爲我寄滄洲。

江上聞明卿量移南康

復得南康信，匡廬遂爾狂。詩仍官長駡，名或簿書強。暮雨湘潭近，秋風楚塞長。江流如可返，爲我到潯陽。

寄陸子和

江門一別又秋分，何處風烟不憶君。久客衣裳鶉自結，舊遊尺素雁爲群。十年世路彫青鬢，三歎斯人卧白雲。羽翼南溟最相近，未須重勒北山文。

題畫

山徑度青波，石門遲白日。客到不披衣，春風理瑶瑟。

聞雁憶子培

秋雨千峰散，寒雲萬里開。不知天際雁，幾日故園來。

郊行

并馬出春城，搖鞭一相語。楊柳遍前山，應從何處去。

夜立

秋風天外聲，明月江中影。幽人把桂枝，露下衣裳冷。

江南曲

客去悲江左，書來滯隴西。相思若春草，無路不萋萋。

塞上歌送王侍郎赴薊鎮

榆關北望陣雲高，五月天風吹戰袍。共說總戎王相國，十年身佩吕虔刀。

寄盧少楩

大伾山頭花滿烟，春來竟日酒壚眠。不知妻子關何事，乞取囊中賣賦錢。

徐中行 二首

中行字子與，長興人。嘉靖庚戌進士，除刑部主事，出知汀州府，補汝寧。用内計謫官，稍遷瑞州判官，擢山東僉事，歷雲南參政，福建按察使，江西左右布政使。有《青蘿館集》。

王元美云：子與發情止性，喻象比意，左準右繩，靡所不合。

胡元瑞云：子與閎大雄整，卓然名家。惜少沉深之致。

陳卧子云：子與雖規摹古哲，而手追心慕，惟在濟南。

《詩話》：子與在西曹，與王、李結社。其贈李詩云：「寂寞漢魏後，乃復挺斯人。遂令同心者，周旋若一身。」李答詩遽云：「既聞風雅音，三歎文在兹。」元美亦以藹藹吉士目之，且云：「子與性味如醍醐，無處不入。」知其交始終無間也。俞仲蔚稱子與喜爲篤厚之行，而不自盛滿。聞其歷任藩臬，俱清介有聲。卒官，至不能具斂。而其存日，人有所請，力不足，必勉應之曰：「奈何令人有慚色。」丁長孺《西山日記》述閩人董九華業丹青，久居長興，病亡不能歸櫬。子與適上官入閩，竟載其柩以行，無所拘忌。洵盛德也。

春暮將赴汝南廣川舟中寄懷京邑游好

黄河多悲風，白日廣川陰。驚沙蔽天地，方舟猶滯淫。躑躅將安適，曳履援鳴琴。一爲清商曲，灌木俱悲吟。知音一以隔，離思故難任。伊予歲寒契，莫忘初別心。瑶華儻可嗣，引領伊川潯。

感舊

自别燕臺白日徂，華陽碣石總荒蕪。獨留一片西山月，猶照當年舊酒壚。

吴國倫四首

國倫字明卿，其先嘉興人，徙居湖廣興國州，嘉靖庚戌進士，除中書舍人，升兵科給事中，左遷南康府推官，調歸德，歷知建寧、邵武、高州三府，遷貴州提學副使，移河南參政。有《甔甀洞正、續稿》。

王元美云：明卿不揚而企，不抑而沉，縱不至溢，斂不鬱塞。

王敬美云：明卿詩多實際語，不落于鱗網中，自可弟畜子與。又云：他人詩多於高處失穩，明卿詩多於穩處藏高。

胡元瑞云：于鱗近體用字多同，明卿用句多同。故一篇而外，不耐多讀。

陳卧子云：明卿雅練流逸，情景相副。

《詩話》：明卿在七子列，最爲眉壽。元美即世之後，與汪伯玉、李本寧狎主齊盟，三君皆不知詩。王、李既殁，海内不敢違言。劉子威、馮元成、屠緯真輩，相與附和之。《甔甀》《太函》《大泌》等集，幾與《四部》爭富；而《由拳》《白榆》等集，尤而效之。海内之爲真詩者寡矣。其《題生壙旁亭柱》云：「陶元亮自祭之文，知生知死；劉伯倫隨行之鍤，且醉且醒。」不失爲達生之語。

前溪歌

迎歡東武亭，送歡獨桑路。安得大海水，盡向前溪注，使歡不得渡。

濟州南池

瀑水侵階上，危亭背郭開。分荷移小艇，取石坐深苔。地迥秋陰合，軒空野色來。誰能共心賞，懷古正徘徊。

雨夜挽舟上七里灘

岸東灘聲咽，沙兼石齒横。豈緣貪利涉，亦復滯王程。山雨夜逾急，野燈時一明。客心雲霧裏，懷古不勝情。

送姜太史節之使楚王

天子分桐葉，詞臣下柏梁。共憐星是使，况乃玉爲堂。江漢環宗國，風雲護帝鄉。居人思過沛，太史復浮湘。地險東南勝，藩盟帶礪長。晴山開絳節，高浪出牙檣。六傅中原路，雙鋒北斗傍。緘書如有意，歸雁自衡陽。

明詩綜卷四十七

小長蘆　朱彝尊　録
梅會　李宗渭　緝評

余曰德 三首

曰德初名應舉，字德甫，南昌人。嘉靖庚戌進士，除刑部主事，歷郎中，出爲福建按察副使。有《余德甫集》《午渠集》。

《靜志居詩話》：德甫於詩，尚未闚見門戶。元美冠諸「後五子」之首，未免阿其所好矣。然其仿敖陶孫作詩評，未之及焉。豈陽許之而陰抑之與？

懷徐子與

苦憶湖州信，兵戈尚未休。感時愁更切，念爾見何由。萬國征輸盡，三吳戰血流。即今江海上，那不問扁舟。

送萬彦和僉憲之粵

繫馬花間挂玉鞭，毵毵隄柳亂鳴蟬。河梁自是銷魂地，此日因君倍黯然。

過楊給事故居

青瑣歸來迹已陳，百年渾是夢中身。江州滿目山如畫，不與人間葬逐臣。

魏裳 二首

裳字順甫，蒲圻人。嘉靖庚戌進士，除刑部主事，歷員外郎中，出知濟南府，遷山西按察副使。有《雲山堂稿》。

王元美云：魏順甫如黄梅，坐人談上乘，縱未透汗，不失門宗。《詩話》：順甫差勝德甫，尚非助甫、肖甫之倫。

雪霽同友人登王子山

畏路誰能到，幽懷我獨偏。谷中初見日，樹杪忽聞泉。倚杖青山色，銜杯白雪篇。交游仍舊俗，風景又新年。

題白雪樓

郢調淒涼思轉幽，卜居還倚鮑山丘。初疑海氣能成市，不道仙人獨有樓。乘興好看明月上，登高長嘯白雲秋。琴心自在誰堪識，且聽巴人下里謳。

汪道昆三首

道昆字伯玉，歙縣人。嘉靖丁未進士，除義烏知縣，歷官兵部左侍郎。有《太函集》。

汪禹乂云：伯玉聲調并佳，能臻閫奥。

錢受之云：伯玉於詩本無所解，沿襲七子末流，妄爲大言欺世。其《白嶽》詩落句：「聖王若論封禪事，老生才力勝相如。」幾於狂易矣。

李舒章云：汪司馬詩如薪芻滿地，英楚甚寡。

徐蘭生云：伯玉篇無警策，妄自矜大，余嘗借大陸語評之：「混妍媸而成體，累良質而爲瑕。徒悦目而偶俗，固聲高而曲下。」

《詩話》：王元美論詩文，大指具於《巵言》七卷。有云：「文繁而法，且有委，吾得其人曰李于鱗。簡而法，且有致，吾得其人曰汪伯玉。」又云：「歷下極深，新安見裁。」是心折李、汪，靡有間矣。竊怪其效敖陶孫作詩文評，苟有寸長，必加品騭。顧于鱗兩見，而伯玉不及焉，何與？觀《四部稿》中贈汪序，如云：「上本羲、姒，下則姬、孔。俯踞二京，跨千載而上，皎然若日中天。」其言太浮而夸，似非出於中心之誠者。聞伯玉晚年林居，乞詩文者填戶編號松牌，以次給發，享名之盛，幾過於元美。蓋元美所推獎二人，于鱗道峻，仕又不達；伯玉道廣，位歷崇階，人情望炎而趨，不慮其相埒也。虞山錢氏詆諆伯玉，未免太甚。所引陸無從記一事，見無從《正始堂集》中，與錢所載略别。伯玉裔孫稱無從爲伯玉弟子，而無從《贈弇州歌》云：「濟南新安狹已甚，君子視之特小巫。」不應弟子而毁先師若是也。

送張虞部謫嘗州別駕

謫去存吾道，流言亦世情。聖朝仍得罪，佐郡且藏名。落日梁谿櫂，平蕪澱水城。秋風回首地，淚滿逐臣纓。

步月

爲愛青天月，重開白板扉。宵游便故里，露立任初衣。罷柝連城靜，當樓列宿稀。正思良夜醉，未覺少年非。

石林

落日石林西，林中擁煙霧。樵歌何處郎，猶記來時路。

張佳胤八首

佳胤字肖甫，銅梁人。嘉靖庚戌進士，除滑縣知縣，徵授戶部主事，改兵部右侍郎，巡撫浙江，徵拜兵部尚書，加太子太保。卒，贈少保，謚襄敏。有《岷崍山房集》。

穆敬甫云：肖甫詩律精嚴，高視千古。

李時遠云：肖甫詩閎博縱肆，凌駕前人。

錢受之云：司馬才氣縱横，而乏深雅之致。

陳卧子云：銅梁莊雅，亦稱李、王後勁。

《詩話》：肖甫以功業顯，其詩亦多慨忼奮厲之氣，與仰屋梁著書者不同。人皆稱其近體不若五古，較勝十籌。

詠懷

毒暑不辭鍜，嚴冬尚爲漁。裘葛有本性，生事因其居。伊予觸世網，轉與青雲疏。一謫盂諸野，再遷首陽且。素位守明誡，窮途豈欷歔。貴者日以貴，寧得辭勞劬。賤者日以賤，庶幾遠禍樞。

立秋簡徐子與

涼風厲商氣，颯然驚早秋。白日下圓景，大火西南流。年序忽不處，陳蔡難久留。案牘繁以迫，胡爲日綢繆。洪河逝如斯，草蟲夜啾啾。凌厲緬千古，遺則懷前修。女蘿挂喬榦，玄蚓吸深湫。託勢有崇卑，適志其良謀。

晚入通海

參伐昏正中，脂車即廣路。松燈馬首明，嚴飈起夕霧。海氣蒸春衣，摐金逼高戍。微茫一褰帷，不辨山與樹。城邑行已遥，寒濤響孤鶩。萬里誠遠游，宵征何以故。

三甫入渝予不能謁承枉書問且督南征并訂郢都之會而寄以詩

良時罕再至，嘉會復何如。孟冬厲霜氣，蓬蒿没蔽廬。興言念友生，抗旌向巴渝。便欲往從之，山川鬱盤紆。感兹綢繆意，遠及銅梁書。加餐字未畢，殷勤勸脂車。漁樵計已定，樊籠日愁予。聞君下夔子，目極生躊躇。孤懷入大江，萬古只東趨。郢歌有《白雪》，期我獻歲初。醉罷陽春臺，然後策驪駒。

上谷使院中課園丁有作

小圃開臺西，群芳會首夏。散屧退自公，移觴託休暇。改服課園丁，流泉任委瀉。膏雨抽新條，停雲拂高榭。間關衆鳥鳴，葳蕤落紅藉。悠然抱甕情，宛在南山下。

寄題永嘉王陽德陽湖精舍

招隱豈在深，智者秉微尚。伊人卧陽湖，幽襟謝塵鞅。丹霞遞崇楸，南北兩雁蕩。萬象厲景光，凌緬非一狀。鴟夷任所之，滄浪發高唱。扁舟就何時，逝將剡川放。

宿黄牛峽

春到黄牛峽，江辭白帝城。楚雲高不落，巴水去無聲。絶塞書難寄，孤舟月更明。櫂歌聽自短，幾處夜猨鳴。

登函關城樓

樓上春雲雉堞齊，秦川芳草共萋萋。黄看雨後流河急，青入窗中華嶽低。客久獨憑三尺劍，時清何用一丸泥。登高眺極鄉心起，關樹重遮萬嶺西。

張九一 六首

九一字助甫，新蔡人。嘉靖癸丑進士，授黄梅知縣，考最，擢吏部主事，歷郎中，升行尚寶少卿，謫廣平同知，遷湖廣按察僉事，進副使，擢右僉都御史，撫寧夏。有《緑波樓集》。

穆敬甫云：助甫詩振宕不羈，大有英雄之槩。

胡元瑞云：助甫近體，高華雄爽，類子相而精密過之。

《詩話》：金谷之筵，不遺麥韭，瑶池之駿，圖及盜驪。物之所以貴善用生也。七子齊盟，一時風氣雷同，助甫稍能用生，政爾拔俗。

殘日

怪鳥啼殘日，奇峰挂片雲。波濤城市合，烟火舳艫分。卧并蛟龍穴，遊將虎豹群。更傳銅柱北，新駐越南軍。

初至家陳道義瞿睿甫見過

歸及青春半，芳園二仲來。月生桐柏水，雲斷景夷臺。玉笛梅花落，金尊竹葉開。今宵張仲蔚，爲爾剪蒿萊。

寄見甫弟

歷盡巴山白髮新，西風何處不傷神。馬曹蹭蹬官難起，鳥道艱危老更貧。九派長江春後雁，一年芳草夢中人。相思況是無消息，徒倚天涯涕淚頻。

陽和制府廨中緋桃甚盛乃毅皇帝手植方少保爲賦詩遂次其韻

制府東開一畝宮，曾傳翠輦御微風。緋桃手自先皇植，花譜名將上苑同。朔郡何時無雨露，彤雲長得護簾櫳。孤臣此日瞻春色，想像天顔一笑中。

登會寧原上作

黯淡山城古會州，胡天雙目盡高丘。春深柳色猶霜雪，日落邊聲起戍樓。寒雁啼雲皆北向，濁河歸漢亦東流。乘槎豈是窮源使，投筆虚疑定遠侯。

黄陵廟

黄牛朝暮望青春，此日維舟白馬津。古廟空山存漢碣，屠羊伐鼓過江人。九河注海猶稱異，三峽開天始見神。應共長年歌賽酒，衣裳鱗介仰陶鈞。

俞允文四首

允文字仲蔚，崑山人。有《真逸稿》。

王元美云：仲蔚五言古詩，調殊不卑，所乏精思。又云：仲蔚古調，本是名家；五律亦不惡。

李于鱗云：仲蔚古詩沖雅，有應徐之韻。

陳卧子云：仲蔚七言絶句，其調甚正。

《詩話》：七子之教，五言必宗河梁、建安，竊優孟之冠，學壽陵之步，求其合而俞離。當日二子于五古極口仲蔚。然仲蔚殊少神解，余意尚在盧次楩下。二子之言，出一時之好，未爲定論也。然仲蔚於歸熙甫文名未盛之時，結契最先，又論詩不心服于鱗，亦有識之士。

感懷

生命故有常，於世鮮能由。天道諒微昧，禍福不相讎。運促無修齡，吾行將安休。高行令世疏，寵耀逢厚尤。何不永自持，飄飖升九州。横厲越飛泉，與彼列仙儔。豈效榮華子，跬步相機求。

送葉伯寅游南都

朝日揚素影，零落泫盈條。歸雁辭碣石，嗷嗷厲層霄。念子遵舊都，整策陟巉椒。北眺窮朔陲，東瞻越江潮。崇雲象山岳，雙闕鬱岧嶢。過彼雙闕間，冠蓋相游遨。四節隨飈逝，茂時乏佳招。駿驥棄不收，蹶足有餘驕。非子良見睠，豈復縶場苗。信心愜中賞，沉吟結清謠。共期玄冬月，歡讌憩林巢。

送梁伯龍游楚并寄周水部

浮舟入楚江，浩蕩千里豁。况值清秋時，逸興不可遏。雲來巫峽長，木落洞庭闊。故人渺何許，引領向天末。

擣衣

重關月色早涼分，夜夜砧聲逐塞雲。淚盡天南與天北，悲笳同是月中聞。

盧柟 八首

柟字少楩，一字次楩，一字子木，濬縣人。太學生。有《蠛蠓集》。

王元美云：盧少楩如翩翩濁世佳公子，輕俊自肆。

胡元瑞云：次楩詩華藻不如茂秦，而氣勝之。

顧玄言云：少楩古體如寒流出谷，婉若調軫，音隨意適。近體如夕禽觸林，矯於避矰，象逐思馳。格高韻雅，駸駸元嘉之境。

陳卧子云：山人排蕩自喜，頗有越石清剛之氣。

《詩話》：次楩詩足以高視四溟。

雜詩

高樓有佳婦，窈窕青雲端。左蔭緑桂枝，右紉芳澤蘭。臨流戲珠浦，拾翠游芝田。蛾眉衆所嫉，蘧蒢翻見憐。棄捐蓬蒿中，誰來希令顔。徘徊歲云暮，拂衣聊長歎。

秋日奉别王元美比部還京

爍爍天上星，皎皎巖際月。蟋蟀感夜吟，凉飈遲晨發。山木既云蒼，江楓亦已脱。遥望百里間，茫茫但寥闊。鵾鶵鳴園陬，虎豹步庭闕。臨路别所親，悵然增華髮。安得瓊芳枝，慰我長饑渴。

送人之塞上

北風簫簫邊馬鳴，君今棄我何遠行。陰山雪花大如掌，黄雲出沒單于營。萬里龍沙那可見，將軍大小七十戰。捷書奏入建章宫，寄我雲中一隻箭。

戲寄孟龍川

舊日浮丘伯，曾將王子喬。周遊乘白鶴，接引上青霄。大藥留丹鼎，天台度石橋。不知千載後，爲爾一相邀。

鍾廣漢云：此詩對仗，原出襄陽。

聞吳吏部少槐哀僕乏嗣飭內人獄侍湯藥二首

宓子彈琴日，山濤謫宦時。澤梁弛禁網，鰥寡遂恩私。未識洪鈞妙，應霑造物奇。周南王化遠，終不負螽斯。

晉室嵇中散，陳留蔡議郎。彈琴神不去，續史恨何長。慘澹悲千古，淒其滯此方。翻思兒女意，斷盡九回腸。

哭董縣丞紳二首 有序

丞彊幹任事，清苦厲節，有古人風。壬寅歲，長揖恤刑沈法曹，抗救洗冤，於枏居甚。今茲長往，枏安得不悲？故詩以哭之。

十月黃河穩，天寒素舸孤。斷雲低不去，哀雁起相呼。忽暗郎官宿，虛傳太史鳧。哭君重回首，愁色滿蒼梧。

列郡開方藥，巖牆阻別離。蒼生猶有待，逝者竟如斯。老去傷心地，愁邊失望時。玉棺誰爲斂，蕭瑟九原思。

李先芳六首

先芳字伯承，濮州人。嘉靖丁未進士，除新喻知縣，徵授刑部主事，歷郎中，改尚寶司丞，升少卿，降亳州同知。有《東岱山房稿》、《清平閣集》。

李于鱗云：伯承雄才，名重當世，洋洋雅音，亦復盈耳。

穆敬甫云：伯承詩思秀發，綽有右丞之風。

于無垢云：吾里兩李先生，其稱詩不同。歷下以氣骨合神，湛涵萬有，而發以雄迅，意嘗超於象之表。濮陽以才情赴調，融洽衆采，而出以和平，力嘗畜於法之中。譬之五音：歷下則軒轅之鼓，素女之琴，高張急節，鏗鍧駘盪，足以駭耳洞心。濮陽則昭華之琯，嬴臺之簫，肅雝和鳴，可使龍吟鳳下。蓋所謂異曲同工者。

錢受之云：伯承未第時，詩名藉甚。嘉靖七子之社，伯承其若敖蚡冒也。厥後李、王之名已成，羽翼漸廣，而伯承左官落薄五子、七子之目，皆不及伯承。伯承晚年每爲憤盈，酒後耳熱，少年用片語挑之，往往努目嚼齒，不歡而罷。邢子愿以臺使按吳，訪弇州而歸，伯承與極論其始末，語已，目直上視，氣勃勃頤頰間，拍案覆杯，酒汁沾濕。子愿逡巡不敢應。後爲伯承誌墓，亦略及之。今之論者奉歷下爲晉楚，揶揄伯承，使之捧盤盂而從小邾之後。此耳食之口論也。

陳卧子云：伯承爲七子先驅，而其後不振。

《詩話》：伯承與元美、于鱗同舍，皆故等夷。既而七子盛名，狎主壇坫，元美收之「廣五子」之列，意寖不平。晚逃於詞曲。觀其《詩雋》一書，詳于淮北，遠及巴蜀，而獨黜大江以南。蓋以吴楚、揚、粵之間，七子實居其五，其微意可窺也。

擬古二首

青樓臨大道，初日正杲杲。感君桃李年，使我懷春早。佳人念良夕，誓結同心好。磐石轉有時，華池多芳草。秋風薄天雲，一去跡如掃。筵筵池上魚，翩翩籠中鳥。性情本非宜，况復傷懷抱。

高堂列廣讌，美酒斗十千。絲竹奮清響，聽者有悲歡。人性豈相殊，中心難遽宣。諒無黄鵠翼，焉敢凌中天。延情需所願，歲月忽已殫。要津何熠燿，駑蹇徒迍邅。達人貴自我，珍此勞華年。

鄱陽湖

吴人臨古渡，湖水接天開。一夜南風起，扁舟萬里回。波漂星子縣，雲没大孤臺。却望蒼茫裏，匡廬秋色來。

早春懷元美

蘄王簫鼓日紛紛，雪霽遥看玉笥雲。借問江城春幾許，梅花落盡不逢君。

由商丘入永城塗中作

三月輕風麥浪生，黄河岸上晚波平。村原處處垂楊柳，一路青青到永城。

再過玉河隄

馬蹄日日逐紅塵，白髪青山應笑人。昨日玉河隄上過，杏花開盡不知春。

吳維嶽七首

維嶽字峻伯，孝豐人。嘉靖戊戌進士，除江陰知縣，徵授刑部主事，出爲山東提學副使，擢右僉都御史，撫貴州。有《天目山齋歲編》。

王元美云：吳峻伯如子陽在蜀，亦具威儀；又如初地人見聲聞則入，大乘則遠。又云峻伯詩小巧清新，足炫市肆，無論風格。

穆敬甫云：吳公結社西曹，詩中奇語，往往驚人。

《詩話》：峻伯如鉛刀土花，不堪灑削。然其五律，頗具岑嘉州、張司業風格。句如「關河春雁少，風雨暮鐘多」，「細雨來因晚，空山到已秋」，「清飈涼帶葉，零雨細沾沙」，「亂水穿林響，殘星綴嶺低」，「剪藤舒柏樹，芟草出瓜苗」，「暮雨初收市，秋江正長潮」，「潮生風聽急，江遠雨看無」，「澗水斜牽筏，林烟遠出村」，「沙頭飛燕子，市上賣櫻桃」，「鐘殘寒雨外，雁沒遠烟中」，較之明卿、子與輩，故自勝之。

寶應湖即事

遠水映空浮，星分蘆荻洲。漁鰕湖上飯，簫鼓雨中舟。擊楫成孤詠，揚帆出亂流。春還信可樂，前路是揚州。

贈沈丞之甌寧

一官知可薄，其奈武夷山。正好乘春水，悠然出古關。縣齋峰影下，吏事酒杯間。計爾傳詩日，初游九曲還。

立秋後一日雨中登樓

涼雨簫蕭下，江城昨已秋。潮聲入官舍，山色帶書樓。鼓散堂前吏，帆歸海上舟。喧聲聽晚市，聊用遣鄉愁。

晨詣玉華山摘桂花口占

凌晨採花遊，蕭然遇山雨。登閣啓雙扉，新泉響何處。

江上

淒淒江路風，曖曖遠村樹。愛殺鳴榔人，長歌入烟霧。

孝豐西圩道中

澗泉遶路十里，石屋棲雲數家。何處微風醒酒，溪南紅杏新花。

發南豐

山程細雨桃花店，關路長橋楊柳溪。何事錦囊朝夕載，南豐春色總堪題。

歐大任三十首

大任字楨伯，廣州順德人。以歲貢選江都訓導，遷廣州學正，入爲國子監博士，遷大理寺評事，終南京戶部郎中。有《思玄堂》《旅燕》《浮淮》《秣陵》《北轅》《南翥》《游梁》《西署》《軺中》《詔歸》《蘧園》諸集。

汪伯玉云：楨伯意氣溢發，一歸雅馴，可謂治世之音。

朱用晦云：楨伯樂府近太康，古詩師鄴下，歌行準嘉州，間出青蓮語。近體羽翼盛唐，七言佳境，頗類龍標。

錢受之云：自王、李倡七子之社，嶺南則梁公實與焉。已而元美進楨伯於「廣五子」，進維敬於「續五子」。梁與歐、黎皆出黄才伯之門，讀書纘言，并有原本。雖馳騖五子列，而詞氣溫厚，頗脫蹶張叫囂之習，識者猶有取焉。

李舒章云：楨伯詩如新裁貢錦，雖機杼未古，而時有鮮藻。

《詩話》：楨伯吟稿過多，先後發雕，年分地别，不盡流傳嶺外。歲丁酉，吾鄉曹侍郎潔躬出領粤東左轄，思輯《嶺南詩選》，屬予甄録。予從楨伯孫博士正式借足本，正式請予持擇稍寬，予柬版載歸，點以朱墨，後數載，不知何人竊去，深以爲憾。邇年復理明人詩，念之不能釋懷。忽從戴生錡書屋見之，言獲諸質庫中，不禁狂喜。因載爲施鉛，録古今詩三十首，吟誦數過，似不爲濫。正式雖墓有宿草，亦足慰於地下矣。

短歌行

樂樂自生，人窮反本。生世幾何，倏忽已晚。去者日疏，來者日親。水流同源，木生同根。父母兄弟，豈伊異人。况有旨酒，云胡弗歡？白日冉冉，明膏繼夕。調軫鼓絲，樂我親戚。春有催耕，秋有促織。歲事方勤，及此游息。今日同堂，明日異鄉。聽我短歌，心如之何？

怨歌行

高臺風蕭蕭，下澤波湛湛。春草緑已萎，遊子歲月深。駕言御松舟，寫我繁憂襟。昔來雎鳩鳴，今已蟋蟀吟。遨遊將安歸，弭櫂回塘陰。代馬嘶隴首，塞鴻翔漢南。我欲往從之，江永思難任。佇立睇川塗，一寄瑶華音。行行采蘭茝，聊以紓我心。

烏棲曲

月落未落烏將棲，可憐夜夜夜半啼。閨中少婦停梭泣，淚濕鴛鴦不成匹。

泊樅陽眺覽盛唐遂憶漢武之游

行役届皖城，放舟下樅陽。原隰鬱膴膴，江波浩湯湯。憶在元封中，君王狩朱方。大江深且廣，及兹一葦航。彎弧射蛟臺，皇武何可當。宸游事既往，六合無回光。不見樓船還，空餘蕙蘭芳。追昔有虞氏，恭已垂衣裳。聖人重無爲，君子貴豫防。覽古動悽惻，延佇增彷徨。

汎湞江至修仁水尋范雲飲水賦詩處

陸陟心苦艱，江行意超忽。揚舲恣擊汰，理榜欣乘筏。昔聞范内史，於焉自怡悦。賦詩散鬱陶，飲水辨清泦。今游屬暮春，遠放遵南粤。三楓睇已遙，五渡嗟應没。爰思雊雉馴，尚想甘棠茇。命駕税山椒，弭蓋依林樾。明霞帶遠巒，瑞靄屯崇碣。樊薄粲朱櫻，原陵苞緑蕨。感兹時物遷，懼爾芳馨歇。代更道豈殊，事往迹空揭。淒淒懷古吟，心賞不可越。鴟夷迥泛湖，子牟悵懷闕。采蘭向中洲，眷此何由達。沿洄發櫂謳，愉樂陶嘉月。

南越武王趙佗墓

故國多荆榛，纍纍帶丘隴。北睠天井岡，莫辨尉佗冢。緬惟稱制時，中原已雲滃。閉關并揚粤，畫甸賦秸總。閩蠻漸東羈，甌駱盡西擁。黄屋并漢儀，威邊自尊寵。陸生踰嶺來，班輪再南軿。奉藩謹上書，正極衆星共。桂蠹貢雖入，湟溪道仍壅。志遠蒿里催，運往朝臺聳。黍苗被隧塗，麏鹿交町畽。金鳧幸不飛，銀海豈能湧。登壟躑躅歌，空有牧豎踵。誰爲雍門彈，千秋淚洶洶。

劉王郊臺

五季亂豺虎，曆數未有歸。南漢驕自王，帝粤保南陲。白龍表上瑞，圜丘祀蒼祇。乾亨首紀元，升壇列金枝。薦德羞幣玉，滌牲贖郊犧。上帝肯居歆，祝史虚陳辭。君昏社已屋，廢臺委山陂。燔柴不復登，茂草鞠荒基。魯侯昔僭郊，已歎周公衰。甘泉與雍畤，秦漢多陋儀。矧兹蛟蜃國，禾黍豈足悲。

十四夜元白維敬見過

曖曖天宇豁，凉夜皎如練。鏡彩未盈規，清輝遠彌見。先臨太液池，却麗昭陽殿。須臾出漸高，歷歷指燕甸。零露浥金莖，嚴更促銀箭。登樓枉嘉賓，鳴佩緫時彦。列坐引濁醪，行厨愧豐膳。盍簪既非偶，明德夙所眷，共舒南渚情，寧羡西園讌。鄙劣謝久要，期爾回光眄。

十五夜遲元白維敬翫月

昨游有餘興，今賞不可忘。況當圓景麗，秋中氣清涼。披衣坐前楹，瑤空已飛光。凝華映連觀，流輝明洞房。夫君幸伊邇，策馬非異鄉。懷賢切饑渴，皎皎恒相望。願從聆徽音，示我以周行。

端州凱宴行

自從大羅山賊來，虔劉婦女驅嬰孩。千家萬家室如掃，倉囷杼軸皆塵埃。幕府專征有成算，漢軍達軍勢如電。飛符三楚調狼兵，五將前驅我軍殿。笳鼓長麾入瘴茅，空巢不費諸軍箭。羽書馳報請芻糧，士飽馬肥思一戰。西風鐃吹凱歌歸，數十俘囚泮宮獻。誰知首級半農商，血裏淋漓那忍見。椎牛釃酒饗歸士，纘悍狼兵更愁怨。金花錦帳排軍門，諸司盡向端州宴。吁嗟此事真兒戲，曹幕諸山賊猶熾。嶺南無歲無征戎，願君勿似大羅功。

三河水

三河水，萬軍淚。淚滴三河水不流，胡笳吹落薊門秋。河水流不住，胡笳過何處？誰使十年來，移營兩屯戍。君不見獷騎已馳牆子關，漢軍尚哨熊兒峪。

次韶州

臘月度湞水，繫舟韶石間。山高連漢徼，樹遠接秦關。禹甸通諸粵，堯封盡百蠻。九成臺下路，猶想翠華還。

夏日同陳世鳴憑虛閣讌集

故事南朝日，風流憶謝墩。薜蘿延翠靄，簫鼓送黄昏。鍾阜深藏寺，玄湖曲遶村。帝城瞻王氣，猶自護朱門。

得黄希尹金陵書

送君白門去，五載尚爲郎。握手知何日，題書問故鄉。潮聲江浦雁，秋色石城霜。一葉西風外，無因到洛陽。

入峽

一峽東江水，千峰不可攀。廬猶匡氏宅，壁擬謝公山。有跡游方外，何心出世間。儻逢乘鯉客，明月櫂歌還。

嶺上謁張文獻公祠

南人誰爰立，公始相開元。忠豈酬金鑑，恩空下劍門。衣冠通德里，桑梓曲江園。父老修秦臘，還來奠桂尊。

除夕寓九江官舍

餞歲潯陽館，羇愁強笑歡。燭銷深夜酒，菜簇異鄉盤。淚每思親墮，書頻寄弟看。家人計程遠，應已夢長安。

李符卿伯承左遷亳州夜同黎祕書惟敬吳侍御約卿往餞得長字

殷勤一尊酒，相送意何長。薄宦投濠上，歸心向濮陽。使星珠斗外，卿月玉河傍。持慰山東客，銜恩異夜郎。

謁文信國祠 即柴市故蹟。

憶昔南冠日，厓山恨未忘。魂沉柴市月，淚盡薊門霜。白雁銜江草，黄龍逐海航。中原冠劍在，歌舞待巫陽。

十月都下感懷寄諸弟

生計由來薄，兵戈日轉愁。鄉書經歲絶，客淚幾時收。星暗藏宫劍，霜凋季子裘。老親衣線在，辛苦事防秋。

萬歲山 一名百果園。

五岳來朝日，三山路不迷。長楊秦苑北，盧橘漢園西。珠斗凌空近，瑶峰入望齊。萬年同聖壽，何用訪丹梯。

龍舟浦

簫鼓中流發，秋風散浦烟。琳池新樂府，汾水舊樓船。賞勝觀濤日，游非習戰年。甘泉思扈從，回首濯龍川。

南臺 下有水田村舍，先朝曾於此觀稼。

西内風烟異，南臺見水田。艱難曾稼穡，淳朴自山川。農舍朝炊裏，江鄉夕照前。穀蠶勞睿藻，豳雅定同傳。

同黎祕書劉山人遊西山經玉泉山池亭望西湖

并馬今朝路，西行訪石經。山泉浮鉢緑，湖草映袍青。積玉迷春澗，飛花入暮亭。十年江上客，烟雨憶揚舲。

送曾子澄之塞上

曾是征南將，今隨定遠侯。白雲仍漢壘，春色過邊州。柳拂漁陽騎，笳清紫塞樓。酬恩知有日，談笑看吳鈎。

九月十五夜月

瑤草三秋色，金風一夕寒。書緣多難絶，月在異鄉看。淒斷驚霜角，遲回望露盤。刀頭今未定，誰最憶長安。

曉出玉泉山經西湖

玉泉散作鏡湖波，聞道宸游向此過。宮闕三山浮弱水，樓船千里度星河。白麟朱鴈無消息，瑤草金芝近若何。詞客昔年誇扈從，琳池花似漢時多。

嶺下酬蔣宋二使君見過

梅花嶺下幾擔簦，敢向中原論代興。置驛豈期縫掖貴，乘船猶愧孝廉稱。虞廷此日咨州牧，漢相何人起郡丞。聞道長安推轂地，歸朝行見璽書徵。

朝漢臺懷古

甌駱猶歸粵，河山尚隔秦。誰令南海尉，終作漢藩臣。

巴陵劉宗道自吉安與余同舟途中言别

雨中同上吉州船，分手潯陽思惘然。明日思君是何處，萬行烟樹入湘川。

王道行 一首

道行字明甫，陽曲人。嘉靖庚戌進士，官至布政使。有《桂子園稿》。

呂二山人自上黨以詩見貽贈此却寄

山陰夜雪興何如，客去遙天斷雁書。曾許王生重結韈，未應梁苑倦驅車。林開叢桂香飄席，臺倚千峰草結廬。遲爾憑高一杯酒，漫從張翰問鱸魚。

石星一首

星字拱辰，東明人。嘉靖己未進士，除行人，選吏科給事中，坐言事，杖爲民。尋起原職，升尚寶司少卿，歷大理寺左右丞，進少卿，出爲南太僕卿，擢左僉都御史，協理院事，進左副都御史，轉兵部左右侍郎，升工部尚書，加太子少保，尋改戶部，復加兵部，削籍。有《東泉集》。

《詩話》：少保雖與弇州聲應氣求，然風雅道遠。弇州與陽曲王明甫齊進之「續五子」之列。月旦如是，初不爲千秋起見，止任一時之愛憎而已。

同穆敬甫舟中作

回首雲深薊北臺，不緣五斗賦歸來。江湖我適扁舟興，廊廟君終濟世材。寒色侵人鄉夢斷，濤聲入夜錦帆開。平生擊楫成何事，起向燈前歌莫哀。

黎民表十六首

民表字維敬，從化人。民衷弟。嘉靖甲午舉人，選授内閣中書舍人，出爲南京兵部員外，終布政司參議。有《瑶石稿》。
胡元瑞云：維敬近體，深靚莊嚴，類公實而老健過之。
李時遠云：瑶石早受學于黄泰泉，其詩自建安下逮齊、梁，靡所不合，和平典雅，渢渢乎盛唐遺響。
陳卧子云：惟敬詩清華切秀。
《詩話》：瑶石詩，讀之似質悶，而實沉著堅韌。元美所取「續五子」，無愧大小雅材者，僅此一人而已。其在都下，偕龍游童佩子鳴、永嘉康從理裕卿、江陰鄧欽文徵甫、武陵陳思育仁甫、新城沈淵子静、南昌楊汝允懋功、靖江朱正初在明、麻城丘齊雲汝謙、盱眙李言恭惟寅、無錫安紹芳茂卿、蘭溪胡應麟元瑞、壽州朱宗吉汝修，凡一十三人，爲西山之游。縉紳韋布，各參其半，匪徒好事，洵勝引也。

游仙三首

我思忽不愜，藐然隘中區。凌山度瑶碣，肅駕自雲衢。遨遊清都闕，神猋吹我軀。上帝垂藻旒，群后驂龍趨。羡門進仙藥，王喬授玉書。餐和鍊真魄，精神遊六虚。自握無爲寶，年壽安足虞。
濯足紫泥海，晞髮朝陽阿。雲車載玉女，皓齒揚清歌。參差麗霄漢，玉轔隱相和。駕言憩玄圃，貽我瓊樹華。光儀忽以逝，兹意成蹉跎。岧岧閬風岑，汎汎蒙汜波。仙才諒非偶，浩歎將如何。

山林非所託，所思在神州。寓目八紘外，經過華池幽。神光颯然至，青鳥從我游。靈妃奉玉觴，清謡自相酬。歡娱未終夕，曜靈不可留。山川敻緜邈，白雲良悠悠。安得不死藥，千載復來求。

虎頭巖

松徑光未黯，賞心詎云釋。攬勝陟崇厓，褰衣履危石。雲構方蒙茸，乳竇正淅瀝。險逾吕梁壑，嶄異天井壁。仰接鷲猱棲，俯視飛鳥迹。緑帙晝常扃，丹光夜逾赩。杳杳曛烟生，瀼瀼冬霰積。功非夸娥掉，奇假巨靈擘。棲真事巖耕，倩爾飛鳧舄。

同丁戊山人游白雲寺

流觀遍炎隩，結賞自員嶠。積陽熙層厓，凝陰豁林杪。雲構何峛㠑，乳竇自窈窕。湞洞出谷雲，淵渟瑩神沼。稍疲暫憩石，選勝益躋表。欄楯寄躨跜，軒牕瞰深窅。猛簴發鴻音，寶輪晃餘照。龕以曇花覆，階將蕙草繞。詎謂劫灰餘，遂成夷原燎。楝橈芝菌生，瓦坼鼪鼯嘯。金薤剝石幢，汞藥遺丹銚。惠遠豈復招，巫陽不可叫。蕭辰命良儔，蘭觴展奇眺。感兹玄運徂，念爾沖規劭。關河閡舟楫，雲雨乖言笑。潛虯媚烟霄，冥鴻避矰繳。勉敦谷口盟，無貽北山誚。

予告出京師貽同好諸子

雙鳧戲中沚，羽翼相因依。眷言二三子，疇昔同裳衣。嬿婉未及終，雲雨當乖離。往嬰鴒原戚，今懷機杼悲。貞悔難具卜，榮賤同一時。衆人各有營，疇能恤其私。君子重明義，申以皎日期。采擷異葑菲，以報瓊玖貽。

香山寺

却月横香閣，祠星隱紺臺。殿隨山勢轉，池向水源開。雙闕浮雲斂，千林返照來。鶴岑清絶處，心賞信悠哉。

留都

幽薊稱嚴甸，重襟亦在斯。尚紆南顧策，數費北門師。霜悴青苗盡，秋深赤羽馳。誰能如賈誼，流涕向明時。

豫章江行

路已經吴越，舟還遡豫章。洪濤撞遠岸，獨鳥下危檣。地近長沙濕，山連粤嶠長。所思非遠道，猶復歎殊方。

同黄淳父登雨花臺

高座翻經處，捫蘿試一登。群峰當暮斂，萬象入秋澄。樹色分蕭寺，松風起漢陵。傷心烽火日，樓櫓在西興。

楊祠部宅送陳玉叔之淮安

故人遥擁傳，炫服且還鄉。芳草經吴緑，清淮入海黄。離襟分夜月，官燭照西堂。祇益風塵夢，隨君郢路長。

峪口

翠削巃峰峻，高蟠鳥道孤。東西分幕府，風土入穹廬。牧馬閑千匹，當關用一夫。傳聞漢諸將，猶議塞飛狐。

紫荆關

徑轉蛇盤險，雲連鳥去長。山桃微著紫，沙柳不成黄。重鎮臨天府，神功劃大荒。金城誰獻議，老作尚書郎。

横翠樓元將

高樓當絶塞，春望轉氤氳。百戰全燕地，千重大漠雲。控弦無掠騎，飲羽憶將軍。老去親戎馬，悲笳向夕聞。

别吴而待

戀闕心仍在，還家路不迷。凄凉弔古意，疲馬入青齊。

友芳橋

隔浦風烟暗，桃花自不迷。壺觴憐小阮，時向竹林攜。

趙用賢一首

用賢字汝師，常熟人。隆慶辛未進士，選庶吉士，除檢討，以建言，杖爲民。起春坊贊善，歷南京國子祭酒，升南禮部侍郎，召還，改吏部，卒，贈禮部尚書，謚文毅。有《松石齋集》。

錢受之云：文毅少年頗訾謷弇州，晚而北面稱弟子。弇州亦盛相推挹，作「續五子」詩及之，而「末五子」復居首焉。

陪祀昭陵紀事有作

瑤壇晴雪淨春空，劍佩聲沉苑路東。霜露每勤憂聖主，貂璫無復肅齋宮。通原燎火分宵白，拂樹霓旌映曉紅。寂寞翠華誰望幸，惟餘金粟鳥呼風。

李維楨四首

維楨字本寧，京山人。隆慶戊辰進士，選庶吉士，歷南京禮部尚書。有《大泌山人集》。

錢受之云：本寧洪裁豔詞，援筆揮灑。又能骩骳曲隨，以屬厭求者之意。其聲價騰涌，而品格漸下。

《詩話》：本寧如宫厨宿饌，麤鹿肥麋，雖腒牗具陳，龜䖮雜進，無當于味。

太和雜題

文祖初封嶽，經營十二年。景光如有見，議禮不相沿。畚臿三軍舉，泉刀九府捐。龍髯垂過膝，象帝髮鬖然。

南都三首

舊邦偏霸一隅雄，帝命維新自不同。再闢乾坤清朔漠，雙懸日月啓鴻濛。春開蒼震青陽後，斗直黄旗紫蓋中。率土王臣修職貢，江流萬里亦朝東。

親提三尺渡江來，宇宙東南帝業開。不盡風雲生沛澤，方升海日見蓬萊。河山兩戒朝宗地，草昧諸臣將相才。高廟神靈時出王，龍文五色正昭回。

旌旗劍佩擁椒除，尚想戎衣革命初。緑草不侵雕輦路，紅雲常護紫宸居。金銀宫闕三山外，烟雨樓臺六代餘。誰謂長江天作塹，八荒今日共車書。

屠隆九首

隆字長卿，又字緯真，鄞縣人。萬曆丁丑進士，除潁上知縣，調青浦，升禮部主事，歷郎中。有《由拳》《白榆》《采真》《南游》諸集。

錢受之云：長卿令青浦延接吴、越名士，青簾白舫，縱浪泖浦間。以仙令自許。在郎署益放詩酒，西寧宋小侯，少年好聲詩，相得歡甚。兩家肆筵曲宴，男女雜坐，絶纓滅燭之語，喧傳都下，中白簡罷官。壯年不自聊，縱覽關塞，尋遨遊吴越七閩，間長篇短什，信心矢口而出，所傳《由拳》《白榆》《采真》《南游》諸集，皆未嘗起草之筆。自謂「采真者十之三，乞食者十之七」，蓋實録也。

陳卧子云：緯真詩如衝煩驛舍，陳列壺觴，頃刻辦就，而少堪下箸。

《詩話》：長卿才非不高，而縱情奔放，記云「不知所以裁之」者也。

彭城渡黄河

彭城臨廣岸，俯仰霸圖空。白日照殘雪，黄河多烈風。所嗟人向北，不似水流東。回首滄溟曲，山山雲霧中。

北地

不識漁陽路，愁心莫問程。大都行曠野，偶爾見荒城。原樹銜人立，冰沙映日明。但逢茆店宿，明發又孤征。

潞河晚泊

回浦落帆盡，長堤帶郭斜。莫烟平吐樹，春雨薄沉沙。白艇藏漁市，黄茆覆酒家。一瓢雲水外，不復問年華。

江北謡

千錢與唱歌，百錢與賣酒。本是青州人，家住黄河口。

江南謡

日落晚天碧，潮來江水渾。漁燈楓葉下，不覺到柴門。

竹枝詞二首

木槿編笆土築牆，田家住在水中央。四月穿綿六月冷，門前夜夜稻花香。

水仙愛種水仙花，一灣江水廟門斜。女冠夜送小姑出，四野無人好月華。

真如寺

招提信宿十年前，香飯清齋不取錢。佛首藤蘿僧舍雨，重來歲月總茫然。

渡黄河

野曠天陰日欲西，北風吹雪雁行低。黄河渡口行人少，一路寒沙没馬蹄。

魏允中四首

允中字懋權，南樂人。萬曆庚辰進士，除太常博士，遷吏部主事。有《仲子集》。

舍弟東視海上諸郡余西歸

共被復今夕，分攜在今朝。子車向北海，我馬投西郊。疾塵蕩山郭，密樹回河橋。相望忽相失，憂來不假招。芳華色黯澹，鳴鳥聲蕭條。加餐縱努力，何以慰寂寥。

舟中贈泰峰先生

漢署高題柱。周官藉理財。詔從雙闕捧，帆渡九河來。驛路霜楓盡，家筵露菊開。無令淹使節，東閣正憐才。

周生歸黄州

涼風吹客帆，落日過湖南。握手空相送，離心不可堪。片雲縈楚岫，一葉下江潭。何地偏相憶，朱家酒夜酣。

寄周元孚

爲郎仍被謫，世事那能知。才子原無罪，明君未有私。楚鄉芳草日，江路落花時。五嶺流人遍，非君獨可悲。

胡應麟八首

應麟字元瑞，更字明瑞，蘭谿人。萬曆丙子舉人。有《寓燕》《還越》《計偕》《巖栖》《卧游》《兩都》《蘭陰》《邯鄲》《華陽》《養疴》《婁江》《白榆》《湖上》《青霞》等集，合爲《少室山房稿》。

王元美云：元瑞才高而氣充，象必意副，情必流暢。歌之而聲中宫商，覽之而色薄雲漢。以比開元、大曆，亡勿合也。

王敬美云：元瑞力追大雅。絶不爲柔曼浮豔、兒女子之態，故其詩多感慕意氣，敦篤友誼，有燕趙烈士風。

曹子念云：元瑞詩洪纖近遠，觸手成象，必麗大雅。

屠長卿云：元瑞近體，無音不亮，無思不沉，無骨不勁。要其變化離合，不盡出於于鱗也。

陳卧子云：元瑞如中賈張肆，不皆珍異，却無物不有；又如老樂工清濁輕重，都傳弟子。

《詩話》：長律至百韻，已爲繁富矣。元美哭于鱗，乃增益至一百二十；元瑞哭元美，則更倍之。蓋感知己之深，不禁長言之也。《詩藪》一編，專以羽翼《卮言》，虞山錢氏詬之太甚。觀《少室山房筆叢》，沉酣《四部》，自不失爲讀書種子。詎可因《詩藪》而槩斥之乎！

雜詩

曜靈薄崦嵫，光景忽已夕。圓魄猶未升，明星爛然出。寒蛩號我前，蟋蟀鳴我側。凉風起庭戶，樹木何蕭瑟。佳人期不來，延佇空歎息。寧知三歲心，爲子長惻惻。

秋日偕同志游金華

屈子歌遠遊，尚平有遐慕。顧謝青雲人，言尋赤松路。歷覽窮幽深，冥探愜情素。澗壑捫嶔岑，林巒涉回互。崖傾黄葉積，谷轉垂蘿護。高峰散餘靄，峭壁屯寒霧。娟娟初月昇，隱隱微陽暮。長謠欽昔蹤，獨往懷蹇步。慮由忘物超，道以遺榮悟。迹契容成公，神交子支父。徘徊北山文，惻愴淮南賦。睠彼丘中人，回飇對巖戶。

贈高深甫

最憶高常侍，生平樂事饒。千金求騄駬，十院貯紅綃。古蹟留三代，新聲和六朝。湖頭明月滿，無夜不吹簫。

自嚴灘至新安途中紀興

一灘高一丈，諺云：一灘一丈，新安天上。灘盡到天都。疊嶂雲飛動，陰厓日有無。辛夷殘紫落，躑躅亂紅敷。獨少行雲廟，分明入峽涂。

出塞曲

大獵漁陽罷，椎牛上谷營。酒闌飛騎去，夜奪受降城。

胥口

落日溪水寒，漾舟殊未已。西泠何處村，望望茶烟起。

寄江離館

朝夢江蘺開，夜夢江離落。如何二十年，不到江蘺閣。

塞下曲

平沙一望隴雲開，玉笛飛聲夜轉哀。萬里朔風吹不斷，梅花齊落李陵臺。

王世懋四首

世懋字敬美，太倉州人。世貞弟。嘉靖己未進士，除南京禮部主事，遷尚寶司丞，出爲江西參議，歷陝西、福建提學副使，升行太常寺少卿。有《奉嘗集》。

穆敬甫云：敬美逸氣縱横，詞采豐蔚。

胡元瑞云：敬美拔新標於四家、七子之外，勁逸遒爽，宗、吳、謝、李方之蔑，如以配哲兄，誠無愧色。

錢受之云：敬美弱冠稱詩，于鱗呼曰「小美」，貽書元美云：「小美思火攻伯仁，奈何不善備之？」其論詩獨推徐昌穀、高子業二家，以爲「更千百年，李、何尚有廢興，徐、高必無絶響。」其微辭諷寄，雅不欲奉歷下壇坫，則於大美亦可知也。

李舒章云：奉嘗詩如烏衣群少，粗有風格，不足對揚父兄。

《詩話》：敬美才雖不逮喆晜，習氣猶未陷溺。

初夏田家

本愛園林居，遂與塵世隔。欹枕過鳥啼，初陽在簷隙。攬衣臨前除，游目恣所適。藹藹千樹交，紛紛里烟白。清渠已新苗，高壟尚餘麥。雀乳深茅茨，魚防間萑澤。野夫荷鉏語，小婦當窗繹。周覽物候齊，憺焉忘朝夕。薄暮池上歸，苔痕亂深屐。

人日袁考功見過

今年人日百不娱，客游金陵家在吴。金陵春事亦不薄，有官何似當年無。清溪館前日欲晡，誰其過我袁大夫。喜是舊日高陽徒，十千斗酒不用沽。牀頭春甕足百壺，春陰滿地雲模糊。渡口桃花未著葉，門前楊柳難藏烏。金陵少年紫驪駒，有酒只過秦羅敷。飛光荏苒歲易徂，二毛便欲侵頭顱。男兒纔拄馬曹笏，河山已限黄公壚。仰天且莫歌嗚嗚，尊中酒盡可復呼。霜落烏啼更明日，摧眉還向府中趨。

廬山雪

朝日照積雪，廬山如白雲。始知靈境杳，不與衆山群。樹色空中斷，泉聲天半聞。千厓冰玉裏，何處覓匡君。

逢友

歸來雙鬢兩蕭然，見畫猶能記昔年。風雨一船曾泊處，借人燈火草堂前。

王錫爵三首

錫爵字元馭，太倉州人。嘉靖壬戌賜進士第二，累官少保，兼太子太保，吏部尚書，建極殿大學士。贈太傅，謚文肅。有集。

《詩話》：元美標榜詩人，於五子、四十子外，以其弟敬美及文肅稱二友焉。

題成祖四駿圖録二首

龍駒

玉勒繡纏鬃，天廄出真龍。報恩苟得所，寧論劍戟鋒。是時元戎方首路，霜毛血濺仍馳騖。將軍抽矢前致詞，願言不忘射鉤時。

飛兔

白溝昔合圍，龍駕忽三易。不成玄武陣，寧標飛兔跡。髫鬀漬血汗成珠，此時七萃紛前驅。即今宛馬西來道，試看茫茫白溝草。

壬辰秋日高郵待詔即事

慚愧春明別，依然物色新。風雲真遇主，骸骨豈謀身。市駿黄金盡，籌邊赤羽頻。總關游子念，其奈倚閭人。

明詩綜卷四十八

小長蘆　朱彝尊　録
安宜　張易忬　緝評

徐獻忠一首

獻忠字伯臣，松江華亭人。嘉靖乙酉舉人，知奉化縣。及卒，友人私謚曰貞憲先生。有《長谷集》。

《靜志居詩話》：長谷以作者自期，持論謂「詩人之作，代出意匠，以增前人之能」。旨哉言也，其比六朝聲偶，品唐詩，原樂府，皆有功後學。惜其書不盛行。詩亦冲澹，無累句，特少警拔耳。

俞氏水樓

故人江樓月，照見千里心。遊子未言歸，清光被滿襟。西陵隱簷際，南湖澄夕陰。持杯向木末，捲幔對遥岑。悵然不能去，徒令江水深。

沈爚一首

爚字世明，一字伯遠，嘉善人。嘉靖乙酉舉人。有《石聯遺稿》。

送顧梧石之衡州

瀟江路轉千峰碧，冉冉蒼雲拂樹低。此去臨風憶回首，月明江上鷓鴣啼。

顧聞二首

聞字行之，吴縣人。嘉靖戊子舉人，自號九嵕山人。

岳東伯云：九嵕才華瑋麗，鋪敘豐長，究其所歸，靡不有自。至於染翰，人稱其能並美者矣。

折楊柳

芳草接金隄，垂楊緑更齊。夕絮離天遠，春絲別霧迷。曲中青鏡改，愁畔紫騮嘶。紅樓歎少婦，腸斷玉關西。

夜泊崔鎮聞笛

雲落清河夜，天横片月涼。江樓莫吹笛，明日是山陽。

孫宜十首

宜字仲可，華容人。嘉靖戊子舉人。有《洞庭漁人集》。

顧玄言云：漁人新聲奇調，在李唐二孟之間，河嶽隱淪之夐秀者。

錢受之云：洞庭漁人詩，多至三千八百餘首。王元美評云：華容孫宜得杜肉。余觀其詩，剽擬字句，了無意味，求杜之片鱗半爪不可得，而况肉乎！

《詩話》：洞庭漁人，胡氏《詩藪》稱其學杜，然實源於大李，故《論詩絶句》云：「我愛風流太白豪，萬言珠玉在揮毫。」特其運筆癡重，斯與「謫仙人」不類耳。其於空同、大復、少谷、太初、迪功、西原，皆其所取法，滔滔莽莽，下筆不休，亦楚産之傑出者。

十三夜月

良晤既匪易，佳節亦復過。今夕非昨夕，光景忽已多。霏霏失玄霧，灩灩增金波。昔昖猶室隅，兹升眇庭柯。當扉萬象啓，側戶三星羅。蕭爽候愈寂，沉冥夜如何。興言悦至賞，眷此成清歌。

十四夜月

循環廼常度，盈昃亦至理。幾望已在兹，持盈有深旨。天運恒自然，人事安足恃。未滿溢漸形，欲盛衰伊始。倚伏本貞機，損益妙良軌。志以道自虚，情緣欲斯侈。守義焉所窮，法乾信云美。

送周氏

黄河逾東逝，白日淹西沉。人生不滿百，奈此世慮侵。貧賤豈得渝，富貴安可欽。浮榮竟杳漠，要路恒崎嶔。邵侯悦瓜田，陶令謝華簪。達觀信有及，古道良足箴。得喪匪人爲，憂樂由我心。願言返初服，聆我山水音。

茭港

結軫倦久痾，嚴裝理前遊。山行稍云疲，水宿良所由。弭櫂臨別浦，揚舲逝安流。波回路曲折，雲霽天沉浮。霜荻響近渚，風篠鳴長洲。沙翔去來鶩，岸並連拳鷗。澤蘭晚漸垂，江茝秋始柔。遵嶼乍離合，凌飈屢優游。擊楫情已乖，乘桴興將侔。即此締遑盟，抽詞贈同舟。

行視別業禾稼作

狗禄返塵軌，臥痾遂幽坰。爲圃竟不習，學稼鮮所明。薄田委僮僕，懶性謝經營。春陽始云改，夏序亦以征。輟翰越城棲，振衣事郊行。既暢景物麗，復感禾黍盈。雲葉被畛秀，風花覆阡平。修渠濯細流，佳實播初馨。堅好類周穡，耗蠹殊魯螟。利婦足遺穗，築場喜新晴。澤忝我私及，秋荷今歲成。麤糲甘自嘗，飽暖奚更營。且免洛陽歎，聊結杜曲盟。

王生入山謝事戲簡

疾風吹雲暗江縣，東城之雷北城雹。城中一雨絶可憐，十日不見王生面。昨當折簡傳深意，咫尺山城爾須至。楊雄草玄亦避人，侯芭載酒曾多事。

秋日歌二首

秋風忽吹洞庭草，萬壑千崖覺秋早。江邊白石回波濤，湖上蒼雲亂昏曉。少年日月易搖落，即目繁華已枯槁。人事天時合併催，風塵何必長安道。

秋風淅淅吹茅屋，東流之水西日速。地連南極北極雲，葉落千山萬山木。江上漁人罷釣歸，臨風拋擲綠荷衣，黃塵碧海真漂泊，白石滄波誰是非。

同諸友遊郭曲

地勝因湖得，堂幽對野開。晚風吹苗起，秋水抱城回。溪友留魚去，鄰翁送酒來。爲言九日近，引客試登臺。

十三夜月柬謝子

今夕江樓月，能添昨夜明。苑雲寒自歛，城角霽尤清。露警花間鶴，風微樹杪螢。百壺高興在，端坐待君傾。

陳津五首

津字道通，長洲人。嘉靖戊子舉人，仕至兵部職方郎中。有《莪齋集》。

詠史

貧賤希富貴，富貴履危機。赫赫丹徒子，當樞思布衣。五鼎有覆餗，一瓢堪樂飢。可知東門犬，不若西山薇。火烈飛蛾焦，泉深鯉魚肥。胡爲即顛越，而不鑒於微。不見成連子，千載揚音徽。

怨詞

明妃絶世姿，少長君王側。一忤丹青人，咫尺成離隔。何况窮居士，欲望君王識。

石山驛

四野動力作，荷鉏紛出村。開塍望新沃，喜見前山昏。嵐氣藹林杪，春風摇草根。丘中有來信，燕子入衡門。

螢

分將光自照，肯擬暗中投。寂歷依書幌，分明點客舟。露凉深映竹，風定直衝樓。不恨飄零晚，終隨大火流。

陸冰修云：五六清警。

燕子磯

燕子何年集釣磯，春氣不見舊烏衣。空餘芳草迷前浦，長自寒潮送落暉。刺眼野桃臨岸發，多情山鳥傍人飛。獨慚白髮紅塵客，此日披襟對翠微。

鄧遷 一首

遷閩縣人。嘉靖戊子舉人，官嘉興通判。

感秋

白露下亭皋，凉風吹綺陌。一夕芙蓉花，紅芳變瑶碧。

包桐 一首

桐字子同，號同谷，鄞縣人。嘉靖戊子舉人，官知縣。

送屠秋官國望復任留都

寒江渺渺煙霞開，揚舲西指鳳凰臺。大夫十年不得調，風塵千里胡爲哉。銜杯欲别别最苦，拔劍當歌歌莫哀。璧水貫城當咫尺，相逢還許坐莓苔。

黄省曾 一首

省曾字勉之，吴縣人。嘉靖辛卯舉人。有《五岳山人集》。

皇甫子循云：勉之思劇沉幽，語罕仍襲，宿搆非工，食時爲敏。

徐紹卿云：勉之才藻富捷，篤尚深華。

徐子元云：勉之詩宗六朝，如空江月明，獨鶴夜警。

王元美云：黄勉之如假山池，雖爾華整，大費人力。

穆敬甫云：山人從空同遊，刻意爲詩，遂成一家。

岳東伯云：五岳遊覽之餘，操觚靡倦，剪剔綺繡，咀嚼瓊英，每篇輟筆，粲然驚目。

《詩話》：勉之詩品太庸，沙礫盈前，無金可揀。當時從遊李、何，漫無師資之益，反不若方山、淓溪二賈人子，尚有秀句可采也。

江南曲

旖旎緑楊樓，儂傍秦淮住。朝朝見潮生，暮暮見潮去。

史元中 一首

元中號鹿泉，鄞縣人。嘉靖辛卯舉人，魚臺知縣，有《青蓮集》。

《詩話》：鹿泉知魚臺縣事，值歲大祲，盜賊起。有簡瑞者，爲盜魁，善運矟馳馬，出没官道。

鹿泉以計縛之。簡臥庭下，瞠目曰：「吾左手持稍，右短兵，横行千里間，今爲書生掩取，天也。」公笑曰：「汝輕書生耶？」即起著短衣，持其所用稍運之，左右回旋，如舞匹練。忽稍斷爲三，擲示簡曰：「汝稍豈足用耶？」簡叩頭，稱死罪，乃繫之獄。至冬月將論決，簡求見公，曰：「身亦山東男子，不敢負公，乞假十日，一生別老母。」公即縱之去，衆皆懼。及期先一日，簡就獄。離魚臺三十里爲獨山，大盗劉儀久嘯聚其中，有衆數千。開府曾公銑議進剿，以公爲前鋒。既擇日陳兵禡祭畢，公知獨山有諜者在軍，乃命植一竿百步外，公手挾矢誓曰：「某以書生任將兵，若一舉滅賊，當三矢中此竿。」時萬目齊注，監司諸將俱色變。公從容，三發三中，呼譟震地。是日公即察得諜者三人，釋其縛，賜以美酒食，笑謂曰：「汝來觀吾射耶？」諜者鼓栗，盡吐賊虚實，及所入獨山徑道。公立提兵襲其寨，擒劉儀還。曾公大喜，方論薦公，會曾公遷制三邊，尋爲相嵩所害，赴市。鹿泉歎曰：「事尚可爲耶？」即日挂冠歸里，時年四十二。家居復四十年，守令思一造見不可得。老益貧，惟賣文以自給云。

秋思

世事吟邊改，流光醉裏過。歲收頻下下，公賦益多多。有暇窮漁獵，無憂隱薜蘿。康衢終見及，擊壤續堯歌。

林垠 一首

垠字天宇，閩縣人。嘉靖辛卯舉人，選授桂陽知州，遷撫州同知，終户部員外郎。有《野橋集》。

拒馬河作

拒馬河邊驛路長，蜚狐口外又斜陽。春光已過六十日，不見花枝空斷腸。

唐鉞 一首

鉞字君錫，蘭溪人。嘉靖辛卯舉人，任楊州府同知，陞楚府左長史。

江行

客計方歸越，征橈更背吴。風螢臨水亂，江月向人孤。洲已過迷子，山行及望夫。可憐清夜色，强半在長途。

黄中三首

中字文卿，處州人。《蘭臺法鑒録》作遂安人，《浙士登科考》同。嘉靖辛卯舉人，授鉛山知縣，擢貴州道御史，出爲山東按察副使。有《南窗紀竊集》。

田叔禾云：括蒼詩派倡自郁離子，自郁離子歿，作者無聞。嘉靖中，有黄西野出焉，可當作者。

李時遠云：副使爲詩，不泥法度，不主故常。冲融渾化，意境兩忘。識者謂其衆體皆備。

長相思二首

妾夢一處所，積雪滿空山。覺來向人語，道是玉門關。萬里傳郎信，開緘喜欲狂。報得郎身健，遲歸亦不妨。

久雨

河東早秋風已凉，况乃陰雨難禁當。客子衝泥出門望，蓬蒿滿徑如人長。翻飛紫燕不妨濕，婀娜黄花今漸香。歸來獨酌對山色，圓笠依然戴石郎。

强仕三首

仕字甫登，無錫人。嘉靖辛卯舉人，選授江西廣昌知縣，遷知德州。有《考槃寤歌》《綺塍集》。

咏向長

子平謝累辟，雅志在隱居。乏食或有饋，取足反其餘。讀易深自悟，人世等蘧廬。謂貧富不及，謂賤貴不如。勑言婚嫁畢，家事無關余。同好有禽生，肆意相與娱。五嶽游躅遍，高風映簡書。

咏王霸

儒仲有清節，始亦赴徵命。造廷抗高辭，不肯臣萬乘。歸來事躬耕，蓬藋掩門逕。翩翩故人子，相過容服盛。一念兒曹羞，客去臥不應。賴有賢婦言，不失初守正。嘉遯遂終身，清輝兩相映。

咏梁鴻

伯鸞古賢人，乃在杵臼間。夫婦共守志，逃名入深山。凄凉《五噫歌》，東出辭帝闉。齊魯復荆吴，長往遂不還。爲傭豈無勞，顧已少外患。終葬烈士旁，高風邈難攀。

劉成穆一首

成穆一名嘉壽，字玄倩，又字文孫，崇慶人。嘉靖辛卯舉人。有《劉玄倩集》。

朱秉器云：玄倩詩文初不經意，即席揮灑，頗有佳者。

《詩話》：孝廉《過漢武帝陵》詩云：「歲暮霜殘過漢都，武皇陵墓舊荒蕪。不將玉匣藏天馬，猶使金燈照野狐。賦客詞園清露盡，仙翁丹竈白雲孤。千年唯有《秋風》曲，渭水長流啼夜烏。」楊用修見而甚愛之。然按其字句，尚欠帖妥，故置不録。

城南送友

送汝歸南國，燕山正早秋。獨傷千里別，同憶五陵游。漢殿相如賦，吴江范蠡舟。相思同易水，日夜自悠悠。

高應冕四首

應冕字文中，仁和人。嘉靖甲午舉人，官光州知州。有《光州詩選》。

顧玄言云：文中材致清贍，聲調遒拔，平平寫出，亦自沉淨。

江上行

白日江上没，江雲滿滄洲。鷗鳥各隨群，煙波何悠悠。還將不繫心，送君千里舟。相思不相見，極目令人愁。

同張玄洲胡圓洲王曉山張元洲項芳溪江樓觀潮分韻

江聲秋益壯，江草秋還歇。夫差自亡吴，子胥何怒越。盤盤江上山，盈盈江頭月。此景亘千古，不逐浮雲没。

江村晚眺

荒村沉夕照，煙樹幾人家。野渡迎潮急，寒山帶月斜。漁歸無遠市，雁下有平沙。寂寂秋江晚，芙蓉自落花。

渡湘江有感

扁舟復何去，五月下瀟湘。遥望蒼梧迥，還憐楚水長。暮潮下野渡，遠樹帶殘陽。渺渺雲山外，蒼茫隔故鄉。

陳芹 三首

芹字子野，系出交南國王，永樂中，避黎氏之亂來奔，遂家南京。中嘉靖甲午舉人，六試禮部不第，謁選知奉新縣，調簡得寧鄉，之官九十日，謝病歸。結青溪社。有《陳子野集》。

錢受之云：子野才情警敏，醉墨寫竹枝，欹斜盡致。文徵仲戒門下士：「往南京，慎勿畫竹，彼中有人也。」少嘗夢入深山，石梁跨道，瀑布灑空，洞中二老僧趺坐，周繞木闌以防虎。後遊天台山洞，宛如夢中，木闌猶在。問之土人，云：「老僧化去久矣。」自是恍然省悟，專精内典，作《和寒山子》詩。别業近新林浦，是謝玄暉題詩處。又於桃葉、淮清之間，起邀笛閣，延一時勝流，結「青溪社」。每月爲集，遇景命題，即席分韻。金陵文酒觴咏之席，於斯爲盛。相延五十年，流風未艾。承平盛事，至今人豔稱之，長年市兒猶能指點其處。

《詩話》：虞山錢氏序《金陵社集詩》云：「海宇承平，陪京佳麗。仕宦者跨爲仙都；游談者指爲樂土。弘、正之間，顧華玉、王欽佩以文章立墠；陳大聲、徐子仁以詞曲擅場。江山妍淑，士女清華。才俊歙集，風流弘長。嘉靖中年，朱子价、何元朗爲寓公，金在衡、盛仲交爲地主，皇甫子循、黄淳父之流爲旅人，相與授簡分題，徵歌選勝。秦淮一曲，煙水競其風華；桃葉諸姬，梅柳滋其妍翠。此金陵之初盛也。萬曆初年，陳寧鄉芹解組石城，卜居笛步，置驛邀賓，復修青溪之社。於是在衡、仲交，以舊老而莅盟；幼于、百穀，以勝流而至止。厥後軒車紛遝，唱和頻煩。雖詞章未嫺大雅，而盤游無已太康。此金陵之再盛也。其後二十餘年，閩人曹學佺能始，回翔棘寺，游宴冶城，賓朋過從，名勝延眺。縉紳則臧晉叔、陳德遠爲眉目，布衣則吴非熊、吴允兆、柳陳父、盛太古爲領袖。臺城懷古，爰爲憑弔之篇；新亭送客，亦有傷離之作。筆墨横飛，篇帙騰涌。此金陵之極盛也。戊子中秋，余以銀璫隙日，采詩舊京，得《金陵社集詩》一編，蓋曹氏門客所撰集也。嗟夫！日中月滿，物换星移。舟壑夜趨，飲獵旦改。白門有烏，無樹枝之可繞；華表歸鶴，悵城郭之併非。撰文懷人，吁其悲矣；謂我何求，亦無瞢焉。」覽其文者，謂淋漓盡致，盛衰今昔之感，具於是矣。然錢氏攷之未得其詳，青溪社集，倡自隆慶辛未，而非萬曆初年也。朱秉器《停雲小志》云：「青溪自後湖分流，與秦淮合，當桃葉、淮清之間，有邀笛步者，晉王徽之邀桓伊吹笛處也。陳明府芹即其地爲閣焉，俯瞰溪流，頗有幽致。歲辛未，費參軍懋謙約余爲詩會其上，於是地主則明府、次則唐太學資賢、姚典客淛、胡民部世祥、華廣文復初、鍾參軍倬、黄參軍喬棟、周山人才甫、盛貢士時泰、任參軍夢榛先後游。而未入會者，則張太學獻翼、金山人鸞、黄山人孔昭、梅文學鼎祚、莫山人公遠、王山人寅、黄進士雲龍、夏山人曰瑚、紀亳州振東、陳將軍經翰、汪山人顯節、汪文學道貫、道會、沈太史懋學、程文學應魁、周文學時復。癸酉復爲續會，則吴文學子玉、魏廣文學禮、莫貢士是龍、邵太學應魁、張文學文柱。每月爲集，遇景命題，即席分韻，同心投分，樂志忘形，間事校評，期臻雅道。前會録詩若干刻之，命曰《青溪社稿》，許石城先生敍其首。續會録詩若干，吴瑞穀序之。會余領渝郡符，任參軍入興都，稿遂散逸。後方民部沆、葉山人之芳入焉。余馳書社中，期稍收輯。無何，胡民部、費參軍以詿誤謫，黄參軍以領郡行。已，方户部亦因事出。盛會不常，良朋星散。回首江東，雲樹在望，秦淮煙月，黯爾銷魂。因記舊游，略次其姓氏篇什如左。」按此，青溪社集之本末始備。錢氏止覩曹氏門客撰本，而未見《秉器小志》故也。

折欄會和周銀臺韻

新歲詩家集，深更興未闌。共憐今夜月，仍似去年看。社主歡扳轄，車徒怨折欄。綵梅紅對酒，忘却外邊寒。

秦淮煙月

秦淮煙暝水長流，明月空懸萬古愁。春去秋來風景别，鳴箏夜夜酒家樓。

聞笛有懷朱比部

空林寂寞雨絲絲，折得梅花未滿枝。正值鄰家夜吹笛，倚闌無限故人思。

王鑛二首

鑛字公范，閩縣人。嘉靖甲午舉人，官思明府同知。有《冶山拙稿》。

送大行謝驛梅使琉球

使節分星象，仙舟捧御函。絲綸宣海嶽，天地極東南。服荷殊宣賜，才推絶域堪。遠人胥樂附，異俗乃能諳。父老相如檄，詩書陸賈談。徵牢宵踰十，館穀日過三。牛馬風何隔，金銀氣不貪。兩階遐格舜，九扈乍聞郯。專對名非忝，周咨迹豈慚。歸航應載石，赴闕及傳柑。國體從兹振，兵威不自戡。

梅花洋信近，延佇慰朋簪。

青魚灘

青魚灘上野人家，曲徑疏籬長物華。漠漠午煙吹不散，鷓鴣飛出木棉花。

薛欽 二首

欽字寅甫，懷安人。嘉靖甲午舉人，太平儒學教諭。有《東山集》。

《詩話》：薛君詩頗清越，近於皆山樵者。曹能始序徐惟和詩云：「閩自林膳部後百餘年而得鄭考功，又數十年而得薛博士。」其推重若是。

句容道中望茅山

崒嵂盤江甸，遥天紫翠分。風塵應不到，鸞鶴自爲群。曉徑連青靄，秋山遍白雲。可憐句曲望，不見華陽君。

雞鳴寺

古寺浮仙嶂，層甍近帝家。洞香流石乳，僧午飯胡麻。金刹盤飛鶴，丹池聚浴鴉。俄聞孤磬發，蕭颯滿煙霞。

郁蘭 一首

蘭字文芳，秀水人。嘉靖甲午舉人，官南京刑部主事。有《比部稿》。

《詩話》：嘉靖倭亂，胡總制宗憲有捍患功。及被逮繫，陽川時知績溪縣事，力覆護之，至以去就爭，願上印綬，始得免羅織。可謂長者。今鄉曲之士，知其名者寡矣，矧詩乎！

讀五代史

天地沉冥際，山河戰伐中。可憐長樂老，只是愛三公。

吴節 一首

節字子甘，江陰人。嘉靖甲午舉人，任江西新昌知縣。

登仙阜亭

仙阜孤亭敞，憑高發興新。風帆斜入浦，雲樹曲通津。丹井迷芳草，清池覆緑蘋。月明歸去近，涼影忽隨人。

陳紹文 一首

紹文，南海人。嘉靖丁酉舉人，官通判。

□□〔一〕

幾日南巡詔，旋看下九霄。五花邊將馬，七葉禁臣貂。帝子馳金輅，神人駕石橋。康衢應有頌，誰爲

〔一〕按，底本闕題。

采風謡。

吳旦 一首

旦字而待，南海人。嘉靖丁酉舉人，謁選爲知州。有《蘭皋集》。

《詩話》：蘭皋，「南園後五先生」之一也。惜其集不傳。

秋夕城闉納凉

同游冠蓋晚相招，澤國山川正泬寥。官閣迥臨秦代壘，女墻斜帶越江潮。流螢草細風先動，繞鵲枝長露易飄。多少高樓人不寐，碧天凉月夜吹簫。

蔡宗堯 一首

宗堯，臨海人，自號東郭子。嘉靖丁酉舉人，選授松陵教諭。有《龜陵集》。

麗情曲

曲房過雨蕙徑空，綠雲藹藹懷春風。欹枕牙床睡初醒，臙脂汗濕羅衣紅。鴛鴦牽繡絲未歇，流蘇夜煖斜明月。珠簾半卷春日高，海棠飛起雙蝴蝶。

鍾廣漢云：八乂遺響。

方效 一首

效字去病，桐城人。嘉靖丁酉舉人。有《石洲集》。

歸途

大龍之嶺高插天，石塘湖邊秋可憐。稻花菊花裛寒露，遠壑近壑屯晴煙。江聲潡壯自今古，峽徑縈紆還歲年。悠然獨馬渡河去，日暮滄洲停客船。

郭文涓二首

文涓字穉源，古田人。嘉靖丁酉舉人，官保寧同知。有《亨帚集》。

遊西山

緬維京國遊，夙憶西山勝。前期戒朋儕，昧爽理征鐙。連鑣出都門，散轡遵郊徑。仁猶望晴巒，迢遞陟煙磴。蒼茫紫翠分，參差金碧映。雲際鬱層甍，風中發孤磬。山光足怡愉，池色湛清瀅。覺花粲奇馨，慧草紛延亘。梵影空中懸，經聲榻前聽。行恐苔痕穿，嘯聞谷響應。翠巘屢攀躋，朱闌恒眺凭。取適情易酬，息機意初稱。登臨愜賞懷，攬結動幽興。聊茲却喧囂，庶以慰蹭蹬。

夜懷

疏燈孤館寂，落木萬山空。夜色誰家月，秋聲何樹風。鄉園歸雁外，身世轉蓬中。祇益離群意，凄然思不窮。

劉熠 一首

熠字元麗，號東沙，海鹽人。嘉靖庚子舉人，官監察御史。有《同春堂遺稿》。

山中風雨

春來風雨倍凄凄，咫尺雲峰萬木迷。竈下濕煙離突起，庭前幽草上堦齊。夢來旅况殊鄉國，聽去江城盡鼓鼙。縱擬單車待明發，子規聲已遍前溪。

方興邦 一首

興邦字懋翼，莆田人。嘉靖庚子舉人，官至廣西參議。有《喬村集》。

得子相書

尺素中宵慰索居，美人南國意何如。江淮殺氣昏牛斗，豺虎烽煙蹙羽書。天入蒹葭孤雁盡，秋來風雨五陵疏。朱門鳴瑟誰知己，莫漫逢人賦《子虛》。

許邦才五首

邦才字殿卿，歷城人。嘉靖癸卯舉省試第一，任永寧知州，遷德府長史。有《海右》《梁園》二集。

魯藩中立云：空石詩倣于鱗，而氣格不逮。然于鱗詩多客氣，而空石温厚或過之。

謝茂秦云：殿卿軒軒豪舉，傍若無人。

宋轅文云：于鱗亟稱殿卿，其《梁園集》殊不稱，絶句差快意。

《詩話》：殿卿如鋭頭年少，騁獵平原，耳後生風，鼻頭出火。長歌有云：長卿慕人千載前，何似與君俱少年。子雲慕人千載後，何似與君俱白首。」爽氣殊倫，令張正言爲之，不過此也。王元美贈詩云：「是時歷下李攀龍，往往道汝文章伯。」乃《巵言》評詩，竟不之及，又夷之「四十子」之列。取舍似未公也。

寄懷元美

鴻雁驚秋海上還，片雲孤月薊門關。如何昨夜西窗夢，不道千山與萬山。

送高都護入賀

將軍白馬插雕弧，自傍屬車誇射烏。陛下聖明三萬歲，微臣直至執金吾。

送謝中丞歸射洪 二首

六月江干冰雪凉，射洪春酒鬱金香。自從筇竹通西夏，漢使年年出夜郎。

巫峽江陵一水分，猿聲兩岸夜成群。遥知月下孤臣淚，才過三聲不可聞。

留别劉公

秋風長鋏幸生還，明日孤臣入楚關。莫道三年人萬里，天涯消得幾重山。

韓詩 一首

詩字承志，長洲人。嘉靖癸卯舉人，知永豐縣，遷雷州府同知。有《勗齋詩集》。

小齋即事

小齋寂歷似山居，池上逍遥與世疏。盡日不通門客刺，經春懶報故人書。捎簷細竹含風響，繞榻輕雲過水虚。願得郡中無一事，十年不調更何如。

戎來賓一首

來賓先名國振，字孔塘，鄞縣人。嘉靖癸卯舉人，榜後更今名，官南昌府通判。

郊居即事

作吏才偏拙，爲園意頗深。風塵元畏路，山水是知音。徑曲叢篁密，堂虚澹月侵。平生甘放浪，自合早抽簪。

梁柱臣 一首

柱臣字彦國，廣州順德人。嘉靖丙午舉人，官灤州知州，入爲刑部員外。有《梁彦國存稿》。

寄懷蘇雲谷逸士

吾鄉隱君子，質素古人風。性豈琴書癖，身將猿鶴同。捲簾山閣暮，策杖海雲空。一别麻源谷，相思桂樹叢。

陳所有 一首

所有字彦冲，莆田人。嘉靖丙午舉人，合浦知縣。

草堂

草堂在西林，露頂避溽暑。客來剝啄聲，葛巾不知處。

孫樓 一首

樓字子虚，常熟人。嘉靖丙午舉人，湖州推官。有《百川集》。

郊西詩

上苑春偏麗，西郊更可憐。輕塵花半妥，斜陌柳初眠。緑樹鶯聲外，青山馬首前。夕陽南北淀，彷彿太湖田。

邵圭潔 一首

圭潔字伯如，一字茂齊，常熟人。嘉靖己酉舉人。有《北虞集》。

蘇臺竹枝詞

魚尾晴霞片片明，鴨頭新水半塘生。平川蕩槳一十里，深巷賣花三五聲。

黄尚質二首

尚質號墨泉，餘姚人。嘉靖己酉舉人，知息縣事，遷知景州。有《青園録》。

再過半山堂

春風重過半山堂，依舊千峰入坐蒼。更有好花明後院，旋添新竹蔭虚廊。畫圖想像摹雲谷，詩句模糊認雨墻。却怪山禽似相識，向余啼上卧龍岡。

采茶女

結束烏椎髻，攜筐去采茶。歸逢鄰女笑，也插杜鵑花。

葉春及八首

春及字化甫，歸善人。嘉靖壬子舉人，選授福清儒學教諭，陞惠安知縣，遷興國知州，轉鄖陽同知，召爲户部郎中。有《絅齋集》。

《詩話》：歐陽永叔《日本刀歌》云：「徐福行時書未焚，逸書百篇今尚存。令嚴不許傳中國，舉世無人識古文。」永叔雖有是言，亦詩人托興而已。故葉少藴、馬翔仲均疑之。鄭麟趾《高麗史》：「宣宗八年五月，李資義還自宋，奏云：『帝聞吾國書籍多好本，命館伴書所求書目録授之。且曰：雖有卷第不足者，亦須傳寫附來。』」目録首開百篇《尚書》，而高麗未之有也。先是咸平中，日本僧奝然以鄭康成注《孝經》來獻，不言有《尚書》。王惲《中堂事紀》載：「中統二年，高麗世子植来朝，宴於中書省。問曰：『傳聞汝邦有《古文尚書》？』答曰：『與中國書不殊。』」然則百篇《尚書》，高麗且無之，況日本乎！萬曆初，絅齋在郎署，有命遣使臣封倭，絅齋上言，請多方索之以歸。未免近於迂矣。絅齋令惠安，幾與姑臧、萊蕪比潔，有繡衣按郡經縣治，騎從過盛，將止宿焉。絅齋前曰：「日未旰，惠安小縣，豈容駐節乎？」强之去，强項甚矣。及解組歸，隱居羅浮之石洞，吟詠自適。雖以講學聞，詩宗杜陵，不墮程、邵門户。

飲陳巽卿宅即席賦得帝字

黄公避秦皇，子陵傲漢帝。萬乘彼不榮，五斗吾何利。邇來脱桎梏，麯蘖聊避世。田父尚不辭，況乃夙同志。高堂敞華筵，上客縱横至。日暮飲未休，舍坐還席地。屢舞倩人扶，歡言答賓戲。因思劉參軍，荷鍤有深意。

飛雲頂

峰到飛雲絶，晴看赤日沉。露凝霜鬢白，龍起二儀深。積氣連吳楚，啼猿自古今。天門知不遠，乘興欲登臨。

小砟石臺

倚劍孤城暮，登臨萬壑秋。潮平沙岸失，月落島煙浮。白鹿通夸國，黄雲滿戍樓。南征斷消息，横吹不勝愁。

訪詹罡亭先生巢雲書院兼呈社中諸友二首

巢雲高不極，飛閣倚雲開。樹杪滄溟盡，尊前紫翠来。江湖雙涕淚，天地此樓臺。縱有終焉計，能忘國士才。

惆悵出門去，徘徊流水間。菊花深復泛，桂樹晚重攀。返照孤城歛，寒雲大壑還。明朝羈物役，清夢到柴關。

白雲洞口號 二首

洞晚雲隨人，巖秋雨自飛。莫愁霑野席，猶得浣塵衣。歲月吾將老，煙霞興不違。昔年招隱處，叢桂可同歸。古洞何年闢，長留宿白雲。江山千里盡，風雨半天聞。芝朮堪時往，壺觴到夜分。依依乘月去，猿鶴惜離群。

初春滕方伯支學憲招飲藥洲藥洲南漢離宮有池今名白蓮池畔有九曜石

留客平原飲，賢哉二大夫。致身霄漢近，傾蓋古今無。冀北空良驥，關西得舊儒。偶然山澤叟，今夕一尊俱。

張鳴鳳 一首

鳴鳳字羽王，豐城人。嘉靖壬子舉人，選授府通判。

留別黄門周公

清時落拓愧無能，何事高人獨見稱。朝議遽寬重譴吏，聖恩因借六安丞。雲山曙色催行李，秋渚離心醉采菱。夢裏亦知雙闕路，幾回深夜悵殘燈。

陳師 一首

師字思貞，錢塘人。嘉靖壬子舉人，有《復生子稿》。

潞河舟中作

夾岸垂楊青可憐，出門仍是葛衣天。鄉書不到東吳雁，客夢重尋潞水船。季子貂裘重那敝，王喬鳧舄幾時旋。年來作客渾南北，囊底曾無貫酒錢。

吳景明 一首

景明字復陽，休寧人。嘉靖壬子舉人，知州。有《西洲集》。

赴西州任道中即事

灘險飛流急，林深毒霧遮。溪行朝避蜮，山宿夜妨蛇。屋帀桄榔樹，籬編茉莉花。從知邊徼地，風土異中華。

姚光虞 一首

光虞，南海人。嘉靖乙卯舉人，官至知府。

送周國雍守順慶

使君千騎擁朱幡，此去誰云蜀道難。列郡分符虞岳牧，前驅負弩漢衣冠。湓城月色揚舲渡，巫峽濤聲倚劍看。行矣外臺今不薄，循良卿相滿長安。

鄧元錫六首

元錫字汝極，建昌新城人。嘉靖乙卯舉人，徵授翰林院待詔，學者私謚文統先生。有《潛學稿》。

擬古

人皆願延年，延年欲奚爲？一夕復一朝，忽與百歲期。誰能繫西日，長挂扶桑枝。群流赴巨壑，寧復有還時。劉安將雞犬，八公徒愕眙。秦皇與漢武，但爲方士嗤。

雜言别傅陳二友

羲娥無停轂，青陽忽朱明。柔條奮翘柯，原隰何青青。往者日以徂，來者日以榮。嗟余至寡劣，晞聖徒有營。邁往信不力，逾覺時序傾。我身所以立，豈不恃友生。奈何同心侶，中道各有程。戚戚增紆思，薄言寄深情。

古詩送王子仁

嘘物寧非風，風勁物乃戕。駕車寧非馬，馬疾車以僵。百獸伏騶虞，衆禽景鸞凰。豈無鷹隼姿，搏鷙難爲良。

別江子

良農程歲功，豐凶非所諳。良賈經儲積，利鈍皆所甘。曾以水旱故，棄捐任與負。曾以貿易薄，棄捐絲與布。十年經世業，料理亦有素。奈何乘軿輈，中逵思改鶩。人生各有職，治職各以勤。永誦《蟋蟀》篇，愾然念先民。

初夏登眺天峰

江城開宿雨，孤嶠共躋攀。龍氣留蒼壁，鶯聲響碧灣。危峰斜帶郭，幽徑曲盤山。不淺東林興，迢遥未忍還。

途中雜詩

河水走平土，郡邑何偪側。君莫問河防，河防無上策。

周式南 一首

式南字仲翰，吳江人。嘉靖戊午舉人，以孫宗建貴，贈太僕寺卿。

萬松嚴

爲愛山幽選勝來，城南絶巘翠屏開。澗邊黄葉自秋色，門外落花空古臺。松影半分禪榻静，潮聲一道海門回。聖朝欣覩平夷頌，欲賦《長楊》愧不才。

劉魁 一首

魁字焕吾，泰和人。由舉人選授寶慶通判，移知鈞州，遷潮州府同知，入爲工部員外郎，諫徙雷壇，廷杖繫詔獄者再，以宫禁火，赦還。有《晴川集》。

《詩話》：永陵好道，詔徙雷壇於禁中，曰雷霆洪應之殿。有壇有城，有轟雷軒，有嘯風、嘘雪、靈雨、耀電之室。有清一齋，有寶淵門，有靈安、精馨、輔國、演妙之堂。有八聖居，有馭仙次，各懸以額。又别建凝道雷軒，帝晝日常御之。其始作也，晴川疏請停止。帝怒，予杖繫獄，與楊伯脩、周順之講學囹圄中。是年八月，西苑神降于乩，請宥三臣，乃得釋。俄復逮繫。明年宫禁火，放還。晴川，陽明弟子也；郡人鄒公元標，合三人詩刊之，題曰《三忠文選》。

過德州次訥溪韻寄斛山

纔過滄州又德州，緑楊堤岸菊花秋。未論秦楚萬餘里，且共風波一葉舟。農圃漁樵俱是侶，江湖廊廟敢忘憂。獨憐腰脚差還健，有約同登華岳遊。

張燾四首

燾字水波，南昌人。由舉人仕至府同知。有《崇古堂稿》。

先鋒樓

噫吁哉！延城之山高兮天際頭，况此城上更架百尺先鋒樓。登樓一望覽無際，但見萬里蜃氣滾滾，直與蒼天浮。三峰九溪不暇數，時有倭雲刺日出没，亂我雙吟眸。憶昔使君提兵駐此地，雄據八郡當襟喉。生靈百萬賴保障，勞集不讓高密侯。爾來兵力日綿薄，肉食誰爲天王謀。向來鄰郊有小警，遂使五嶺欲撼杉關愁。噫吁哉！粤山如昨粤水流，壯士一去天悠悠。東南猺獞尚可語，西北烽煙誠足憂。去年胡馬下井陘，遂使烽火通幽州。令人拊髀歎不已，投筆每爲班生羞。安得使君溪前仗劍起，直走塞下，一鼓甲士皆貔貅。漠南河西羌種盡擊滅，從此玉門遣戍空防秋。

秋思二首

本朝宣大屹秦關，北轉河戎部落間。魏闕頻看優詔下，玉門誰唱凱歌還。黄沙鼓角野狐嶺，白日羊駝天馬山。節鉞不來楊石遠，蚤秋烽火照愁顔。

中原舊服緣河套，百戰翻成縮内邊。空使健兒遺白骨，不聞中帥給青錢。六贏徑入榆林寨，梟鴿横飛好水川。安得征西班節使，坐收氐海淨狼煙。

康山忠臣廟

高王卷甲南征日，掃蕩亡陳向此洲。焚炬未應誇勝算，覆巢原已畫先籌。江東父老空憐楚，垓下山河盡屬劉。寂寞康山湖上廟，至今煙雨不堪秋。

李蔭 一首

蔭字襲美，内鄉人。官刑部主事。有《五遊集》。

雪霽登雲門山

晴雲落澗春水鳴，好風吹人衣袂輕。有山如此不一醉，啼鳥可憐空數聲。碧石崔嵬跨絶壑，白雲爛熳連孤城。楚客興來每獨往，浩歌不減昇天行。

張邦伊 一首

邦伊字孺覺，鄞縣人。以父時徹廕，仕至陝西苑馬少卿。

沈嘉則有三楚之遊席上得分字

春城斗酒惜離群，把袂高歌到夕曛。地入衡廬三楚盡，天回襄漢九江分。停舟夜聽湘靈瑟，倚閣朝搴鄂渚雲。知爾尚平家累淺，逢人勝事好相聞。

仲春龍 一首

春龍字原仁，秀水人。以太學生，選授文淵閣中書舍人。有《九山樵子集》。

少年行

鏤金鞍子百花裝，三尺流虹飲血光。白日報仇官市上，青春調笑酒壚傍。

潘緯 一首

緯字仲文，一字象安，歙縣人。入貲爲武英殿中書。有《養痾》《遊淮》《園居》諸集。

王仲房云：仲文年少攻詩，不甘常調。雖羽翼方翔，而風力厚負。

閶門尋周公瑕王和仲所居不得

閶門九陌通，車馬往來逢。入郭尋舊識，望閭迷舊踪。空停秋江棹，漫聽寒山鐘。相隔城闉裏，煙雲凡幾重。

項元淇 一首

元淇字子瞻，秀水人。光禄署丞。有《少岳山人集》。

皇甫子循云：子瞻古選冲逸，五言典雅，七言清婉。

同陳白陽登閣

月宇臨清桂，星筵拂絳河。已投車轄飲，兼倒接籬歌。砧杵催秋急，風煙向晚多。春波門外路，乘興數經過。

周錫 三首

錫字子純，太倉人。嘉靖中以薦授潮州府通判。有《南游》《東山》《蒹葭》《得己》諸集。《詩話》：子純下筆不休，間有合作。相傳攝潮陽縣印，巨寇楊三揔、林大帥率黨千人，駕三十艘壓境，警報踵至。子純徐曰：「鼠輩爾，胡能爲？」衆皆懼。子純挾弓矢上馬，引滿射，三發三中的，桴鼓應之，擊走三揔，擒大帥以歸，縣境以寧。洵豪士也。

海豐道中

長夏苦于役，炎風吹鼓鼙。山深榕子落，雨急鷓鴣啼。野渡從流下，斜陽在竹西。極知行路險，愁殺嶺雲低。

茅屋

茅屋自成趣，况丁離亂中。敲冰兩孺子，曝背一衰翁。客至村醪薄，樵歸樹葉空。三江十萬戶，安樂幾人同。

吳門夜泊

谷口揚帆風正急，野亭雲木雨霏霏。晚來城郭維舟穩，老去湖山見面稀。十里煙光開疊嶂，兩崖樓閣帶斜暉。夜深欲傍寒山寺，依舊鐘聲落翠微。

吳承恩七首

承恩字汝忠，淮安山陽人。長興縣丞。有《射陽先生存藁》。

陳玉叔云：　汝忠緣情體物，其辭微而顯，其旨博而深。淮自張文潛以後，一人而已。

李本寧云：　汝忠與徐子與最善，往還倡和。今按其集，獨不類七子，率自胸臆出之。以彼其才僅爲縣丞，以老一意獨行，無所扳援附麗，豈不賢於人哉！

《詩話》：汝忠論詩，謂近時學者徒欲謝朝華之已披，而不知漱六藝之芳潤。縱詩溢縹囊，難矣。故其所作，習氣悉除一時殆鮮其匹。

對月

人言天上月，中有姮娥居。孤棲誰與共，顧兔銀蟾蜍。冰輪不載土，桂樹無根株。紛紛黃金粟，歲歲何由舒。一閉千萬年，玉顔近何如。相違不咫尺，照我闌干隅。一杯勸爾酒，爲我留須臾。

富貴曲效温飛卿體

燒燭迷妝閣，春旗隔步廊。兩眉京兆畫，三日令君香。裙窄芙蓉衩，釵危翡翠梁。羨他雙海燕，先占鬱金堂。

楊柳青

村旗誇酒蓮花白，津鼓開帆楊柳青。壯歲驚心頻客路，故鄉回首幾長亭。春深水漲嘉魚味，海近風多健鶴翎。誰向高樓横玉笛，落梅愁絶醉中聽。

田園即事

大溪小溪雨已過，前村後村花欲迷。老翁打鼓保社裏，野客策杖官橋西。黄鸝紫燕聲上下，短柳長桑光陸離。山城春酒緑如染，三百青錢誰爲攜。

秋夕

竹火煎茶寺，菱歌載酒航。人間秋夕好，第一是錢唐。

柬未齋陶師

牀頭社甕鵞兒熟，江口春船石首來。欲就吾師謀一醉，講壇何日杏花開。

勾曲

紫雲朵朵象芙蓉，直上青天度遠峰。知是茅君騎虎過，石壇風亞萬株松。

曹大同二首

大同字子貞，南直隸通州人。由歲貢生授光禄寺署丞。有《玉芝樓集》。

秋日田居

屏居謝人徒，朔風吹寒雨。遠樹既盤紆，渫雲亦交互。愁鵾戀故林，隱豹諳長霧。冪歷川光昏，蒼茫野火聚。耳目暫無擾，閒情託豪素。拙訥罷干時，賞心於此遇。飛光忽我遒，咄咄歲云暮。眷言採三秀，頽齡儻能駐。

遊仙

有道百靈初，無名萬物始。九氣煉中和，三元謝甲子。化昇隨感遷，清越徹表裏。玄圃御斑麟，丹丘乘赤鯉。左拍浮丘肩，右躡羨門趾。山成數寸塵，海無三尺水。長嘯宇宙外，超然得不死。

張循占 一首

循占字元易，蒲州人。官光禄署正。有《嘉樹齋稿》。

軍城秋夜

寂寞軍城暮，浮雲暗斗杓。戍樓人未散，絶塞馬仍驕。夜雨千門冷，秋風萬木凋。籌邊王相國，金甲未應銷。

錢元鼎 一首

元鼎字實夫，桐城人。鴻臚寺丞。

偶出

臥榻淹三伏，肩輿出早秋。青溪通小市，香稻滿平疇。有約過鄰舍，忘機對水鷗。已成迂懶性，身外更何求。

沈堯龍一首

堯龍字易之，湖州人。由貢生官鹽運司。有《列藝集》。

丙寅誕日

年來蹤跡逐風塵，忽感懸弧笑此身。白髮有時還到我，青山何處不容人。漢家鹽鐵錙銖重，楚國旌旗日夜新。且與蘋洲亭上客，一竿春水共垂綸。

魏學禮二首

學禮字季朗，長洲人。以歲貢選鎮江訓導，擢國子學正，陞廣平同知。時與劉鳳齊名，合刻詩曰《比玉集》。

李時遠云：季朗辭鋒甚鋭，當勝子威一籌。

昭君怨

翠袖辭金殿，青苔閟紫宮。香寒羅帳曉，春盡玉階空。明月琵琶曲，驚塵朔漠風。一作「豔態消衣上，悲情落管中」。君恩原未薄，妾夢向來同。

贈黎仲子

伊人結客少年場，芳草長亭正夕陽。忽見雙魚來萬里，始知尺素下三湘，布衣然諾輕朱建，冠蓋縱橫憶鄭莊。郢曲自來多白雪，遲君早晚賦《長揚》。

孟思 一首

思，濬縣人。通判。有《龍川集》。

秋夜期友不至

西風散秋聲，搖我庭間樹。月寒草露光，山靜星河曙。林鳥相向啼，昆蟲紛若語。美人期不來，幽客徒凝佇。

周沛三首

沛字允大，紹興山陰人。有《浮峰集》。

《詩話》：周氏宗譜不言允大登仕籍，而《徐文長集》有《哀周鄭州沛》二詩。

别顧孝常

馬離鳴故群，人去懷心知。憶昔邂君始，意氣如連枝。如何倏離别，旦夕殊歡悲。滔滔斯世士，孰與吾心期。言念古之人，同心不同時。同時復睽隔，何用同時爲？

冬日

滯霪迫冬日，山川掩重岡。引領望郊邑，遠樹鬱蒼蒼。浮雲馳白晝，迅風激衣裳。中野少逢人，乃見鳴雁翔。我有一束書，因之以遠將。其多至萬言，其音悲且傷。終以重見辭，翩翩各一方。攬涕下長坂，躊躇不能忘。

紅羅女

山東之賊紅羅女，用兵迅疾如風雨。白蓮授術成妖精，能令照鏡生公卿。海内承平日已久，乍見干戈皆却走。驅馳費盡中丞心，羽書未報收刁斗。紅羅女，爾非男子身，蛾眉粉黛當青春。跨馬彎弓無可樂，何用風塵來殺人。山間小民饑餓苦，日辦官需夜猛虎。貧賤那堪更亂離，慎勿横行到吾土。

張之象二首

之象字月鹿，一字玄超，松江華亭人。以太學生入資選授浙江布政司經歷。有《剪綵》《翔鴻》《聽鶯》《避暑》《題橋》《猗蘭》《擊轅》《佩劍》《林栖》《隱仙》《秀林新草》諸集。

莫子良云：玄超詩爾雅冲澹，興寄寥遠。

春日遊燕子磯

古稱秉燭遊，行樂恐迨暮。策駕尋名山，居然得真趣。展宇開霽旭，熙陽歛昏霧。雲錦被奇峰，水鏡含芳樹。眷兹風日佳，開觴藉蘭杜。頗懷披襟友，諸美難具晤。流鶯稍出谷，飛花已盈路。暢哉人境外，屏跡遺世故。勿爲京洛士，緇塵染衣素。

梅花落

玉樹飛花早，金閨引恨長。雪明難見影，風急易聞香。舞處飄羅袖，歌邊繞畫梁。歲華憔悴盡，魂夢憶遼陽。

楊文卿 一首

文卿字子質，鹽山人。稷山知縣，轉南京都察院經歷。有《鷗海集》。

秋日送曾公子實卿之延書扇頭

車馬翩翩送客行，離愁遽逐海雲生。三杯籬落菊花節，一路蛩螿豆葉聲。荒草濁河連古戍，悲笳明月動山城。鯉庭趨後勞相報，婚嫁如今累尚平。

朱永年 一首

永年字仲開，儀真人。官光山知縣。有《朱仲子集》。

李時遠云：仲子詩有曠達之趣。

詠懷

南鄰競歌鐘，北里吹笙竽。我獨甘寂寞，守此貧賤廬。蓬戶不掩蓽，簞瓢常晏如。負郭住窮巷，門無長者輿。彈琴發雅操，誦詠詩與書。安神在閨房，憺泊思玄虛。至人求髣髴，榮名非所須。

丘雲霄 四首

雲霄字凌漢，崇安人。嘉靖十七年貢士，選南京國子典簿，遷柳城知縣。有《止止齋集》。

《詩話》：止山驂鸞作吏，解組歸田，栖息武仁山中，閉關講學。嘗與其友夜宿高明樓中，夜有怪倚門，作人語曰：「同遊不樂乎？何臥之早也。」止山應之曰：「我載晨而遊，抱日而歌，汝胡不吾和，而同其樂？何爲昏暮而來也？」怪應曰：「不能。」止山曰：「吾亦不能。」怪歎息而去。可謂不惑不懼者已。松陽徐夢陽評其詩，稱其「雅澹勁古，景真情得」。要之不蹈襲前人，異乎七子之派者也。

溪月初出水

溪月初出水，照我清夜堂。沈憂不成寐，踟躕步寒光。飛烏深夜號，遶樹林煙蒼。有懷空自知，默默心摧傷。

怨詩

江石如龜甲，隱隱浮明沙。不障東之水，偏驚游子查。游子去鄉國，長風吹斷霞。斷霞只在天，游子去無涯。泠泠秋已老，飄蕩未還家。

寒露同李洗松宿方塘書舍

露重憐今夕，秋深試薄寒。溪聲亂籬落，月色動柴關。菊密欲藏徑，花嬌故傍欄。相看疑夢寐，秉燭問更闌。

江晚

帆勢迎風疾，灘聲入暮諠。漁燈出疏樹，客路問前村。野鶴冲煙迥，山花帶雨昏。寒江何處宿，幽思未堪論。

施漸 三首

漸字子羽，無錫人。歲貢生，授海鹽縣丞。有《武陵集》。

王元美云：施子羽如寒鴉數點，流水孤村，惜其景物蕭條，迫晚意盡。

俞汝成云：子羽趣味悠深，聲調雅雋，在韋柳錢郎間。

《詩話》：子羽、僅初、舜咨與華子潛酬和，時號「錫山四友」。三君皆非華敵，子羽差優。

贈人遊蘭亭赴陳山人約

靄靄深竹林，林深阻修澗。清川流其間，懸崖俯可辨。春蘭日以芳，風氣日以變。君往對山人，如逢昔人面。

贈吴還

山人爲客吴門久，白髪蒙茸將被首。興到青山不問家，笑來花肆常沽酒。行路蕭然滿篋詩，風流文采雅堪師。自言身是陶弘景，説與世人誰得知？

竹房

寂寂春窗下，惟餘修竹陰。忽聞人共語，送客出深林。

李才 一首

才，樂安人，舜臣子。官主簿。

雲中寄周總戎

雲中日夕傳烽火，萬里邊風羽檄催。胡馬長驅光禄塞，漢兵不度白登臺。三關鼙鼓秋何急，七郡烝黎日轉哀。試問漢南諸將士，只今誰是出群才。

嚴怡 三首

怡字士和，如皋人。以貢爲博平訓導。有《石溪集》。

擬古

采采南山桐，十年成一琴。製者豈不苦，謂世有賞音。持以奉君子，不與我同心。擬鑄鍾子期，家無雙南金。

石人

高岸勢若崩，上有誰家墓。已無墳上土，尚有墳前樹。樹下多行人，車馬成廣路。此地少豐草，幸免穴狐兔。石獸半埋没，碑版知何處。往者盡如此，來者永不悟。石人不解語，空泣草頭露。

曲塘

土墻茅屋竹籬笆，楊柳風高燕子斜。可是曲塘人好事，家家屋角有桃花。

李奎一首

奎字伯文，錢塘人。以布政司吏再考錦衣從事。有《珠山集》。

彭子殷云：珠山詩一以興象爲宗，篇多渾融，句多藻緻，讀之爽氣滿前。《詩話》：伯文周旋沈青崖於獄中者，以氣義聞。詩特寄興也。

採藥

山中宿雨過，嶺上明霞赤。荷鋤入南畦，藥苗始堪摘。黄精種未鋤，紫芝已盈尺。隔水望茅茨，還歸煮白石。

明詩綜卷四十九

小長蘆　朱彝尊　録
歙州　汪立名　緝評

萬表 六首

表字民望，鄞縣人。正德末中武進士，累官都督同知，僉書南京中軍都督府，晚號鹿園居士。有《玩鹿亭稿》。

顧玄言云：　鹿園才清思逸，稟履高曠，詩如空巖曲瀨，宛轉寥夐，時復滴瀝，得幽閒真趣，有韋應物深致，七言氣骨稍弱。

《靜志居詩話》：　鹿園裘帶翩翩，志存開濟，好從方外遊，間與羅達夫、唐應德諸公講性天之學。值倭寇爲患，守土者力不能支，公遠結少林寺僧，傳格鬬之法。倭猝犯赭山，公使釋孤舟，統其徒二百人薄倭營，縱火前擊，敗之。俄太倉來乞師，公别募月空等十八僧，選經師天員爲將，戰於翁家港，諸僧衣錦袈裟、持杖，口含澱藍，遇賊以藍塗面，自地躍起，若倮鬼前搏，倭大驚，以爲神，遂大敗倭，追及嘉興之白沙灘，盡殲焉。後遷官留都，道出蘇州，卒遇寇楊涇橋，孤軍與戰，得出，身中流矢，以書報家人曰：「家世死戰，唯吾持文墨論議，未嘗身將兵。今晚年增一箭瘢，可無憾矣。」蓋萬氏自武略將軍斌戰死阿魯完河；子指揮僉事鍾與靖難兵，戰死花園；孫明威將軍武從征交趾，師次檀舍江，陷陣死；武弟文襲兄爵，守桃渚，有龍夜戲潮，浮水面，遥望兩炬光，以爲賊火，引强弩射之，應弦落其一炬，不知爲龍目也，龍負痛騰躍，文船漂没，人稱射龍將軍。三世不得裹骨歸葬，故鹿園書云然。鹿園子達甫仲章，鎮國將軍，孫邦孚汝永，都督僉事，皆材兼文武，達甫有《皆非集》，邦孚有《一枝軒稿》。《題江心寺》云：「清磬龍聽法，空階月送潮。」此仲章警句也。

憫黎吟 三首

參政平崖錢公出《憫黎》諸詠見示，惻然傷懷，因而有作。

地何産，柟與速。民何畜，豕與犢。豕犢盈盤吏反嗔，柟速窮年采不足。刻箭爲約安得銷，黎人借錢無約，刻箭記之。歲歲生當剜吾肉。負戈因拚一命償，嗟嗟黎人誰爾牧。

虎兕來，猶可奔，狼師一來人無存。大征縱殺玉石焚，昔人鵰勦只一村。鵰勦功成賞不厚，大征麼子還麼孫。殺一不辜尚勿爲，何況萬骨多冤魂。鑿而飲，畊而食，撫黎何事來相逼。舊設有撫黎老人。瘠牛可畊豈不惜，薑水那堪吞滿臆。撫黎逼黎人之財，則以薑水灌之。遥明鐙火忽驚疑，一望旌旗我心惻。撫黎至黎，則明鐙揚旗以往。群黎草木豈有知，貪吏朘削無休息。攻掠犯順誰所爲，撫黎毒黎還毒國。

夏日飲許員外山亭即景

一亭梧竹裏，迥出市塵間。石逕緣蘿入，江峰對座間。海雲朝屢變，山鳥暮雙還。別去衡茅下，思君嬾閉關。

江南曲

客從潮陽來，夜泊秦淮口。鄉語人不知，兒童聞拍手。

宫人歎

莫向雲屏羡阿嬌，暫將清泪度春宵。帶圍自此拚長減，待得君王愛細腰。

劉鋭 一首

鋭字蓄之，海鹽人。世襲海寧衛指揮使。有《春臺集》。

錢幼卿云：海村抽簪，蕙軸寓意，詩篇與瀛洲諸老和酬，卓然自振於儔伍。

《詩話》：海村少補諸生，屢試不利，乃食世禄里居，賑飢散藥，以厚德聞。有僕名木，善射，一日水鸛集資聖寺鴟吻，木射之，貫其左翮，鸛帶矢盤旋良久，竟集中庭，如臆訴者。海村曰：「嘻，必木也。」命拔其矢，縱之，不能飛，乃命木飼之，旬日創愈，向主人鳴舞翱翔而去。海鹽人至今能道之。

和徐東濱

何處幽棲好，城西有茂林。山來當户翠，竹長隔墻陰。哺子飛梁燕，窺魚下水禽。閉門無所事，赤日任流金。

余承恩四首

承恩，青神人。官永寧參將。有《鶴池詩集》。《詩話》：鶴池爲太保肅敏公孫。肅敏有社稷功，世襲錦衣衛指揮，其子忤權倖，調外衛，故鶴池終身不得侍禁籞。《詩集》八卷，銅梁張肖甫序之。

感興

白日沉西陸，返景流東岑。端居屏塵翳，欣然理鳴琴。大雅僉不悦，馳情在鄭音。違俗信靡合，安可同荒淫。達人宜止足，嘉遯我所諶。富貴苟非義，一唾麾千金。

答草池約汎蓉溪

春來花鳥總關情，夜雨愁聽不到明。怪殺主人猶病酒，晴江鼓柁放舟行。

泛舟

芙蓉溪水三尺強，蒼蒼兩岸花草香。若待長江新漲合，撐舟直上小茆堂。

望忠州

高江落日片帆秋，岸上漁罾次第收。無數峰巒雲霧裏，舟師指點認忠州。

戚繼光二首

繼光字元敬，登州人。世襲衛千户，以參將備倭浙東，大破倭於台州，以副總兵鎮福建，大破倭於平海衛，閩寇既平，以都督同知，召理戎政，出爲薊鎮總兵，進左都督，加少保，卒謚武毅。有《止堂集》。

錢受之云：少保結髮從戎，間關百戰，綏靖閩、浙，功在東南。生平方略，欲自見於西北者，十未展其三。故其詩多感激悲壯、抑塞償張之詞，君子讀而悲其志焉。

《詩話》：少保平倭之功，戰勝攻克，撰有《紀効新書》。在薊日，與總制譚公綸，樽俎折衝，撰有《練兵實紀》。論者比之孫、吳、韓、白焉。軍中有暇，輒與文士接席賦詩，集名《止止》、稿曰《愚愚》，居曰「夢夢」，是亦好奇矣。

盤山絶頂

霜角一聲草木哀，雲頭對起石門開。朔風鹵酒不成醉，落葉歸鴉無數來。但使雕戈銷殺氣，未妨白髮老邊才。勒名峰上吾誰與，故李將軍舞劍臺。

度梅嶺

溪流百折遶青山，短髮秋風夕照間。身入玉門猶是夢，復從天末出梅關。

俞大猷 一首

大猷字志輔，晉江人。世爲百户，嘉靖中舉武進士，累官都督同知，佩征蠻將軍印，進右都督，卒贈左都督，謚武襄。有《正氣堂集》。

挽薛養呆

伐木風不還，今古幾心知。我與君結契，相期弱冠時。平生一然諾，盛衰永不移。我善君相助，我過君相規。嗟君忽奄逝，一老不憖遺。昔爲暫離别，今作長相思。戚戚重戚戚，良朋今有誰。

張通 一首

通，鳳陽人。官至都督僉事。

遊西林菴

野寺蕭條一逕微，山僧相見語禪機。雲深石洞玄猿伏，煙鎖松林白鶴歸。上界疏鐘通碧落，邊城鼓角送斜暉。浮生自覺渾無定，欲解鳴珂問釣磯。

周于德一首

于德號南墩，淮安人。官至京營都督僉事。

平烏刺江

春蒐馬跡遍南荒，夷獠新降罷晝彊。絶壑危巖通鳥道，飛旍疊鼓遶羊腸。黔瀘東下歸辰浦，箐砦西來接夜郎。王化遠行銅柱外，炎州萬里盡梯航。

張元凱十一首

元凱字左虞，吴縣人。蘇州衛指揮。有《伐檀集》。

王元美云：將軍詩格，務躋武德、貞觀，其語寧有瑕璧，而無完珷玞，汰陳而使之新，非有沉深劇刻之思，未易致也。

錢受之云：左虞以督漕達燕、薊，覽觀宫闕苑囿，親見齋宫醮壇之盛，作《西苑詩》，竊比諷諫之義。王長公序其詩，以沈始興、曹竟陵爲比，左虞夷然不屑也。左虞没，長公伏日曝書，得其行卷，歎其知之未盡，爲詩一章，屬其子孟孺酹而焚之殯宫。

《詩話》：左虞《西苑宫詞》，高出元美之上。元美比於沈慶之、曹景宗，仍以武夫遇之，未爲知己也。

春日游西苑

宣室臨西苑，靈臺對籍田。宫鶯迷緑雨，廏馬飲清川。柳引金堤直，松含玉殿圓。先皇受釐處，寂寞鎖春煙。

西苑宫詞十首

肅將上帝祀明堂，寶鼎昭回日月光。九獻不須歌舊曲，詞臣昨已撰芝房。

秋殿清齋正受釐，迎和門外立諸姬。大官不進麒麟脯，御撰惟供五色芝。

陳詞瘞玉奏鈞天，西苑宫牆近籍田。水旱恐煩祠后土，未央深處好祈年。

夕烽千里照甘泉，一紙降魔勅已傳。急遣六丁乘羽駕，火輪金甲淨幽燕。

靈藥金壺百和珍，仙家玉液字長春。朱衣擎出高元殿，先賜分宜白髮臣。

通天臺上接三台，景命重臨清醮開。拜舞不同郊社禮，科儀一一聖人裁。

香通紫氣靄晴空，靈貺神休集聖躬。垂拱萬年如一日，禮臣何必議青宫。

金符寶笈護雲英，鸞鶴銜將入上清。拜受玉霄龍鳳簡，元陽象一字分明。

蓬萊方丈可梯航，勾漏丹砂近寄將。昨貯銀山高幾許，試將玉尺殿中量。

瑞氣祥雲薄海濱，遠藩齊獻百千春。進來白鹿高於馬，馴擾金堦不畏人。

李元昭 一首

元昭字用晦，杭州人。世襲千户。有《岣嶁山房集》。

送周虚巖歸吳

返棹歲將晏，離亭酒共斟。一作亦深。島雲寒没影，江日凍生陰。莫惜飄蓬跡，應傷折柳心。丘中别同調，聊復理鳴琴。

黄喬棟 一首

喬棟字以藩，晉江人。官參將。

半峰菴聽秀上人彈琴

高僧理鳴琴，古調盈人耳。濤生松下風，龍起鉢中水。聽罷猶泠然，月出疏篁裏。

張如蘭 一首

如蘭字德馨，南京羽林衛，世襲指揮，官至淮徐漕運參將，以子可大貴，贈特進榮禄大夫，右都督。有《功狗集》。

吴門夜泊

帆影初抽落日斜，江橋風湧太湖沙。行人莫上蘇臺望，無復吴王苑裏花。

狄從夏 一首

從夏字以忠，臨清衛人。官參將。

月夜同劉天山作

孤館寒燈夜，相看聽晚笳。清宵醒客夢，明月落梅花。碧海潮聲急，清霜雁影斜。不堪憐歲暮，况復是天涯。

袁應薮 一首

應薮字仲子，揚州興化人。守備。

鄭司馬入塞歌

十載籌邊鬢欲秋，玉門生入未封侯。君王豈惜師中命，尚有山陰十六州。

奚汝嘉一首

汝嘉字子美，江都人。揚州衛百户。

旅懷

十日雨初霽，一年春已殘。苔痕蝕逕滑，草色釀陰寒。昔悔從軍易，今悲作客難。殊方有桃李，能得幾回看。

陳鶴十首

鶴字鳴野，紹興山陰人。世襲百户。有《海樵集》。

王敬美云：鳴野詩，飄宕悽惋。

顧玄言云：鳴野詩，初擬貞觀以還，晚得大曆中格。

錢去病云：海樵七古，流麗似李頎，七絶爽朗似王昌齡。

《詩話》：海樵家居怪山之麓，金庭閣老，其女夫也。山上有息柯亭，傳是閣老所建。而《海樵集》中《酬周山陰張會稽攜酒見訪》之作，中云「相攜直上息柯亭」，恐是海樵故宅中物矣。五言如「近海潮通郡，連山瘴入樓」、「山川留別夜，風雪望鄉人」、「孤月長隨棹，寒潮自到門」、「繞廬松葉暗，穿竹水聲齊」、「明月幾家好，故人今夜俱」，七言如「床下鳴蛩偏入夜，風前白苧不宜秋」、「風塵會面猶難卜，世事傷心只自知」、「細雨殘燈岐路酒，清江紅葉寺門舟」、「薄游兩見雁歸塞，多病却憎花滿樓」、「高士遠栖滄海曲，好山多近永嘉場」、「山深倦鵲猶依樹，風定飛螢忽上樓」，比於田水月，雖才鋒不及，而鑄詞差醇。

夜坐見白髮寄别朱仲開張甌江

坐久北風起，江聲帶遠沙。客愁初到鬢，鄉夢不離家。林靜無殘葉，燈寒有落花。懷君夜難寐，别緒轉如麻。

高郵贈龔山人

近苦江東水，轉憐淮北居。入秋嘗白稻，留客鱠青魚。樹柵春收犢，穿潮夜灌渠。期君結鄉社，同著養生書。

泊京口望金山寺

南徐一片石，千古柱中流。繞樹開僧舍，緣空結梵樓。疏燈明水底，落月挂潮頭。向晚禪鐘起，風吹到客舟。

題楊法部容閒閣

閣傍江城外，窗開雲水間。秖因塵境遠，自覺主人閒。日落見歸鳥，月明看遠山。移船候潮至，相送野僧還。

寫山水

夜來風雨惡，落葉打柴關。曉起敞溪閣，亂雲猶在山。

題畫贈姜明府

暮雲春樹路千重，雪後看山到處同。夜永燈寒無過客，月明江色滿樓中。

送張伯淳還關中

憐君獨棹渡黄河，西北山川入雍多。料得到家春未至，馬蹄半在雪中過。

送王諫北上

東去春潮到驛門，半江風雨近黄昏。由來知己難爲别，不是殷勤戀酒尊。

吹笛懷友

玉笛横吹入夜分，中天華月度流雲。苕川兩岸春風起，飛盡梅花不見君。

池上聽陳老琵琶

夜深池上弄琵琶，萬里銀河月在沙。莫向尊前彈出塞，只將邊將未還家。

陳第 十二首

第字季立，號一齋，連江人。初爲學官弟子，俞都督大猷召致幕下，教以兵法，起家京營，出守古北，歷遊擊將軍。有《寄心集》《五岳兩粵游草》。

錢受之云：季立不得志，繼俞、戚之後登壇爲名將，拂袖歸里。尋聞焦狀元弱侯老而好學，裹糧白門，離經析疑，扣擊累年，卒爲名儒。論兵論文，皆鑿鑿有根據。

《詩話》：一齋投筆從軍，受知於譚襄毅、俞武襄、戚武毅三公。江陵既没，論者謂武毅不宜於北，徙之嶺南，一齋作《塞外燒荒行》，有云：「年年至後罷防賊，出塞燒荒灤水北。枯根朽草縱火焚，來春突騎飢無食。」又云：「隆慶二載譚戚來，文武調和費心力。從前弊政頓掃除，臺城兵器重修飭。迄今一十五年間，閭閻雞犬獲寧息。譚今已死戚復南，邊境危疑慮叵測。患難易共安樂難，念之壯士摧顔色。」論者不引今昔觀，紛紛搜擿臣滋惑。」又《送戚都護》絶句云：「轅門遺愛滿幽燕，不見烽煙十六年。誰把旌麾移嶺表，黄童白叟哭天邊。」誦其詩，扼腕於封疆之事深矣。一齋儲書最富，余嘗游閩，臨發，林秀才侗持其後人所輯《世善堂書目》求售，燈下閲之，見唐、五代遺書，琳琅滿目，如披靈威、唐述之藏，多平生所未見，不覺狂喜。秀才許至連江代購，踰年得報，書則已散佚，徒有惋惜而已。

歲暮客居呈弱侯

仲尼本周流，忽發歸與歎。意在就六經，匪爲思鄉串。嗟我老無聞，託興游汗漫。邈想古通人，反側常宵半。秣陵一君子，少小登道岸。嗜學自性成，羲易旦夕翫。近得從之談，恍上中天觀。詩書數千載，立語窮真贋。欣然遂忘家，何知有歲晏。

邵武舟次

樵川泛輕舟，青山起當面。薄霧頻往還，奇峰互隱見。灘灘若峻坂，下下如飛箭。秋容西楚同，人語南方變。茂樹雜村煙，澄溪勝江練。始知溯洄艱，轉喜隨流便。對景持一杯，幔亭未足羨。

禹碑行

岳麓神禹碑，何年鐫刻之。真蹟雖莫窺，字體殊瑋奇。儼如冠冕之獨立，矯若鳳鳥之來儀。或盼而連目，或聳而並肩。或展而雙足，或握而兩拳。神藏蘊蓄，意騁蹁躚。既非鳥跡之踖踖，亦非垂露之涓涓。篆隸八分，抑又邈焉。計歷年之既久，何點畫之新妍。豈鬼神之默護，故歲久而彌鮮。據譯讀之恍惚，未必當日之真傳。余過長沙弗覺，偶至湘潭返船。直肩輿而迅步，遂冒雨而陟巔。喜胸襟之豁滁，獨坐翫而弗旋。昔韓退之嘗千搜而萬索，至咨嗟而涕漣。余實迷途之未遠，無亦此生之宿緣。

山中早秋

春夏詎能幾，淒淒白露還。秋容先到草，客意未離山。石鼠窺禾去，清蟬抱樹閒。人生衣食外，焉用苦間關。

江心寺除夜

偶過江心寺，何期又歲除。百年俱逆旅，信宿即吾廬。岸隔遥沽酒，厨寒剩煮魚。客游隨處好，鬢髮任蕭疏。

客中立秋

蒸濕前朝雨，淒涼今夜風。秋聲先蟋蟀，露氣到梧桐。頓覺絺衣薄，尤憐旅橐空。潞河問舟楫，明月向吴中。

閩關旅夜

已是吾鄉土，離家尚十程。疏窗通野色，孤枕傍松聲。搖落秋難賦，悲歌夜不平。僕夫催曉發，燒燭待雞鳴。

南岳舟中

吳門一水接，楚塞衆山連。書史同昏旦，江湖且歲年。洲回蘆莽莽，檣動燕翩翩。何處爲南嶽，雲開望杳然。

維揚謁文信公祠

萬死艱難地，千秋伏臘新。山河終破國，天地已成仁。江橘南中像，巖松雪後春。徘徊歌正氣，不覺淚沾巾。

過薊州

燕京八千里，復作薊門行。剩有溪山興，能忘沙塞情。朔風摧短草，寒月近長城。流涕二三策，何人似賈生。

追懷宜黄大司馬譚公

昔年飄泊入燕京，制府憐才意不輕。獻策獨過司馬署，分符旋赴薊州營。秪誇相國知韓信，無復功臣妬賈生。秋草春風今日淚，不堪回首楚江城。

元夕宿泉州洛陽橋

春風又渡洛陽橋，柳色青青伴寂寥。回首故園今夜月，滿江燈火上寒潮。

李言恭六首

言恭字惟寅，岐陽武靖王裔孫。襲封臨淮侯，環衛侍直，留守陪京，加太保。有《青蓮閣》《貝葉齋》《游燕》詩集。

穆敬甫云：臨淮詩，清遠有調，庶幾大曆中語。

胡元瑞云：敬美序臨淮詩「郭定襄後一人」，咸謂寔録。予以惟寅文雅，尚當過之。

錢受之云：惟寅詩，風氣婉弱，時有韻致，如「夢回芳草遠，人去落花多」，藝苑至今傳之。

《詩話》：李惟寅詩，如四姓小侯，橋門列席，雍容韋帶，咔咤彭贔之氣都盡。

花朝

二月寒猶峭，燕山雪未消。春來無草色，病裏又花朝。鴻雁鄉書斷，關河旅夢遥。武陵溪上約，今已負漁樵。

賦得匡廬山

匡廬凌碧落，青磴與塵分。湖海遠還見，雷霆低不聞。石門鳴宿雨，瀑布濕流雲。獨有山人屐，常隨飛鳥群。

送陳玉叔郡守淮陰

别思深難遣，離魂暗欲銷。人隨流水去，心共暮雲遥。野市懸高岸，江城響夜潮。所嗟相憶處，風雨正蕭蕭。

送仲弟南還兼懷老親

無限離愁匹馬前，況多風雨斷鴻邊。板輿未得歸潘岳，春草何堪送惠連。伏枕夢回滄海月，登臨望極白雲天。飄零若見高堂問，雙鬢休言異昔年。

李僉憲招飲黄鶴樓

勝地慚非作賦才，清尊今向大江開。當年黄鶴雲中去，何處梅花笛裏催。一作來。風起一作卷。潮聲喧島嶼，日斜帆影上樓臺。相逢俱是他鄉客，衰草涔陽漫復哀。

顯靈宫

先帝祈靈太乙祠，重來空憶翠華旗。殿中香火儀猶具，海上仙人事轉疑。客與方書閒指畫，老來詩律舊心思。調高身健慚時輩，高閣憑闌眼故遲。

《詩話》：京師顯靈宫在宫城之西，長陵建以祀王靈官者也。靈官藤像，長陵每載之軍中，有禱輒驗，及金河川舁不可動。宣德初，拓其祠額，曰「大德顯靈宫」，復建東西二閣。嘉靖三年，營龍虎殿，以奉元武焉。閣中留題者衆，以惟寅爲擅場，其云「海上仙人」者，相傳藤像獲之東海中也。

呂時臣十首

時臣字中甫，鄞縣人。有《甬東山人集》。

陳臥子云：中甫詩，頗有高岑遺調。

《詩話》：中甫以避仇客歷下，與李中麓、楊夢山切劘酬和。既轉客青州，衡莊王邸起高樓，東向眺遠，樓成，王於望後四日，置酒召客，時日景既盡，疏星尚微，王未肅客，坐憑闌語笑，已而月上，王歡甚，因命曰「待月樓」，請客賦詩。中甫詩云：「川原夕氣交，暝色自相向。月猶藏海底，人已坐樓上。」王賞擊，謂得待字義，手觴奉之，俾居客右。晚客瀋宣王所，客死河南。中甫年六十，治生壙於句章之夕陽里，自撰墓銘，後十年乃卒，歸櫬葬焉。詩品在中麓、夢山之間，同時曳裾王門者多遜之。

襄陽蹋銅蹄

青蒲没漢水，白馬度襄陽。男兒但得意，何處非故鄉。

山中吟

桃源渺何許，武陵萬仞山。緬想秦時人，生死桃花間。邇來逾千載，曾無幾人間。桃樹摧爲薪，桃源平作田。雞犬入租稅，焉可住神仙。

交州古劍歌

古交州，天陰日落鬼啾啾。終宵白氣衝牛斗，過客往往驚回頭。主人知此有靈物，呼兒掘得雙吳鉤。螭蟫半蝕銅花緑，凄凄霜鍔寒光流。古來異物不易取，令人得之反生憂。放之唯恐蛟龍怒，卷之猶畏神鬼愁。亟命冶人復解鑄，神器恐遭真宰怒。不然仍貯空匣中，恣爾含光在泥土。

秋田爲李生得衣字

明農兼課子，田舍有書幃。穲稏霜初下，雞豚秋正肥。西風菰米飯，落日豆花扉。已得遺安計，無嫌老布衣。

夜懷

起來喧不減，策策動凉風。月暗蟲聲裏，人孤樹影中。南埏寒尚早，北地候難同。想到鄞江上，秋花滿舊叢。

留别少府子魯

木落見中州，遥連白帝愁。黄河臨斷岸，明月上孤舟。作客已多歲，還家又暮秋。思君西下日，寒葉滿江流。

次李大參韻留别

河北中秋盡，江南九月歸。草深藏虎穴，潮滿上漁磯。田舍春新稻，山妻補舊衣。到家貧自得，莫怪與君違。

金山寺

萬古一卷石，東南何壯哉。半江截吴楚，兩岸瞰樓臺。僧飯蕪城乞，人煙鐵甕來。春深龍聽法，風雨帶潮回。

諸公邀登甘露寺留別

天風飄忽苧袍輕，兩度登臨慰客情。疏磬雨催山寺曉，亂帆春放海門晴。江回鐵甕三吳盡，潮過金陵七澤平。明日別離何處問，斷腸煙樹漫蕪城。

再經鍾吾懷許兵馬

去日黄河邊，水深不可渡。故人久不回，今作行人路。

鄭若庸 五首

若庸字中伯，崑山人。有《蛣蜣集》。

李時遠云：山人與茂秦齊名，其詩氣格稍弱。

《詩話》：中伯曳裾王門，妙擅樂府，嘗填《玉玦詞》以訕院妓，一時白門楊柳，少年無繫馬者。群伎患之，乃醵金數百行薛生近兖，作《繡襦記》以雪之，秦淮花月，頓復舊觀。承平勝事，雖小堪傳，今之秋兔寒鴟，想像昔年之酒旗歌扇，良足豔也。

秋涉

蒼山崔巍照秋渚，紅樹離離夕陽渡。行人涉水更看山，馬足凌兢來復去。雲際人家望欲迷，松關蘿徑隔煙扉。山僧臥穩西巖寺，時有鍾聲落翠微。

王内輔三泉將命太嶽

神嶽蟠中極，凌虛勢自孤。星辰低絳闕，雷雨護清都。山色遥連蜀，江流直入吳。金箱有靈秘，到日佩真圖。

衛水離歌

天涯何處客愁新，濁酒初酣欲問津。莫道三秋歸計晚，尊前猶有未歸人。

送張甘蘗刺史

衛水樓船曉向東，青山南望一重重。因君此別增鄉思，目送春帆細雨中。

丁小山赴浙東藩幕值余清泉賦别

清秋衞水汎樓船，京國逢君已十年。漫對緑尊悲白髮，天涯去住一淒然。

顧聖少 二首

聖少一作之。字季狂，吴江人。

留别謝茂秦

相對忽不樂，愴然傷我心。他鄉有同懷，胡爲遽分襟。憶昔醉燕市，擊筑誰知音。意氣獨吾子，排難輕千金。重以易水歌，兼之吴會吟。論交豈不遠，投分遂至今。我亦慕三閭，南去湘之陰。楚山一何長，楚水一何深。他日遥相思，鹿門還可尋。

送李汝學還上黨

傾蓋同爲客，攜尊復送君。悲凉誰作賦，南北此離群。坂没羊腸雪，山横熊耳雲。相思豈無雁，可待九秋聞。

尤嘉一首

嘉字子嘉，嘉興人。有《西陵集》。

《詩話》：子嘉亦趙康王客，穆敬甫録其詩，以比謝四溟。句如「偶因看竹來僧院，不爲求魚坐釣磯」，頗有自適之趣。康王賓客無多，而吾里有二，其一則仲舍人春龍也。

送劉山人往太原謁梁李二使君

平原日落雁聲寒，送子西游歲欲殘。共惜異鄉裁别賦，更於何處解征鞍。山横熊耳尖如削，路遶羊腸曲似盤。自是陳蕃能下榻，匣中長鋏不須彈。

徐渭十三首

渭字文清，更字文長，山陰人。有《櫻桃館集》。

陶周望云：文長詩，雜出於中、晚、宋、元，往往深於法而略於貌。

袁中郎云：文長詩，有一段不可磨滅之氣，如嗔如笑，如寡婦之夜哭，羇人之寒起，當其放意，平疇千里，偶爾幽峭，便是鬼語荒墳。

陳臥子云：文長亦有正音。

李舒章云：文長詩材粗點，雅人所少，然其一往有雋處，如部曲少將，新跨紫騮。

《詩話》：文長詩，原本長吉，間雜宋、元流派，所謂「斐然成章，不知所以裁之」者，其自評云：「吾書第一，詩二，文三，畫四。」然詩文未免繁蕪，不若畫品。小塗大抹，俱高古也。

入燕

董生抱利器，鬱鬱走燕趙。賤子亦何能，飄然來遠道。行止本無常，譬彼雲中鳥。朝飲西園池，暮宿北林杪。感事復懷人，生年苦不早。欲弔望諸君，跡陳知者少。垂首默無言，春風秀芳草。

柳元穀以所得晉太康間冢中杯及瓦券來易余手繪

遥思冢中人，有杯不能飲。孤此黄兔窑，伴千三百稔。券鏹四百萬，買地作衾枕。想當不死時，用物必弘甚。尊壘羅寶玉，裹袜賤繡錦。豈有纖纖指，捧此鍜泥蕈。存亡隔一丘，華寂迥千仞。活鼠勝死王，斯言豈不審。

送蘭公子 阿翁學師也，揚州人。

耶溪芹藻色，相伴秋荷老。公子朅重來，傷心那可道。會日苦無多，相别一何早。八月廣陵濤，一葉渡殘照。

俠客

結客少年塲，意氣何揚揚。燕尾茨菰箭，柳葉梨花槍。爲弔侯生墓，騎驢入大梁。

陰風吹火篇呈錢工部

陰風吹火火欲然，老梟夜嘯白晝眠。山頭月出狐狸去，竹徑歸來天未曙。黑松密處秋螢雨，煙裏聞聲辨鄉語。有身無首知是誰，寒風莫射刀傷處。高旛影卧西陵渡，幡底颯然人髪豎，髑髏避月攫殘黍。中流燈火青熒熒，饑魂未食陰風鳴。莫言墮地永爲厲，宰官功德不可議。

《詩話》：此美錢工部能憫國殤召僧施食而作。「陰風吹火」八句，句句警策，具體長吉而得其骨髓者也。以下嘽緩拖沓，去嘔心人遠矣。稍爲芟易存之，結語尤索然無味。

春日過宋諸陵

藁葬未須憐，生時已播遷。威儀非舊典，世代是何年。過客悲山鳥，王孫種墓田。回看隴頭樹，似接汴京煙。

嚴先生祠

碧水映何深，高蹤那可尋。不知天子貴，自是故人心。山靄消春雪，江風灑暮林。如聞流水引，誰識伯牙琴。

懷陳將軍同甫

飛將遠從戎，翩翩氣自雄。椎牛千嶂外，騎象百蠻中。銅柱華封盡，昆池漢鑿空。雁飛真不到，何處寄秋風。

與客登招寶山觀海遂有擊楫岑港一窺賊壘之興謹和開府胡公之韻奉呈

滄海遥連雉堞明，登臨喜共幕賓清。千山見日天猶夜，萬國浮空水自平。不分番夷營别島，願圖方略至金城。歸來正值傳飛捷，露布催書倚馬纓。

岳公祠

墓門朱戟碧湖中，湖上桃花相映紅。四海龍蛇寒食後，六陵風雨大江東。英雄幾夜乾坤博，忠孝傳家俎豆同。腸斷兩宫終朔雪，年年麥飯隔春風。

宴遊爛柯山二首

偏裨結束佩刀弓，道上逢迎抹首紅。夜雪不勞元帥入，先擒賊將出洄中。

群兇萬隊一時平，滄海無波瘴嶺清。帳下共推擒虎將，江南只數義烏兵。

夏相國白鷗園

白鷗池水拍天平，相對瓊樓入太清。試問歌臺生草處，當時可許外人行。

沈明臣九首

明臣字嘉則，鄞縣人。有《豐對樓集》。

莫廷韓云：嘉則詩，豪俊清婉，情至之語，足無古人。

《詩話》：嘉則、文長同在胡少保宗憲幕府，並受少保知遇。督府周防嚴密，文長恒戴敝烏巾，衣白布澣衣，非時闖入，或出昵飲，夜深猶開戟户以待。嘉則嶽嶽不阿，少保遥望見，必起立。嘗讌將士於爛柯山，酒酣樂作，嘉則於席上賦《凱歌》十章，吟至「狹巷短兵相接處，殺人如草不聞聲」，少保起捋其鬚，曰：「何物沈郎，雄快乃爾。」命刻石置山上。及少保死，請室中，嘉則走哭墓下，持所爲誄遍爲訟寃，比於文長懼禍發狂者，相越矣。嘉、隆間，士大夫以篇什相高，最繁富者莫若弇州，於時吳明卿之《甔甀洞》、汪伯玉之《太函》、李本寧之《大泌山房》諸集，以及劉子威、馮元成、余仲房、屠緯真之徒，糟丘肉林，愈多愈穢。下及布衣，如王承父、王百穀輩，咸以多相尚。嘉則先後積詩七千餘，夫安得精。然絜之、承父，則雖饒腐菌，間有神芝，即屬棼芻，不無嘉蕙，非若諸君之叢箐荒茅，紛然彌望也。

大樹村劉氏少婦打虎行

潤州城南山簇簇，四月麥黄桑柘緑。大樹村頭劉氏居，短墻幽院參差屋。曉炊未罷日始高，窣地猛虎來咆哮。老小出門盡驚走，犬亦吠虎聲嗥嗥。虎聞犬聲急轉步，一口斃之如搏兔。欲從虎口奪狗還，老嫗抱孫逢虎怒。劉家少婦奪老姑，氣猛視虎如匹雛。手持鋼叉刺虎目，虎血濺面紅糢糊。昨從大樹村前走，少婦滌場猶髽首。弱體孱然花不如，徐家女子劉松婦。

抗首

抗首望西秦，朝廷急用人。玉關疏控扼，紫塞滿荆榛。痛昔籌邊賦，錦衣衛經歷沈鍊所上有賦。憐君侍從臣。誰爲謝安石，談笑淨風塵。

送箕仲之衢州

古路三衢外，青山太末餘。樵迷仙子質，廟過偃王徐。楚橘秋全熟，吳楓江漸疏。舊游題石處，好爲一躊躇。

顧晉卿席上聞其弟益卿憲副南越之捷喜而賦之

廿年豺虎劇縱横，百粤遥傳一日平。再睹樓船横海出，更標銅柱伏波名。天青馬嶂春銷甲，雨過龍川夜洗兵。誰道虎頭非將種，請纓原只是書生。

浣紗石

不見浣紗人，空留浣紗石。石邊春草痕，想見羅裙色。

凱歌

銜枚夜度五千兵，密領軍符號令明。狹巷短兵相接處，殺人如草不聞聲。

蘭皋竹枝

東村西村姑惡啼，家家麥熟黄雲齊。春蠶作繭桑園緑，睡起日斜聞竹雞。

過崑山

桃花楊柳共西灣，曾唱菱歌帶月還。春色茫茫今莫問，滿城煙雨過崑山。

無題

夢裏相逢恐未真，世間何物不傷春。馬蹄明日天涯路，誰是燈前昨夜人。

王寅二首

寅字仲房，一字亮卿，歙縣人。有《十岳山人集》。

汪禹乂云：亮卿詞意超逸。

《詩話》：仲房少走大梁，問詩於獻吉，不遇，遂從少林僧習兵杖。海上用兵，依胡尚書督府，尚書不能用，竟以敗。晚緝鄉人之詩曰《新都秀運集》，其持論頗偏，與岳東伯《今雨瑶華》相類。

吴山秋晚

有客閒居無奈閒，爲看秋色一躋攀。百盤細草斜陽路，三曲澄江隔岸山。野寺最宜紅葉後，孤鐘偏在白雲間。賞心又得逢僧話，此後幽期數往還。

答金在衡訊歸

秣陵宫樹葉初飛，客路何人爲授衣。我亦驚秋同海燕，故鄉端在社前歸。

康從理四首

從理字裕卿，永嘉人。有《二雁山人集》。

胡元瑞云：裕卿近體，閎麗翩翩，布衣之雄。

《詩話》：裕卿任俠談兵，間關戎幕，劉將軍子高建纛毘陵，病革，裕卿馳赴與訣，經紀其喪，扶其柩至武林，遠近皆義之。居燕，偕黎惟敬輩游西山，其倡和詩僅存，餘多散佚，太倉曹子念收而刻之。

再至京口有懷金焦舊游

層城舒遠目，迢遞送歸鴻。歲月更新曆，江山憶舊蹤。鐘聲春浪静，燈影暮流空。媿有東林約，無因問遠公。

同王必漸言懷

江頭木落雁初飛，客子傷心賦授衣。鄉夢不緣千里隔，浪遊空説半生非。雲山是處堪招隱，塵海何年可息機。漫向天涯愁極目，幽懷已負北山薇。

懷顧太學

登樓風雨暮蕭蕭，久客離魂黯欲消。楚樹吴雲春寂寞，塞鴻江燕歲迢遥。新愁芳草天涯路，舊事梅花月下簫。今日分飛悲萬里，憑闌搔首思無聊。

送陳京兆致政還白下

挂冠東去共稱賢，天外浮雲意渺然。不是逢萌因世難，衹緣弘景嗜神仙。琴中白雪驚人調，江上青山負郭田。無限長干花柳色，春風不乏杖頭錢。

郭造卿 一首

造卿字建初，福清人。諸生，爲少保戚繼光幕客。有《海嶽山房存稿》。

葉進卿云：建初詩，諸體無不工。

寇退鄉人回口占代書

城南烽火近何如，留滯無從訊起居。百里便同千里隔，家書翻比捷書疏。清秋涕淚唯懷土，白髮庭闈正倚閭。欲寫愁心愁不盡，憑君傳語到吾廬。

王翹 三首

翹字叔楚，蘇州嘉定人。嘉靖中倭亂，嘗居幕府贊軍事。有《小竹集》。

《詩話》：叔楚工畫竹，予嘗覩其真蹟，爲賦長歌，不知其幕府才雄也。邑人侯大年述其繪草蟲更精，惜未得見。《小竹集》一冊，中間贈酬諸將之作居多。

賞火謡并序

吳城六門，莫盛於西閶。六月初，賊舉火焚楓橋，達晝夜，時宰坐睥睨，問飲酒顧望，無異平日，時烈風大作，煙焰蔽天，不辨咫尺，哭聲遍城内外，或指城上云：「勿啼哭，看城上，賞火吁有是哉。」作《賞火謡》。

金閶門外賊火赤，萬室齊燒纔頃刻。城頭坐擁肉食人，對火銜杯如賞春。城中哭聲接城外，宰獨何心翻痛快。憒兵獨有任公子，夜半巡城淚不止。縋城躍馬出沙河，義師都向湖心死。

客夜

山月漸高低燭光，有客逗遛衣滿霜。凄凄獨夜還自語，茫茫一水遥相望。黄花勸酒酒不醉，白石放歌歌轉長。弧矢天涯男子事，錯將岐路卜行藏。

秋懷

碧天大火未全收，一雨空庭帶葉流。不爲無家悲落莫，他鄉燕子早知秋。

明詩綜卷五十

小長蘆　朱彝尊　録
率水　程道原　緝評

陳淳二首

淳字道復，後以字行，别字復甫，長洲人。國子監生。有《白陽集》。

張石川云：白陽從游衡山，稱入室弟子。有雲林之瀟灑，而無其癖。同石田之高潔，而通於和。所謂遠性風疏、逸情雲上者邪。

錢功甫云：先生詩，瀟散閒雅，恬憺自然，如「梧桐半階月，楊柳一簾風」、「流水去無住，停雲意自閑」、「晚凉生竹塢，新水溢花渠」，咸臻妙境。

錢受之云：道復少師徵仲，天才秀發，畫工寫生，一花半葉，淡墨欹斜，非畫工可及也。詩取適意，不求工。

《靜志居詩話》：白陽寫生，全學石田，詩亦倣之，特少神解耳。

畫梅

風引上春香，雪弄南枝色。爲有惜花心，樓中莫吹笛。

聞鳥

重重煙樹鎖招提，野客來尋路不迷。纔過板橋塵土隔，落花無數鳥爭啼。

彭年 一首

年字孔嘉，長洲人。有《隆池山樵集》。

徐伯臣云：孔嘉詩中含沉鬱之思，外被組績之華，聲調和平，詞致暢越，可謂風流自命者也。

王元美云：彭孔嘉如光禄宴使臣，飣餖詳整，而中多宿物。

《詩話》：孔嘉人品足亞徵仲，何穉孝長歌云：「隆池處士彭孔嘉，徵仲並軌吳人誇。」特詩不及。

庚申秋書事

内廐傳焚廿四坊，錦雲花隊一朝亡。渥洼未見來天馬，絫木無聞貢白狼。此日朝廷思李牧，他時文簿抑陳湯。運籌急爲攄長策，薄伐宜城古朔方。

陸治二首

治字叔平，吳縣人。歲貢生。有《包山遺詩》。

《詩話》：叔平遊道復之門，當時鄉曲之論，謂詩得其興，畫得其趣。然叔平畫以工緻勝，詩則與道復同流。

治平寺納涼

竹根雨過石苔斑，鐘梵蕭然晝掩關。坐愛微涼生碧殿，忽看飛雨失青山。雲分暝色來天外，風卷潮聲落樹間。最是晚晴宜眺聽，夕陽橫抹蓼花灣。

桃花楊柳舞鴨圖

二月吳淞水上灘，柳絲風急絮漫漫。詩翁賦罷閑凭處，花滿春池鬬鴨欄。

錢穀一首

穀字叔寶，長洲人。有《懸磬室詩》。

《詩話》：叔寶貧無典籍，遊文徵仲之門，日取插架書讀之。以其餘力，點染水墨，超入逸品。晚葺敝廬，題曰「懸磬室」。王元美爲賦詩，所云「空梁頗受落月色，北窗靜俟凉風眠」者是也。手抄異書最多，至老不倦，倣鄭虎臣《吳都文粹》，緝成《續編》，聞有三百卷。其子功父繼之，吳中文獻，藉以不墜，與公瑕伯穀奔走相門者遠矣。

夜登虎丘次韻

遥憶梅花閣，還思修竹林。煙迷山徑窅，雲鎖石苔深。香界期重宿，筠亭擬更臨。悠然停采艦，燈火晚陰陰。

居節 四首

節字士貞，吴縣人。有《牧豕集》。

錢受之云：士貞畫法簡遠，有宋人之風，畫家多稱之，而鮮有知其能詩者。《詩話》：商谷繩削斤斤，不失晚唐家數。

晚坐

鴉背夕陽盡，柴門暮色初。山寒漸風露，人語半樵漁。落葉聞碪急，蘆花映日疏。年年楚江上，不見雁將書。

雨後

緑嶼青林白練溪，草深市井路全迷。雲將片雨歸何急，麥釀輕寒秀欲齊。一水遥連蕭寺外，千山不斷石橋西。欲營三徑添松菊，立盡殘陽見鳥栖。

重題自畫小景贈戴子文去畫時四十年矣

點染青山四十年，寸縑不改舊風煙。散人漫竊江湖號，未買松江一釣船。

村居圖

茅簷日暖燕交飛，雲過墻陰濕翠微。中酒經旬掩關臥，蒼苔渾欲上人衣。

周天球 一首

天球字公瑕，長洲人。諸生。

中秋長干曲

玉笙低引紫簫長，不許商音斷客腸。聽到月斜纔入破，飛來七十二鴛鴦。

王懋明 一首

懋明字僅初，長洲人。僑居錫山。

毛氏樓居即事

爲樓山郭外，登眺起幽思。片雨沉江暗，孤煙上嶺遲。雁還逢寄字，花發滯歸期。遠念吴山勝，春遊恐後時。

姚咨 二首

咨字舜咨，無錫人。有《潛坤集》。

桂亭爲豫章萬隱君賦

南山鬱秋霽，重巒桂花白。高人愛巖棲，躋攀理輕策。覽彼雲木秀，悠然縱所適。結亭青林端，幽賞非矯迹。泠風吹霞裾，凉月挂石壁。襲芳和天倪，餌實駐顔色。淮南詎可招，此意良自得。願貽瑶華音，一慰山中客。

西樓席上聽梨園琵琶戲贈

少年文采復風流，適意湖山竟日留。老去不忘歌舞興，琵琶猶載木蘭舟。

周詩 一首

詩字以言，崑山人。有《虚巖集》。

皇甫子循云：　山人詩，婉麗以會景，俊逸以宣情，春容以達氣，真得古人之髓。

王元美云：　周以言如中智苾蒭，雖乏根具，不至出小乘語。

《詩話》：　虚巖頻與皇甫昆弟酬和，故派亦近之。其言云：「詩之淵妙，近體難工而鮮叛，選體易似而實離，倩衣毛嬙，借餙西子，始髣髴，終露本來。作者既非匠心，覽者又皆庸目。乃曰甲幾魏、晉，乙庶齊、梁，是何古人之多也。斯言可鍼《巵言》《詩藪》之膏肓。

靈隱寺

靈隱何年寺，青山向此開。澗流元不斷，峰石自飛來。竹覆空王苑，花藏大士臺。冥探有玄度，莫遣夕陽催。

唐詩 二首

詩字子言，無錫人。有《石東山房稿》。

九日登牛首山

牛首登高處，黄花細雨前。山深寒似臘，江遠澹於煙。寶刹珠光淨，金陵王氣連。六龍曾駐輦，聽話武皇年。

采蓮曲

風微波不起，日暮未回船。貪看鴛鴦鳥，時時誤采蓮。

沈仕　一首

仕字子登，杭州人。刑部侍郎鋭子，自號青門山人。

王道思云：青門樂府、古詞、雜咏，遊適之作，麗而有則，風致藹然，邊關諸詩，意氣激發，於聲律之外，殆雄心俠氣，有不能自釋者邪。

岳東伯云：青門身本貴介，志則清真，野服山中，江遊海覽，新篇雅調，遠邇齊稱，翰墨丹青，兼能游藝，信乎野鶴之在雞群，祥麟之遊郊外。

村居春日

柳堰迷丹日，蓬扉啓緑煙。人閒啼鳥外，興劇落花前。野色連三徑，山光滿四筵。鸕鷀如可解，堪作酒家錢。

陸楫　一首

楫字思豫，上海人。承父深蔭，入國子監讀書。有《蒹葭堂稿》。

次韻送顧龍山南歸

官河春水送行舟，君去匆匆不可留。須信故園春正好，莫因風雨駐扬州。

牟嘉敍 八首

嘉敍字寅定，黄巖人。有《霞溪漫稿》。

趙方崖云：先生以布衣處窮谷，游情景物能自得，師於語言之外而不越乎尺度矩矱之中。

擬古 二首

驅車出門闌，車行復遲遲。百草委霜露，凉風正凄其。天寒道路艱，問君將何之。駕言往宛洛，相從遊俠兒。遊子去萬里，旋歸竟何時。安得附飄風，致此殷勤辭。

灌木産崇崗，鬱鬱蔽層丘。芳草依澗側，託蔓相綢繆。美人隔遐方，宜爲君子仇。未及登君堂，歲月倏已遒。慨彼芙蓉花，熳爛當清秋。采采欲爲贈，道路阻且修。願君保明哲，妾心亦何尤。

遊江心寺登康樂亭子

輕舠截奔浪，水國散微陰。沿洄眺孤嶼，寶塔凌雙岑。兹遊夙有期，始得遂幽尋。淵室接梵語，花臺遶龍吟。滉漾元氣中，日華映珠林。謝公有遺蹟，孤亭俯江潯。曠懷寄玄賞，海嶠振徽音。清芬詎可挹，高情傾古今。西堂夢不返，池草春自深。

同方用晦遊西谷

褰裳涉西沚，披莽散輕屩。稍覩山川異，煙火隔墟落。沿洄傍溪曲，窈窕入穹壑。幽尋葛可捫，晻曖路疑錯。巖雲冒巾幘，霏翠灑林薄。汲深俯重淵，采秀跻崇崿。坐聆伐木音，益感良遇樂。返策復流憩，逍遥展歡謔。眷兹丘園賞，胡爲就羈縛。

漁家用從姪存勇韻

茅茨傍江口，斷岸依漁梁。榜舟蘆花渚，間歌和滄浪。日出水禽散，風至蒲帆張。青篛濕不解，臥看南山蒼。

送馬斗南歸揚州

去年九月黄花秋，邂逅與子城南遊。高才磊落不易得，竟日尊酒情淹留。三年爲客風塵裏，末路相逢即知己。禹穴探幽興未窮，梁園作賦詞堪擬。一别嗟余還故丘，聞君亦欲尋歸舟。萍蓬蹤跡本無定，使我感慨增離憂。一片孤帆向何處，日落雲横廣陵樹。天姥峰前送月明，姑蘇臺畔聽鴻度。江煙慘淡江草青，衆賓沽酒雙玉瓶。别君惆悵不忍去，碧雲回首天冥冥。

觀古壁畫山水歌

危樓百尺淩空起，古壁丹青畫山水。淨掃浮埃據榻觀，筆跡何人乃能爾。想當盤礴時，巧思妙入神。胸中羅萬象，寫出皆天真。回峰疊嶂開嶙峋，白波浩蕩渺無垠。仙人宫闕擁出碧雲裏，宛如三山隔水無通津。松間白鶴呼不下，却思整翮淩蒼旻。超然風景異人世，四時花木相鮮新。溪林冥窈碧草合，又如花源有路通秦人。蒼茫遠勢尤莫測，渤澥崑崙看咫尺。一葉漁舟歸未歸，洞庭秋淨湘煙碧。野橋沙岸曲徑通，高樹下有長髯翁。恍如著我圖畫中，手攜雲鑱倚青松。萬籟不起千山空，仰天一嘯看飛鴻。

青田溪上

月出高峰潮上灘，叮嚀舟子放舟還。蒲帆不掛春流急，又過前溪白鷺灣。

陳體文五首

體文字仲約，號寄委，江陰學生。有《友録稿》。

劉應谷云：寄委詩靡有承襲，成一家言。

《詩話》：仲約早辭學官，肆志詩律，築耕舍於郊西，有田數十畝，力耕而食，賓至必治酒，酒酣賦詩。詩有云：「得魚便覓酒，有酒且留人。如此即爲樂，何須復苦貧。無魚亦無酒，宜主不宜賓。如此即高卧，何愁不及晨。」可謂達生之士矣。平居詩不留草，其友花左室見輒手録之，故名《友録稿》。五言不爲舊格所拘，頗自超脱。是時，五岳、十岳諸山人，率以韋布效縉紳語，未免可憎，菰蘆中有此人，大是不俗。

雜詩三首

林間慈烏烏，哺母聲嗚嗚。城上雙鴟梟，破巢還啄雛。鞲鷹飽食肉，勁翮翻平蕪。不擊城上鴟，但擊林間烏。

漢家有通儒，窮經三十年。腰下鮮尺組，囊中無一錢。出門逢高車，呵者當其前。問之彼爲誰，牧兒新助邊。

明鏡不在遠，粧臺當目前。只言他人媸，長謂自己妍。人亦不能別，鏡亦不能宣。遂使效顰子，翻希惑者憐。

三月晦日作

造化如驅車，春歸一何早。本爲天地客，又復客中老。榮華已潛奪，安得顔色好。君看庭下花，開者行當掃。

宴起

老覺春無賴，朝來起最慵。鳥聲殘夢裏，花氣宿酲中。樓日連城下，池風過苑通。却悲寒食節，歲歲客江東。

王襞 一首

襞字宗順，泰州安豐場人。處士艮仲子，自號天南逸叟。有《東崖遺集》。

《詩話》：東崖隨父心齋之會稽，傳陽明良知之學。吴興沈桐贈之詩云：「念子賢者後，至理早已融。譬彼三世醫，指授寧無從。」詩其餘事。然如「一室風過雨，三更月到窗」、「好雨應宜早，秋花不恨遲」、「坐雨新亭曉，聞潮落月時」、「老攜杖屨歸山谷，閒看兒孫種水田」，亦有活脱之趣。

漫成

青春去何速，白髮將奈何。豈乏大藥資，而不棲巖阿。擾擾苦勞生，所得諒無多。古人貴聞道，道在焉問他。

岳岱 一首

岱字東伯，蘇州衞人。有《漳餘子集》。

《詩話》：東伯集交友詩，爲《今雨瑶華》猶存次山《篋中》遺意。

征南

安南易姓舊相因，封賜還應到海濱。萬里版圖曾郡邑，殊方小醜亦君臣。炎風毒霧煩諸將，翠羽明珠入紫宸。想見乞降矜面縛，天威此日轉陽春。

方學漸 一首

學漸字達卿，桐城人。貢生。有《連理堂集》。

《詩話》：方氏門才之盛，甲於皖口，明善先生寔濬其源，東南學者，推爲職志焉。如《東征》句云：「豈謂憑陵愁日本，至勤師旅出中原。」宛然空同、華野遺響。

白雲巖

磴道斜飛瀑，巖花半入雲。望中孤鳥没，天外一江分。竹柏山樓色，旃檀石鼎熏。軒然長嘯發，清興好誰聞。

方學箕 一首

學箕字紹卿，學漸從弟。有《卷石山房稿》。

劉慎吾贈石

怪石從何得，玲瓏自可憐。感君同白璧，置我小窗前。

張士瀹 一首

士瀹字心父，崑山人。有《張氏集》。

送人還京

臨岐一别酒，惆悵故人違。落葉雨中滿，歸舟江上稀。路將天欲遠，帆逐燕同飛。去去還鄉樂，無勞淚濕衣。

陳鳳三首

凰字羽伯，更字鳴岐，無錫人。有《石村稿》。

穆敬甫云：山人不務奇詭，而意象悠然。

《詩話》：明詩人同姓名者甚夥，然猶世代相去，字里未同。至金陵陳鳳，字羽伯，梁谿陳鳳，亦字羽伯，兩君詩皆平平，既無「春城寒食」之作，可别韓翃，始猶兩存，終愁兩湮没耳。

春夜阻舟尤村渡華子攜酒見訪

盤谷春雲覆竹扉，夜船燈火宿霏微。故人何意一尊共，野渡不堪孤雁飛。世路波濤渾不定，客程風雨竟誰依。重來應待晴芳好，柳絮桃花滿釣磯。

宿尤村渡同李思齊

寒煙蒼蒼溪路昏，月出斷岸溪光分。孤舟畏險不復渡，兩人對酌皆成醺。苦憐白日易華髮，所喜青天無片雲。櫂歌漁父杳然去，縱横野水蘆花村。

雨中客至

新水柴門漲碧沙，孤村煙樹隱漁家。客來湖上偏逢雨，春到江南又見花。沽酒隔鄰傳小甕，打魚深夜出枯槎。浮生莫遣浮名誤，醉裏還驚兩鬢華。

朱察卿 四首

察卿字邦憲，松江華亭人。有《朱邦憲集》。

荆軻

七首無功壯士醜，函封可惜將軍首。秦廷一死謝田光，社稷何曾計存否。不知秦王環柱時，舞陽在前何所爲。當時太子不早遣，待客俱來事未知。

對簿詩

日出雪不消，天寒日亦冷。蕭蕭枯楊下，危墻見人影。對簿慚予來，公門日延頸。囚服僮僕嗤，囊空吏徒屏。懷刑媿君子，惡慝時自省。嗟彼群凶心，持石待下井。

雨中感懷

春雨久不歇，春寒戀衣裳。駟馬斷委巷，蝸牛蠹空墻。臥讀感舊篇，惻惻各悲傷。人生貴適意，所就何短長。屠狗足成名，豢龍終亦亡。虎鞟腐泥沙，繭絲成文章。物理有盈虧，人情空較量。不如典春衣，沽酒澆吾腸。

江南

江南千里暗妖氛，野哭家家不可聞。落日群狐窺白骨，荒林萬馬臥黄雲。將軍不下征夷令，使客空傳祭海文。試問九重宵旰處，殿頭香氣正氤氲。

吴擴 二首

擴字子充，崑山人。有《長吟閣稿》《貞素堂集》。

謝茂秦云：子充吐詞新麗，不減唐人。

《詩話》：子充游大人以成名，嘗於元旦賦詩，懷分宜閣老，其友聞之，笑曰：「曆頭第一日，懷中朝第一品官。循是懷人，即歲除亦輪不到吾輩。」此可入《啓顔録》。嘉靖間，山人若吕中甫、謝茂秦之徒，排難報恩，不無可取。若子充所謂斗筲之人，無足算也。

懷伯兄

老至無家别，飄零何處邊。音書嘗不定，生死竟誰傳。朔雁驚秋思，陰蟲攪夜眠。空庭孤月下，顧影一潸然。

漂母祠

賢哉一飯恩，千載猶廟食。如何漢諸陵，寂寞生荆棘。

鄭玄撫 一首

玄撫字思祈，歙縣人。有《梧野集》。

折楊柳

嫋嫋河堤柳，年年送別離。攀條不忍折，拭淚強相持。弱態君應惜，柔情妾自知。春來愁幾許，試看向南枝。

汪寬 一首

寬字子敬，祁門人。

鸚鵡

被寵翻遭縶，能言太逼真。主恩非不厚，野性詎能馴。去國長憐爾，呼名輒應人。江南盛雲木，何似隴山春。

邵正己 一首

正己字格之，休寧人。有《玄石山房草》。

《詩話》：格之專精墨務，詩亦斐然。

銅雀臺

寂寂銅雀望，飄飄繐帳懸。君王遺令日，是妾斷腸年。舞影傷羅綺，歌聲咽管絃。西陵松檟冷，日夕鎖寒煙。

吳錦 一首

錦字有中，休寧人，有《吳有中詩集》。

送金伯謙北行

浮雲西北征，客心渾不住。到日屬秋深，寒生灞陵樹。

吴瑗二首

瑗字子欽，歙人。

采蓮曲二首

汎汎蘭槳鳴，雙雙屬玉起。不見采蓮人，知在蓮花裏。

采得雙蓮蓬，中有百蓮子。一一自生心，外面空相似。

吴瓊二首

瓊字邦珍，休寧人。有《紫芝社稿》。

歲暮書事

海上猶多壘，江東未息兵。如何觀察使，遽報武功成。寒沍凝春令，陰霾蔽日明。不堪黄浦路，雞犬寂無聲。

旅邸除夕

老至謀仍拙，天寒酒易消。冰霜愁裏過，鄉國夢中遥。一歲秖今夜，百年能幾宵。病懷堪自遣，無復歎蕭條。

葉一清 一首

一清字本静，祁門人。

王仲房云：本静詩，格稍落而意旨融洽。

遣興

頗怪逢迎嬾，經旬不出谿。草堂一夜雨，新漲忽平堤。翠篠吟風細，青霞壓樹低。滄洲意不淺，獨坐領鳧鷖。

汪少廉一首

少廉字古矜，休寧人。有《汪山人集》。

邊憤

漠南在昔王庭少，内地而今戍鼓多。何將突營騎白馬，先朝失計割紅螺。虛令互市通蕃貢，翻遣降王解漢歌。獨喜郭侯曾一戰，十年瀚海不揚波。

程栖 一首

栖字來周，休寧人。有《大石山人稿》。

東原

翠竹孤村合，黄花曲逕饒。租完無吏過，酒熟有鄰招。碧澗當門釣，青山隔岸樵。自慚非世用，長得任逍遥。

戴巏 一首

巏字子京，休寧人。

得子秀兄避寇消息

問訊東吴使，秋來尚避兵。一身依短劍，數口傍孤城。旅食應無定，歸舟未有程。此時正愁絶，天末斷鴻鳴。

程天符 一首

天符字夢甫，婺源人。

飲酒

昨非未皆非，今是未皆是。是非皆茫昧，寧知譽與毀。毀于我何悲，譽于我何喜。時對無極翁，倏然鳴緑綺。

張應文 一首

應文字茂實，蘇州嘉定人。有《巢居小稿》。

食新米作

人生欲無涯，各各饜粱肉。吾獨薄滋味，一飽但饘粥。屏居事躬耕，辛苦踰三伏。瀰瀰白露滋，栗栗香稻熟。滌我碌碡場，納之杼與柚。揚糠已隨風，漬水乍離箕。欣欣婦子語，足比玉田玉。力穡斯有秋，薦廟乃嘗穀。先民戒肯播，老氏尚實腹。感彼桑田巫，食新詎非福。

張應武 一首

應武字茂仁，蘇州嘉定人。有《文起齋集》。

郊居雜言

屏居兮西郊，學圃兮躬稼。岸崟崟兮似山，水沄沄兮遶舍。鳥嚶嚶兮鳴春，草萋萋以迎夏。芳菲兮及時，有美不來兮徂謝。念我同學兮結珮，拖紳紛車馬兮要津。蓴魚懷兮未得，猨鶴怨兮無人。曷歸來兮郊西，劃松竹兮爲鄰，晨耕兮午饁，作盛世之逸民。

張鑾一首

鑾字顯文，萬載人。多善行，年九十三，舉鄉飲大賓，壽百有七歲而卒。

百歲作

石田茅屋野人家，百番春風換歲華。盡道長生緣辟穀，不知香飯有胡麻。

范如珪一首

如珪字文瑞，休寧人。

江上

江上西風雨復晴，菰蒲深處釣絲輕。何人隔岸吹長笛，楊柳秋江一夜生。

孫良器 一首

良器字貢甫，休寧人。有《九野稿》。

王仲房云：貢甫詩，才清思暢，言簡意微，《過姑蘇》一首，亂離在目，讀之不覺悽然。

過姑蘇有感

東吳城外盡烽煙，百姓流移半在船。爲問秋風舊來雁，稻粱今剩幾家田。

鄭孔庶 一首

孔庶字子富，歙人。

雪後柬張碧川

吳橋殘雪漲新痕，客舍無人閣酒尊。不爲寒梅覓春信，東風長日不開門。

葉杲一首

杲字杲鄉，休寧人。

旅次江夏

歲暮投南楚，蕭然一旅身。江山遥對酒，鄉里少逢人。細柳舒殘臘，疏梅報早春。故園歸未得，物候倐更新。

汪子祜二首

子祜字受夫，祁門人。有《石西集》。

吳園次云：石西詞博而昌，調清而越。

貧病

夜讀朝慵起，晨餐午未炊。邇來貧亦樂，真與病相宜。過受三彭録，游憑二仲隨。科頭忘日暮，倚杖步雲遲。

獨行

日杲秋猶暑，林棲鬢欲華。獨行銷白晝，得意見黄花。稻熟莖莖穗，薑肥寸寸芽。竹堤香漸近，水次有漁家。

李敏 一首

敏字功甫，休寧人。有《浮丘山人集》。

發盤塘

朝發盤塘坳，夕望平陽郭。江空雨冥冥，無風客帆落。

郭第一首

第字次甫，丹徒人。隱於焦山，嘗爲嵩岱游。有《廣篇》。

何元朗云：次甫「江月不可留，山雲坐相失」之句，駸駸窺盛唐之室。

錢塘雨泊

一片迎潮雨，錢塘泊岸逢。煙明六和塔，雲暗兩高峰。茶熟篷窗火，香殘野寺鐘。湖頭舊游路，濕翠想高松。

陸九州二首

九州字一之，無錫人。

荆溪

東風靜卷游絲長，桃花吹落流水香。美人照水芙蓉裳，蘭橈玉腕擊波去，欲來不來空斷腸。

鍾廣漢云：語皆前人已道者，而其章法却合唐音。

半山

山深翠微寒，飛花亂如雨。輕風抽布帆，落日在高樹。

張文介四首

文介字惟守，龍游人。有《少谷集》。

湖上晚興

日夕湖水佳，波光皎如雪。沿堤蹋花去，獨行自怡悦。浮香時有無，流螢乍明滅。興盡櫂歸舟，山齋照凉月。

九日風雨登吴山亭子

今日復九日，自憐猶未還。巖亭足佳菊，風雨亦躋攀。漠漠煙中寺，冥冥海上山。鄉園渺何處，空佇白雲間。

遣懷

一水斜通棧，群山曲抱城。短簷殘雪色，遠寺暮鍾聲。茅屋仍加税，天河未洗兵。空懷太平策，誰問魯狂生。

吴江舟中

向夕問舟人，吴江將至否。須傍微月中，繫船好沽酒。

王應辰 一首

應辰，永嘉人。

夜遊曲

燕舞起香塵，鶯歌出絳脣。直須滅銀燭，恐有絶纓人。

趙綱 二首

綱字希大，無錫人。

黄勉之云：希大《寄李秀才》二十字，入唐人詩中，未易辨也。

黄䗪車

楚人拒滎陽，漢事日以亟。絳灌亦何爲，相顧徒失色。紀生何雄哉，毛骨無所惜。黄䗪甘自焚，赤龍乃得出。如何垓下平，其功竟淪没。

寄雒陽李秀才

未得吳公薦，空憐賈誼才。年年三月裏，相憶看花來。

朱陽仲 一首

陽仲，以字行，失其名，遂寧人。有《青城山人集》。李時遠云：文學詩，聲調意境，絶類中唐。

金溪曲呈方使君

金溪流水發新安，一片孤帆兩岸山。估客自吹龍女笛，路人遥指玉郎灘。

佘慶 一首

慶字惟德，固始人。貢士，有《障風集》。

送吴隱君南還

可歎論交日，翻成餞别時。空江憐歲晚，遠道念歸遲。行色關鴻雁，鄉心挂柳枝。殷勤一杯酒，相勸復相思。

邊習 一首

習字仲學，歷城人。尚書貢仲子。有《睡足軒詩集》。

王貽上云：弘正四傑，惟何氏之後最大，李氏次之，徐氏有子伯虬，稱詩吳中，名載《今雨瑶華》，而仲子以尚書之胄，食貧授徒，有《遺稿》一卷，「薄暑不成雨，夕陽開晚晴」，其佳句也。

雨止

訪舊歸來夕照中，半天涼雨一溪風。須臾雨盡浮雲歛，笑看兒童指螮蝀。

禹龍 一首

龍字子化，揚州興化人。

九日登高

佳辰何事恨相仍，萬里高臺醉復登。淮海煙塵迷客路，濠梁烽火照皇陵。牙旗分閫原非將，羽檄徵兵却到僧。遂使英雄增激烈，不堪遲暮欲飛騰。

官一夔 一首

一夔字舜鳴，平度州人。官府同知。有《少泉詩集》。

九日

獨有幽懷客，逢秋感慨深。菊荒三徑雨，荷老半池陰。歲月人間世，神仙病後心。北山高興在，殊未罷登臨。

張墾一首

墾字禹卿，南昌人。生員。有《白榆園稿》。

送仲逸同懋功太守遊滇池

滇南西去在天涯，匹馬先看楚地花。但有故人嚴僕射，杜陵隨處即爲家。

陸光宙一首

光宙字與嘗，平湖人。有《鉏餘稿》。

《詩話》：與嘗隱居郊園，與宋旭初暘〔一〕、璩之璞君瑕輩一十八人，結文酒之社。晚夢一道士，持陶靖節小像索題，諦視之，即已也。題云：「在晉爲淵明，躬耕辭五斗。昔以節自持，今

〔一〕「宋旭」，底本「宋」作「宗」，誤。按，《檇李詩繫》：「宋旭，字初暘，崇德人。」據以改。

惟義自守。千載復歸來，春風吹五柳。曾識白蓮人，遠公是吾友。」蓋十八人中有白蓮道人如本也。翌日，復作偈言，投筆而逝。鄉之遺老，至今傳之。

歸燕

萬里衡陽雁，春來又北征。誰憐失群影，故作斷腸聲。朔漠風猶勁，關山月自明。素書吾欲寄，須到雒陽城。

姚兖 二首

兖字叔信，秀水人。有《玄岳山人詩集》。

王伯穀云：山人詩，清真古澹，不事藻繢。

興善寺訪戚希仲養痾西林禪房限韻

橋分龍藏北，水接馬涇西。一棹通祇苑，孤笻引曲堤。梅同殘雪映，竹覆濕雲低。不淺陶潛興，清尊許共攜。

寄懷朱宗魯太醫

憶昔都城醉故人，睽攜二十四回春。心隨明月長飛夢，目斷停雲欲愴神。藏室書成周柱史，丹箴筆紀漢宫臣。何時得副還山望，芝草瑯玕共采真。

《詩話》：此贈先少保作也。少保保御三朝，曾撰《太醫院志》。定陵親政後，醫或進以金石劑，起居未安。先公入視疾，奏曰：「聖體病在肝腎，宜寬平以養氣，安静以益精。」帝喜，命大璫陸敬書之屏。斯叔信詩，有「丹箴」句也。

戴乾一首

乾字元泉，桐城人。嘉靖中處士。

述古

英雄一身存，安有仇不報。覆楚與復楚，各不出所料。後此博浪椎，報仇志未了。進爲漢廷傑，退偕赤松老。成功匪所期，封留豈足道。

鄭坤 一首

坤字順卿，吴縣人。有《石南集》。俞汝成云：順卿詩賦，有蕭散清逸之風。

同王駕部遊慧山題秋聲小閣

輞川居士共襟期，小閣登攀欲暮時。山色可淹今日酒，秋聲還憶去年詩。閒雲竹掃無留影，老樹藤纏不剩枝。景物慚隨人事謝，隔窗幽鳥未曾知。

張虞卿 一首

虞卿，順天人。

雜詩

青青江上草，關關洲中禽。物類各有待，因時樂相尋。嗟予久漂泊，感遇情難任。豈無他人好，咸非心所欽。所思在遠道，關河阻重深。寒暑屢變節，魚鳥空浮沉。離憂共誰語，強坐彈鳴琴。孤鸞與別鶴，此曲傷人心。

王叔承十四首

叔承，初名光徹，以字行，更字承父，晚更字子幻，吳江人。有《吳越遊》《閩遊》《楚遊》《嶽遊》諸集。

《詩話》：承父才情奔逸，下筆不能自休。其論詩不甚傾心王、李，大指謂「事與景者，天地所自有之物，偶遇而收之。情與意者，吾所本有之物，偶觸而發之。彼吾役也，吾不彼役也」，斯言良是。惜其所作，牽率者什九。王元美序之，稱其「句就而色自傅，篇就而用恒有餘，驟讀之恍然若新，既諷之而又恍然若故」，王敬美序之，稱其「能以牛溲馬渤爲藥餌，嘻笑怒罵爲文章」，蓋皆寓貶于褒之辭。而承父自負其才，受二美之籠絡不覺也。平情而論，承父亦安能敵元美，即就《宮詞》百首而觀，已遠出元美之下，特其卷帙繁富，不減弇州詩部爾。當嘉、隆間，布衣稱詩，若沈嘉則、王伯穀及承父三人，咸以多勝人。今歷年未久，全集流傳日寡，後世誰相知爲重刊其詩者。豈惟重刊，覽其全集而不欠伸思臥者，亦稀矣。奚以多爲。

將渡江訪戚世秀阻風雲陽道中作

大江何茫茫，晨風颯已夕。故人如浮雲，可望不可即。有夢亦須臾，寤言轉悽惻。生別時易徂，一日三秋隔。袖中懷素書，零落餘紙墨。區區方寸心，相看皎猶昔。

自桐廬入七里瀧出嚴州舟中懷古

入瀧還出瀧，宛轉千盤經。既登桐君廬，復憩嚴子亭。水光鴨頭緑，山色蛾眉青。雲中雞犬隔，天際鸞鶴停。往往至人宅，選勝開巖坰。舊壇秘光彩，遺廟虚精靈。朱鳥不可見，哀歌許誰聽。

題陳從訓所藏惠崇溪山春霽圖卷

惠崇一詩僧，宋首柴周尾。丹青入禪觀，別自通玄理。能於尺素間，點染千山水。昨登金焦興不孤，陳郎示我溪山圖。畫家精工多近俗，寫意得神形不足。此僧妙趣種種兼，不滿三尺吴興縑。針頭毫末密相接，有如蟭螟寄蚊睫。或言工勝趙大年，又云妙超展子虔。只須三日坐其下，一花一草生意全。乃知陳郎揮灑信有本，恥與當今畫家混。我歌長句君莫嗤，惠崇惠崇郎所師。

水北菴醉歸書興

水深肥紫蟹，稻熟美黄雞。溪饌秋來賤，酒人閑處齊。醉歸廬嶽社，惱殺太常妻。點檢明朝約，野橋煙樹西。

屯溪乘竹筏抵紋溪作

緑竹揚輕筏，屯溪渡早暉。魚梁群鷺下，石碓亂泉飛。小市環青麓，長橋跨翠微。前峰仙路近，樹色滿秋衣。

金陵豔曲

緑江天作塹，翠嶺石爲城。柳暗黄金塢，花明白玉京。春風十萬户，戶户有啼鶯。

揚州歌二首

二十四橋邊，當壚最可憐。粧成窺客坐，不耐數青錢。

東家女十三，西家女十五。夜半褰娘啼，嫁與并州估。

益卿簡寄家兄酒錢志感

異姓憐兄弟，天涯寄酒錢。急難那得汝，我媿鶺鴒篇。

觀音巖訊蘇道人適山頭虎過

層巖飛茗煙，道人正高坐。牧童折山花，笑指神虎過。

西湖雜興

看花須近寒食，看潮待過中秋。二月十五花信，八月十八潮頭。

荆溪雜曲二首

賣殘竹菌筍還來，收罷蘭花蕙又開。但焙茶芽先穀雨，不愁虎跡遍莓苔。

蜀山山下火開窑，青竹生煙翠石銷。笑問山娃燒酒杓，砂坏可得似椰瓢。

竹枝詞

白鹽出井火燒畬，女子行商男作家。橦布紅衫來換米，滿頭都插杜鵑花。

黄姬水一首

姬水字淳父，長洲人。省曾子。有《白下》《高素》二集。

王元美云：黄淳父如比里名姬作酒糾，才色既自可觀，時出俊語。

送汪太學遊江都

千里王孫歸未能，風雲意氣每超騰。年來裘馬遨遊處，不是金陵即廣陵。

王穉登十二首

穉登字百穀，一字伯固，長洲人。國子監生。有《晉陵》《金昌》《燕市》《客越》《青雀》《竹箭》《梅花什》《荆溪》《松壇》諸集。

《詩話》：伯穀詩亦華整，第嫌肉勝於骨，至袁文榮所賞「色借相公袍上紫，書生薄命原同妾」等句，媚竈之詞，近於卑田乞兒語矣。虞山錢氏甄録太繁，予删其什九，而風骨始刻露，嘗鼎一臠，未爲不知味也。

送吴郎遊金陵

兩地三春别，孤帆千里愁。君今遊帝里，誰與共仙舟。夜雨連瓜步，春潮滿石頭。長干管絃地，走馬莫淹留。

送慧師還五井兼懷其故師楊伯翼

持鉢南歸去，長天接遠汀。未霜吴樹赤，過雨越山青。帆外桃花渡，函中貝葉經。還將二泉水，一酹子雲亭。

婁東訪顧靖甫

訪爾山城下，秋風一徑偏。溪魚名箭鏃，野菊類金錢。草廢歸吴宅，潮通入楚船。馬鞍峰頂石，把酒憶當年。

看梅過玄墓山中

橋外花開日，分明雪作圖。不將他樹雜，未有一家無。多處半青嶂，香時過太湖。濁醪元易得，市遠亦須沽。

送吳中丞之金陵

建業青山是帝都，塹勞開府握軍符。花間朱鷺鐃歌曲，江上黃龍水陣圖。玉節中丞新盪寇，樓船諸將舊平吳。不知燕子磯前地，容得陳琳草檄無。

邊警

琵琶洲上香山澳，來往初通海上艖。漸習文書通漢語，別居城郭慕中華。餘甘却載西商舶，吉貝先歸市令家。島寇須防勾引漸，斧柯莫待翦萌芽。

長安春雪曲

春風吹雪下桑乾，添得城中一夜寒。鳷鵲樓高消不盡，長安街上馬頭看。

都下寒食

騎馬尋春春尚遲，東風空自向人吹。燕王城裏千株柳，寒食來看未有絲。

望湖亭

亭邊楊柳水邊花，落日行人正憶家。不及江南湖上寺，木蘭舟小載琵琶。

湖上梅花歌二首

山煙山雨白氤氳，梅蕊梅花濕不分。渾似高樓吹笛罷，半隨流水半爲雲。

虎山橋外水如煙，雨暗湖昏不繫船。此地人家無玉曆，梅花開日是新年。

清明前一日慈雲菴訪怡菴上人

春風駘蕩日初晴，與客尋僧入化城。墻裏杏花墻外柳，始知佳節近清明。

梁辰魚二首

辰魚字伯龍，崑山人。有《遠遊稿》。

《詩話》：伯龍雅擅詞曲，所撰《江東白苧》，妙絶時人。時邑人魏良輔能喉囀音聲，始變弋陽、海鹽故調爲崑腔，伯龍填《浣紗記》付之。王元美詩所云「吴閶白面冶游兒，爭唱梁郎雪豔詞」是已。同時又有陸九疇、鄭思笠、包郎郎、戴梅川輩，更唱迭和，清詞豔曲，流播人間。今已百年，傳奇家曲別本，弋陽子弟，可以改調歌之，惟《浣紗》不能，固是詞家老手。詩律猶未細，惝能駢贍而已。

登西塞山訪張志和遺跡

晚登西塞山，倏然出林薄。諸峰自南來，兹嶺獨岝崿。攀援上蘿磴，翠微搆蘭若。清梵懸香林，法鼓時間作。零雨飄巖阿，殘雲臥松閣。緬懷玄真子，雅志甘寂寞。雲鴻入冥冥，孤飛避矰繳。風雨湖上歸，浮名寄簑箬。斯人邈千載，高風滿寥廓。伊余慕肥遯，世故還束縛。名境雖盤桓，猶未諧宿諾。何時返初服，於焉此棲託。

夏日泛舟荆溪暮宿湖口

五月荆溪上，鷩湍走白沙。風檣欹聽燕，浪檝遠衝花。山勢通吳直，溪流向月斜。維舟見漁火，深樹有人家。

秦嘉禾 二首

嘉禾字吾田，桐城處士，自號大龍山人。有《彭澤稿》。

小孤山

砥柱從開闢，中流自古今。神龍常在窟，怪木不成林。絶頂雲流影，懸崖鳥過音。吾題百丈壁，仙跡倘相尋。

汎湖

汎汎楓湖十里中，薄雲細浪夜初融。月明會聽雙龍起，我欲騎之到海東。

汪坦一首

坦字仲安，鄞縣人。國子監生。有《石盂集》。

夜上嚴灘

上灘似牽羊，下灘如走馬。灘高月未出，亂石怒流瀉。離離巖際星，風雨聲在下。夜久漁火明，疑是披裘者。

林兆恩一首

兆恩字谷子，莆田人。

《詩話》：林谷子、李卓吾，閩中二異端也。

題室

茫茫天地一閒身，寄跡榕州今幾春。日暮潮平沙欲合，隔江還有未歸人。

徐韋 二首

韋字明佩，江陰人。國子監生。有《觀夢菴集》。

重經故居

荒臺欹側柳凋零，故里重過悵獨行。燕子不來花落盡，夕陽偏傍斷橋明。

過復元從孫

銀蠟風多護錦屏，飛觥不逐舞腰停。當筵莫唱江南曲，白髮周郎已倦聽。

董宜陽 一首

宜陽字子元，自號紫岡山樵，上海諸生。

初發谷陽夜泊追懷舊游寄袁魯望

不寐嫌宵永，殘星帶月明。城烏喧夜柝，岸葉亂秋聲。世路悲今昔，存亡念友生。淒涼感舊賦，轉見古人情。

汪淮 一首

淮字禹乂，休寧人。有《蘿山詩稿》。

聞報懷族孫時元

聞道東南寇，烽煙處處昏。倉皇悲客子，流落向江村。野曠雲迎陣，人稀晝掩門。更誰如漂母，一飯識王孫。

沈倬五首

倬字道章，吳江諸生。以子琦琉珣貴，累贈通奉大夫。有《紀志稿》。

松際月

清風湖上來，徐徐入松下。風吹松子落，拾之欲盈把。月出松際雲，清光滿籬舍。

題張師清望樓

曉色臨平野，高樓屬斷雲。連峰當户入，一水傍階分。樹影參差動，禽聲下上聞。主人方擁傳，莫草北山文。

送別

空城積雨煙霧深，驛亭迢遞江沉沉。桃花一樹感春淚，楊柳萬條驚別心。燕趙古來多結客，秦淮道上誰知音。丈夫意氣偶相得，脱贈豈惜雙南金。

月夜

明月吐夜光，寒影在溪水。山人抱琴來，坐久秋雲起。

花溪客舍

孤燈坐來昏，凄其不成宿。夜鸛忽驚栖，翻飛入修竹。

卓明卿 一首

明卿字徵甫，仁和人。以太學生選授光禄寺署丞。有集。

葉茂長云：徵甫詩，華贍和暢，才調過人。

江上别黎惟敬

執手河橋上，遥天起片雲。仙帆千里發，客路一江分。桂嶺先秋色，樟亭半夕曛。家山到何日，兩地惜離群。

陳九州 一首

九州字維同，江陰縣學生。

夜泊荆溪

細柳湖邊岸，青蒲水上舟。星隨孤月動，山入暝煙收。鼓枻聞漁浦，懸燈見佛樓。客途春欲盡，歸思滿滄洲。

王逢年 一首

逢年字舜華，初名治，字明佐，崑山人。同祖之子，諸生。有《海岱集》。

王元美云：明佐緜麗宏博，纚纚不竭。

秋曉聞雁

北斗横天秋夜闌，朔雲遥度雁聲寒。夢回旅館燈初落，書寄衡陽葉未殘。隱隱斷行迷極浦，蒼蒼斜月帶長安。湘南塞北關情遠，人倚青樓幾處看。

汪時元 一首

時元字惟一，休寧人。

九日舟中

秋風葉正飛，江上逢重九。人世幾登高，寂寞黄花酒。

周青士云：詩有不必深言而選家必録者，此作是也。

袁景休三首

景休字孟逸，吴縣人。

《詩話》： 孟逸隱於卜肆，殁後，閩人林古度寓法水寺，見孟逸夫婦停棺于寺，傷其無子，取摺疊扇，畫兩棺貯破屋中，上雨旁風極悽慘之狀，題詩其上。有新安客見而憫之，出私錢，庀窀穸。古度又口授遺詩，刻之成集。余購之不得。繡谷蔣氏藏孟逸墨蹟五翻，凡十絶句，亟録三首。孟逸夙見知於沈嘉則，其送嘉則詩云：「道上霜寒連白雁，馬頭木落見黄河。」殊有爽氣，宜其訕笑詆諆及劉子威侍御也。

入慧慶寺

新秋入古寺，凉氣何清越。樹杪夕陽微，山蟬鳴不歇。

春日過南城

黄鳥當三月，城南景正繁。桃花千萬樹，不異武陵源。

自江村望虎丘

兹山奇且麗，迥與江村合。幽人去復來，斜陽在孤塔。

王受甫一首

不知何許人，詩載袁中道《游居録》。

題九山壁

一心貪與白雲期，解帶歸來任所之。每過名山經月住，蘇門山上更多時。

袁小修云：九山去輝縣十里，上有斧劈石，石上題詩，後云「嘉靖癸卯」，受甫，不知何人。

明詩綜卷五十一

小長蘆　朱彝尊　録
廣陵　楊文鐸　緝評

羅萬化一首

萬化字一甫，會稽人。隆慶戊辰賜進士第一，歷官禮部尚書，贈太子少保，謚文懿。有《世澤編》。《静志居詩話》：唐宋科目繁多，至明而始終所重惟甲第。志科名盛事者，首述吉水莆陽，而於越山陰，自諸文懿、大綬而後，榜五發，邑人居其三焉。傳聞三公俱同席硯之友，不可謂非盛事已。

擬此日不再得

落景無返輪，奔星少回光。綠髮不戀人，轉眼化爲蒼。所以志士心，努力及方剛。恒恐歲遲暮，蘭蕙不得芳。膏火還自煎，山木亦自戕。我謀一以乖，終身失其臧。大道本希聲，至人貴含章。豈其魚目珍，而登君子堂。登高豈無梯，濟深豈無航。愚者貴速至，聖人寶其常。虛牖展素書，古人未云亡。無爲守躊躇，徒貽過時傷。

黄鳳翔三首

鳳翔字儀廷，晉江人。隆慶戊辰賜進士第二，歷官南京禮部尚書，贈太子少保，謚文簡。有《田亭草》。

告歸發潞河作

方朔恒苦飢，相如常病渴。明時許乞身，初衣辭魏闕。革車逐扁舟，長河接溟渤。舳艫爭唱呼，鷗鷺閒出没。帆影日外落，棹歌津頭歇。舉酒酬暮雲，卷簾對夜月。悠然萬里心，頓與江天豁。

穆宗莊皇帝發引挽歌

垂衣方在御，憑几那堪聞。雨暗虞淵日，星沉華渚雲。周宮開翼室，漢曲罷横汾。百辟趨蹌地，傷心望紫氛。

萬曆宮詞

霜毛鸚鵡傍雕闌，巧舌依人似結歡。白髮宮娃空墮淚，先皇覓到不曾看。

趙志皋二首

志皋字汝邁，蘭谿人。隆慶戊辰賜進士第三，歷官少傅，兼太子太傅，吏部尚書，建極殿大學士，贈太傅，謚文懿。有《瀫陽詩集》。

早發錢塘

曉霧兼天白，秋風一葦輕。湖吞漁浦闊，沙湧固陵平。隔座吴山送，揚帆越嶠迎。蒼茫思無限，天外忽鐘聲。

贈太僕何石川

丈人三徑傍城隈，不厭鄰翁日日來。雙鶴竹間迎客舞，一尊池上爲誰開。采芝合共商山老，作賦仍多洛社才。自笑登樓倦懷土，暮天回首重徘徊。

王家屏六首

家屏字忠伯，大同山陰人。隆慶戊辰進士，歷官禮部尚書，文淵閣大學士，贈少保，謚文端。有《復宿山房集》。

《詩話》：宋制，祖宗翰墨儲藏於玉堂之署。觀陳騤《中興館閣前後録》，道君墨跡俱存，此康譽之得題「年年花鳥無窮恨，盡在蒼梧夕照中」之句也。迨元，而奎章宣文之閣，舊典不改。明則藏之大内，詞臣末由覩矣。萬曆九年，帝御文華殿，宣召入直史臣五人，文端居首，其餘修撰則沈公懋孝、張公元忭，編修則劉公元震、鄧公以讚也。既進見，示以景陵御筆《玄兔圖》，圜以淡墨，作滿月胎，上有桂子垂枝，下藉輭草，兔居其中，並臻妙境。諭諸臣題詩於軸，并得用私印識之。閲三日詩成進御，自首輔張文忠外，凡三十有五人。當日諷詠優游，不事促迫，綵花銀葉，賜予便蕃。自永宣以來，詞林盛事，遇此罕矣。長陵《四馬詩》，世傳爲江陵作，今從館課集本正之。文端立朝，侃侃不阿，因一諫官，力爭去位，風節固不可及。詩亦雍容和雅，不失正始之音。

恭題文皇帝四駿圖

龍駒　鄭村壩大戰胸著一箭都指揮丑丑拔箭

天馬徠，翼飛龍。蹄削玉，耳垂筒。碧月懸雙頰，明星貫兩瞳。文皇將士盡羆虎，復有龍駒助神武。流矢當胸戰不休，汗溝血點桃花雨。壩上摧鋒第一功，策勳何必減元戎。君不見虎士標題麟閣裏，龍駒亦入畫圖中。

赤兔　白溝河大戰胸著一箭都指揮亞失帖木拔箭

雷鞫鞫，北軍來。赤兔走，黃雲開。擲身超夾澗，策足絕浮埃。白溝原頭振鼙鼓，貫陳穿營猛如虎。穆王八駿詎爲奇，昭陵六馬應難數。百戰間關未解鞍，箭瘢還向畫圖看。只今四海昇平日，誰識當年締造難。

棗騮　小河大戰著兩箭胸一箭後右曲池一箭安順侯脱火赤拔箭

紫騮馬，金駱月。朝刷燕，晡秣越。俶儻精權奇，超驤走滅没。當年萬馬盡騰空，就中紫騮尤最雄。戰罷不知身著箭，飛來秖覺足生風。北風獵獵吹原野，長河冰澌血流赭。誰言百萬倒戈中，猶有彎弧射鈎者。

黄馬　靈璧縣大戰後右曲池著一箭指揮鷄兒拔箭

軒后興，應龍翔。駕天駟，乘飛黄。回頭看紫鷰，顧影失超光。君王神武古來少，萬里煙塵一劍掃。馬蹄蹴處山爲摧，何論陳暉與平保。揚鞭渡淮淮水清，金陵父老壺漿迎。從此華陽休駿足，山河重整泰階平。

初入翰林自述

生平未知學，世路方多岐。古人已不作，古道猶可追。願言對青簡，澹慮澄玄思。宇宙皆吾事，一念安可欺。譬彼機中素，皎潔防其緇。譬彼山下石，孤貞堅自持。文章乃末技，富貴非吾期。出入感榮遘，朝夕承師資。遠心在霄漢，努力酬明時。

玉河新柳

水繞沙隄曲，春看御柳眠。柔條輕著雨，嫩葉暗抽煙。影落波間細，陰垂檻外偏。亭亭依漢苑，遲日待鶯遷。

沈一貫 一首

一貫字肩吾，鄞人。隆慶戊辰進士，歷官少師，兼太子太師，吏部尚書，中極殿大學士，謚文恭。有《喙鳴集》。

望西城宮殿

蕢殿重開寶曆春，竹宮長鎖屬車塵。煙霞自護祈年閣，星斗曾傳醮夜辰。帳裏流蘇間甲乙，爐中寒火憶庚申。茂陵松柏蕭蕭老，無復相如賦大人。

朱賡 一首

賡字少欽，紹興山陰人。隆慶戊辰進士，歷官少保，兼太子太保，吏部尚書，文華殿大學士，贈太保，加贈太傅，謚文懿。有集。

《詩話》：明制，閣臣始入東閣，次進文淵閣、武英殿、謹身、華蓋，後爲建極、中極，獨虚文華殿不拜。惟永樂間，權謹以孝行拜斯殿學士，此後則文懿公也。是時定陵有意爰立二人，先太傅文恪公，暨馮文敏琦也。蛟門閣老，亟以密揭止帝曰：「此二臣，皆美器，當老其才用之。」乃改命文懿。及文懿入，賁捧各官爭論礦稅，難以裁答，於是相傳以政府爲苦海矣。文懿詩不載集中，僅從館課録得一首。

薊門行

彍騎窺青海，天兵出薊門。白草邊塵暗，黄沙塞月昏。悲笳風外曲，哽咽不堪聞。

于慎行六首

慎行字可遠，更字無垢，東阿人。隆慶戊辰進士，選庶吉士，授編修，歷修撰，侍講，左諭德，侍讀學士，陞禮部侍郎，改吏部，拜禮部尚書，入直東閣，卒，贈太子太保，謚文定。有《穀城山房集》。錢受之云：公於詩文，春容宏麗，一時推大手筆。其論古樂府曰：「唐人不爲古樂府，是知古樂府也。辭聲相雜，既無從辨，音節未會，又難於歌，故不爲爾。然不效其體，而時假其名以達所欲言，斯慕古而託焉者乎。近世一二名家，至乃逐句形模，以追遺響，則唐人所吐棄矣。余間爲郊祀鐃歌，可數十首，已而視之，頗涉兒戲，亦復不自了然，遂焚棄之。取其音節稍近者，倣其一二，謂之本調。至近體歌行，如唐人所假者，不曰樂府，則詩之而已矣。夫唐人能爲而不爲，今人能爲而遂爲之，予奈何不能爲而爲也。」其論五言古詩曰：「魏、晉之於五言，豈非神化，學之則迂矣。何者，意象空洞，樸而不敢琱，軌塗整嚴，制而不敢騁，少則難變，多則易窮，古所謂鸚鵡語不過數聲爾。原本性靈，極命物態，洪纖明滅，畢究精藴，唐果無五言古詩哉。余既知其解矣。而不能舍魏、晉者，取其可以藏拙，且適所便，非能遂似之也。海内賞真之士，有以吾言爲是者，吾詩雖不覩可矣。」公生當慶、曆之世，又爲歷下之鄉人，其所論著，皆箴歷下之膏肓，對病而發藥，「夫惟大雅，卓爾不群」，其是之謂乎。

《詩話》：東阿格律和平，當正聲微茫之時，能爲是調，即以詩高選，亦堪作相。

晉陽男子行

隆慶己巳，太原丈夫化爲女子，歌以識之。

太原有男子，壯烈世所無。身長九尺餘，白皙好眉鬚。自負良家子，募作材官徒。腰中轆轤劍，橫擊當路衢。并州惡少年，見之伏且趨。一朝覽青鏡，侘傺空堂隅。三日不出戶，忽然見彼姝。綽綽芙蓉顏，盈盈玉雪膚。蛾眉娟且長，高髻墮馬梳。脫我金鎖甲，繫我繡羅襦。掛我白貂帽，珥我明月珠。委心懷嬿婉，不惜健兒軀。昔爲雲中鵠，今爲水上鳧。昔者一何厲，常關十石弧。今者何柔曼，巧笑傾城都。仰視浮雲馳，變化不須臾。茫茫窺元運，玄黃無乃渝。世人但云好，不必稱丈夫。

過雨

五月不知暑，虛空颯似秋。殘虹掛溪水，片雨過城樓。遠樹斜陽駐，深山夕翠流。晚凉思枕簟，絕愛北窗幽。

秦淮

秋月秦淮岸，江聲轉畫橋。市樓臨綺陌，商女駐蘭橈。雲裏青絲騎，花間碧玉簫。不知桃葉水，流恨幾時消。

送朱養淳太史册封周藩

蓬萊闕下五雲飛，桐葉封函出帝畿。漢苑花香隨使節，河橋柳色上征衣。天臨玉署恩偏渥，星近銀河夜更輝。試向天津橋上望，銅街無處不芳菲。

送張洪陽學士請告南旋

長河南下水曾波，吳楚青山枕上過。行到潯陽江口望，應憐秋色故園多。

少年行

錦帶珠袍緑臂韝，相逢盡說富平侯。南山夜獵春城晚，繫馬新豐舊酒樓。

陳于陛 一首

于陛字元忠，南充人。隆慶戊辰進士，歷官太子太保，禮部尚書，文淵閣大學士，贈少保，謚文憲。

有《萬卷樓稿》。

宣廟御筆馬

寶繪傳神駿，權奇尺素收。蹄攢雙碧玉，文散五花虬。赤汗當沾臆，黄金爲絡頭。天閑今萬匹，何必按圖求。

張位 一首

位字名誠，南昌人。隆慶戊辰進士，改庶吉士，授編修，遷司業，以糾江陵奪情謫徐州同知，後累官少保，兼太子太保，吏部尚書，武英殿大學士，謚文端。有《叢桂山房彙稿》。

《詩話》：文端以持正忤江陵，詩頗有憂危之語，其《詠射鵠》云：「方寸能幾何，當此亂鏃投。」有感其言之也。既罷相，於東湖杏花村建閒雲樓，吟眺自娱。晚探青原之勝，汎舟螺川，野服篗車，登覽竟日，老僧不識爲宰相。題詩懷鄒魯瞻，門人胡廷宴守吉安，從寺壁見詩始知之，是亦佳話。

七夕

塞月催砧急，天風襲袂深。星河良夜色，牛女隔年心。莎逕流螢度，花陰促織吟。平生江海意，荏苒二毛侵。

裴應章 一首

應章字元闇，清流人。隆慶戊辰進士，歷官南京吏部尚書，贈太子少保，謚恭靖。有《嬾雲集》。

豐嶺即事

倚杖危峰上，煙霞嶂幾重。逶迤盤古道，絶勝引仙蹤。露滴晴天雨，雲低半嶺松。蓬壺何處是，天際一聲鐘。

范謙 一首

謙字含虚，豐城人。隆慶戊辰進士，歷官禮部尚書，贈太子少保，謚文恪。有《雙柏堂集》。

初入翰林自述

聖人啓元運，應龍協昌期。萬物快先覩，而我逢兹時。抱策獻天門，鴻漸修羽儀。木天肆宏敞，玉軸陳參差。石渠發中秘，虎觀探幽奇。淵源接師友，得失隨箴規。分陰期共兢，古道還力追。願言謝紛華，兼以息驅馳。但令微忠效，無求虚譽垂。庶幾大造化，於以酬毫釐。坐見乾坤泰，我亦贊無爲。

習孔教 一首

孔教字時甫，廬陵人。隆慶戊辰進士，選庶吉士，歷官南京吏部右侍郎。

將進酒

將進酒，客莫辭。玉交杯，金屈巵。主人勸客揖且讓，客言我飲本無量。有如法宫置酒，監在前，史在後。此時徑醉，不及一斗。州閭之會，六博投壺。男女雜坐，盱眙歡呼。爾時醉，可兩壺。日暮酒闌，合尊促席。履舄交錯，杯盤狼藉。羅襦襟解，微聞薌澤。當此時也，能飲一石。欹戲乎，酒極則亂，樂極則悲。萬事盡然，高陽之徒安足爲。書有豐刑，亦有酒誥。舌出禍入，君子所悼。主人休矣，職思其居。三爵不又，言毋我渝。

田一儁 一首

一儁字德萬，大田人。隆慶戊辰進士，歷官禮部左侍郎，有《鍾台遺稿》。

遲鄭郎不至

幽齋淨朝塵，崇館紛晝靄。凉葉陰已深，疏花落猶在。美人來不來，搔首空相待。渺渺望河干，青山出雲外。

韓世能 一首

世能字存良，長洲人。隆慶戊辰進士，改庶吉士，除編修，歷修撰，侍講，右諭德，陞國子祭酒，南京禮部侍郎，召入兼侍讀學士。有《雲東草》。

送友人南還

垂柳千條拂御溝，上林春色鳳池頭。如何張翰多歸興，不待秋風已倦遊。

沈思孝 四首

思孝字純父，嘉興人。隆慶戊辰進士，累官都察院右都御史，兼兵部侍郎，贈太子少保。有《行成》《郊居》《西征》《陸沉》諸稿，《溪山堂》《吾美堂》等集。

《詩話》：先生封事，尤觸江陵之怒，杖畢即加鐐鏁，復下獄，三日始僉解發戍。既抵嶺南，巡撫欲殺之，以媚政府，遽以尺符召之行，至恩平，先生袖匕首示縣令曰：「巡撫必欲殺我，我當與俱斃。不然，伏尸軍府中，令天下士大夫皆知巡撫所殺也。」縣令窘以告巡撫，得不死。蔡副使文範作《壯哉行》送之。其歸也，胡元瑞贈詩云：「荳蔻花前千里夢，桄榔樹下十年人。」先生頗好鑒賞書畫，言者遂劾其以千金市王右軍真蹟一卷，南箕貝錦，可以意成也。詩入瑯琊「四十子」之列，晚交姚叟士粦，未免間作聱牙語。

喻邦相同俞羨長至集恕醉軒

白雲邀上客，黄葉繞貧居。缸面沽來酒，槎頭釣得魚。山川連越絶，雞犬數秦餘。一日千秋意，相看老不疏。

思家

長臥鳳城隈，鄉心日夜催。小人猶有母，明主漫憐才。木葉千山雨，江湖八月雷。倚閭秋欲盡，底事不歸來。

清寧兩宫灾臣督諸軍入救上使小黄門賜以肴四合酥與果稱是中有鳳仙橘小紅棃佳甚乃藿食者所未嘗敬賦此紀之

春盤分尚食，天語遣黄門。橘豈維揚貢，棃堪大谷論。股肱悲未竭，口腹媿知恩。獨荷焦頭賞，能無負至尊。

出都門

天高落葉繁，匹馬上東門。固寵寧臣節，完名是主恩。青雲霎闕迥，緑野幾家存。滿篋匡時草，攜歸覆酒尊。

賈三近 一首

三近字德修，嶧縣人。隆慶戊辰進士，選庶吉士，改授吏科給事中，轉户科都給事中，遷太常少卿，改督四夷館，歷大理左右少卿，南北光禄寺卿，以右僉都御史撫保定，入爲大理寺卿，轉兵部右侍郎。有《東掖漫稿》。

于無垢云：石葵歌詩，清爽疏宕，咳唾立成。

冬日登嶽

遊目高寒處，群山擁岱宗。登封迷漢草，徙倚有秦松。萬壑煙嵐合，諸天紫翠重。肩輿明月下，上界已聞鐘。

邵陛 一首

陛字世忠，餘姚人。隆慶戊辰進士，改庶吉士，歷官刑部左侍郎。

過拜將臺懷古

千載遺蹤表故臺，殘雲縹緲夕陽開。三川佳麗興王地，百戰勳名大將才。此日江山空草木，當年壁壘半蒿萊。登臨不盡英雄恨，風急寒沙過雁哀。

沈懋孝 一首

懋孝字幼真，平湖人。隆慶戊辰進士，改庶吉士，歷南京國子司業，謫兩淮鹽運司判官，起河南巡撫，未任。有《淇林雅詠》〔一〕。

〔一〕「詠」，底本作「永」，據《靜志居詩話》《千頃堂書目》改。

《詩話》：晴峰樂府，句摹篇倣，不脱歷下窠臼，餘體斐然，能於同中見異。

北固登望

北固樓前一笛風，碧雲飛護建康宫。江南二月多芳草，春在濛濛細雨中。

朱孟震四首

孟震字秉器，新淦人。隆慶戊辰進士，除南京刑部主事，歷郎中，出知重慶府，陞河南按察副使，累官通政使，以右副都御史巡撫山西。有《郁木生全集》。

任少海云：使君詩，閎邕瀟灑，了無塵俗氣。

陳于韶云：秉器才情婉附，流調邕發，若孤桐朗玉，自有天律。

張助甫云：秉器詩，爾雅深厚，緣情達理。

吴明卿云：秉器負用世才，以餘力爲詩，諸體錯陳，意匠所極，才亦副之。

陳玉叔云：秉器詩本於才，體氣高妙。

《詩話》：秉器津津以詩家自許，其在南曹結「清溪社」，一時名士聲應氣求，所緝《楮談》《續談》《餘談》，述先喆之舊聞，綜同人之麗句，可謂好事也已。

和答正甫

幽意苦不愜，清歡良未期。如何汾水上，忽枉故人詩。芳草王孫路，朱華帝子池。相思隔年歲，河漢正高垂。

哭孔汝錫先生墓

殘歲龍蛇逼，新阡雉兔過。露隨朝槿盡，風入暮蟬多。坐失千鍾酒，情傷九辯歌。夜臺無白日，一慟欲如何。

春日金沙寺訪羅孝廉元我

春水金沙是舊遊，春風黄鳥況相求。馬蹄一逕穿雲入，花氣千林帶雨浮。詞客雄文巴蜀檄，故人清興剡溪舟。草堂踪跡今猶昔，好爲狂夫十日留。

謁張桓侯廟

英姿颯爽氣雄哉，恍惚晴霄風雨來。一代君臣元伯仲，千秋祠廟倚崔嵬。乾坤已限三分業，熊虎空懷上將才。正是雲安春月夜，杜鵑啼徹不勝哀。

龔勉 一首

勉字子勤，無錫人。隆慶戊辰進士，除嘉興知縣，以憂歸，補吳橋知縣，陞南京刑部主事，轉户部員外，進郎中，出知嘉興府，遷浙江參政，轉按察使，調山東，遷浙江右布政使。有《尚友堂集》。

彭子殷云：子勤詩，整暢可方錢、劉。

送王會泉武庫出守永州

仙郎戎政擅才名，簡命熊幡向楚城。車騎舊瞻司馬節，襜帷新識使君旌。九疑南接湘江遠，五嶺東連粤路平。遥想行春風日好，瘴煙消盡百花明。

蔡文範十首

文範字伯華，瑞州新昌人。隆慶戊辰進士，歷官廣東布政司參議。有《縉雲齋稿》、《甘露堂集》。

《詩話》：青門近體，雄渾絶倫。

自瀛德至東昌道中雜詩

聞道張秋決，先朝慮獨深。爲山名戊巳，奉使失辛壬。地控支祈鎖，天寒象罔沉。誰知神禹跡，疏鑿本無心。

岳州馮觀察見招

澹澹鋪湘水，依依見武陵。雲隨天不動，川靜水凝冰。魑魅愁神鼎，魚龍怪佛燈。夜深清梵徹，何異普陀僧。

太和宫

疆域連秦塞，星辰入楚都。英靈天地啓，宫闕古今無。禪草諸儒遜，玄功萬國趨。祠前瞻皁纛，曾説贊文謨。

送庫部朱陽和備兵甘肅

陰山雪墮紫貂裘，使者行邊大漠秋。陜右長城班定遠，胸中武庫杜荆州。風吹獵火通甌脱，篴奏梅花落隴頭。哈密至今無敢論，知君躍馬看吳鈎。

紅心驛值雪

雪色初驕冷萬家，那堪風急更回斜。來從朔北還兼雨，去到江南定結花。沙上紫騮嘶不度，愁邊青鬢忽先華。荒村日暮平如練，破却寒光數點鴉。

遊南岳二首

縹緲仙臺紫氣浮，煙籠玉座儼垂旒。地包荆楚標南紀，江合沅湘向北流。牲帛千秋周祀典，衣冠五月舜諸侯。塵緣未斷慚仙骨，金簡雲書何處求。

赤帝高居小梵天，衆峰羅列擁堦前。秋經絶壁風雷起，有風雷洞。醉倚雙臺日月懸。上有望日、望月二臺。誰道人騎黄鶴去，我今寒抱白雲眠。莫言此夕非冲舉，已隔人寰丈九千。志載：祝融峰，高九千丈有奇。

寶應湖

湖闊疑無地，堤長亘若虹。孤舟數點雨，殺却日南風。

望白鶴嶺

百里初見近，十里轉見遠。絶頂不分明，白雲時舒卷。

溪漲發建陽

白日欲没雲濛濛，建陽城外雨澆空。溪邊怪石不知數，一夜走入洪濤中。

顧大典三首

大典字道行，吳江人。隆慶戊辰進士，歷官福建提學副使，謫禹州知州，改開州。有《清音閣集》。

得山東觀察報留别省僚

肅肅晨風吹，明星帶徂兩。平生攜手俱，今乃殊風壤。大江一以遠，日夕春潮長。憶奉南皮游，良時清尊賞。華篇想遺則，淵調懷餘響。朋僚既雨散，世路即塵鞅。去去不可追，臨風徒懭悦。

苕溪春日

苕溪春深春欲歸，柳絲拂地棃花飛。客子辭家已三月，春風初换越羅衣。羅衣競試春江曲，花外鶯聲斷還續。春心羈思兩相催，愁見天涯春草緑。春草年年伴客程，扁舟明日又孤征。故園回首春雲隔，江上春風空復情。

送秦郡倅還楚中

一朝辭簿領，千里返江湘。棄置君何罪，離群我自傷。春風過夏口，秋草臥衡陽。爲報南來雁，音書好寄將。

沈位三首

位字道立，吴江人。隆慶戊辰進士，改庶吉士，授檢討。有《柔生集》。

《詩話》：虹臺詩，麗以則，惜不永齡，《中秋》結語，殆成讖也。

十二月二十一日獻俘

睿德通中夏，天威震北隅。遐方歸正朔，欵塞獻新俘。清廟陳弘業，彤庭顯秘圖。五兵原不戰，巨寇已行誅。將相多酬賞，寰區盡大酺。小臣叨侍從，率武詠神謨。

中秋

秋光長與翠華連，況是中秋更可憐。城闕影高雲裏見，芙蓉露冷沼中妍。誰家笛弄江南曲，幾處鴻飛塞北天。此夜清輝應莫負，人生能見幾回圓。

漁陽春望

二月春方半，泠風日正長。陌頭看柳色，忘却在漁陽。

張鎧 一首

鎧號石渠，吉安永豐人。隆慶戊辰進士，除東莞知縣，升南工部主事，歷員外郎中，出爲湖廣按察僉事，轉貴州參議。

寄艾和甫謫戍西寧

荆南偶接故人書，爲悉關門近起居。萬里獨看營外月，孤身誰念釜中魚。辭劉徐恕心元苦，折檻朱雲願不虚。秦地日聽邊塞曲，楚歌相和調何如。

喻均四首

均字邦相，新建人。隆慶戊辰進士，歷官天津兵備副使。有《山居集》。

陸中丞移書促入郭有事田間詩以陳情

麗公願負耒，陶令甘荷鉏。外物既不干，誰能逸其軀。朝夕課童僕，黽勉在田廬。心事異昔人，踪跡與之俱。咄嗟不逢年，高原化爲渠。穡事良已矣，種豆山一隅。群雀苦交啄，持竿爲敺除。詎意小臧來，乃接中丞書。要我入城郭，高義有誰如。顧念山中人，生事各有須。寧能舍田畒，忽此升斗儲。殷勤謝來意，禮數寬樵漁。

春暮宿大觀樓簡士功及二三知己

閒居不適意，觸事增煩憂。振步出西郭，登君江上樓。滄波漲初闊，緑樹陰已稠。煙雲綴遐岫，蘭葹盈芳洲。迥覺心迹清，轉見身世浮。徘徊未能去，衾枕聊淹留。既以自怡悦，因之報舊遊。

送方子及入計

凝霜沾浦樹，冉冉歲欲晏。君子意如何，垂老仍薄宦。一臥艾子城，六見秋花綻。月米分故人，日食藜與莧。高志慕翔鸞，卑棲託斥鷃。發軔謁承明，蚤晚流皇眄。白首感睽離，追餞臨寒澗。握手慘無言，側睇雲間雁。

請告書懷

夙昔浮雲意，微官久欲休。蹉跎身漸老，丘壑願方酬。海日猶殘暑，山風欲度秋。盈盈河上水，萬里送歸舟。

方沆 二首

沆字子及，莆田人。隆慶戊辰進士，歷官雲南提學僉事，謫寧州知州。有《猗蘭堂稿》。

朱秉器云：子及詩，非大曆、貞元以上語不道。

謝山子云：子及心境高妙，有天然之趣。

秋汎

山合松楸晚，沙寒橘柚秋。坐看魚鳥近，歷歷鏡中遊。

次長沙懷賈太傅

楚雲萬里望京華，賈傅南遷路未賒。誰料逐臣今更遠，春風三月過長沙。

唐文燦 一首

文燦字若素，漳州鎮海衛人。隆慶戊辰進士，除行人，歷官廣西按察僉事。有《鑑江亭帚集》。

大行皇帝輓歌

憶昔河清日，流虹叶瑞徵。運隨真主轉，紀逐盛時蒸。七世觀新廟，千秋奉永陵。耿光長照耀，史冊紀中興。

郭莊 一首

莊字子蒞，鞏昌徽州人。隆慶戊辰進士，改庶吉士，授山東道御史，督學南畿。

賦得謁帝承明廬

丈夫重意氣，束髮事周遊。挾策日坎壈，西風吹敝裘。一朝際風雲，謁帝來神州。出入承明廬，交結盡英流。雙闕聳雲漢，朱旗夾道周。翺翔供奉客，錦帶佩吳鈎。相期樹勳名，寧論沉與浮。君看黄鵠志，不爲稻粱謀。

帥機 一首

機字惟審，臨川人。隆慶戊辰進士，歷官南京禮部郎中，陞思南知府，謫兩浙鹽運司副，遷南京刑部郎中。有《膳部集》。

秋懷

八月金氣深，蕭瑟叩虛牝。梧楸半離披，朱華日就隕。風急度離鴻，氣嚴感飛隼。皎月正舒遲，羲輪漸縮窘。砧聲動四鄰，薄寒侵席筍。清景誠足嘉，惜此歲遒盡。況復愴松楸，欲賦思歸引。

鍾庚陽 一首

庚陽字長卿，秀水人。隆慶戊辰進士，除太平推官，入爲大理評事，遷工部主事，歷員外郎中，出知鎮江府，謫知廣德州，終刑部員外。有《焚餘集》。

劉在南直指遷郴州余亦謫守廣德同發潞河投贈

繡衣使者下蘭臺，愁說雙旌潞水開。自是聖恩寬逐客，却從謫宦見仙才。山過衡嶽孤帆轉，路入瀟湘雁影回。余亦南行賦歸去，秋風天末幸追陪。

唐邦佐二首

邦佐字惟良，蘭谿人。隆慶戊辰進士，知泰和、如臯、儀真三縣，入爲刑部主事，謫兩淮運司判官，轉贛州府通判，遷知光州。有《比部集》。

感興

蟠曲惡木根，不植太山岡。婀娜孤生竹，抽梢淇水旁。佳人好脩飾，被服素羅裳。感兹帛雁會，得充君子房。絲蘿引長蔓，琴瑟淨高張。合歡在令德，容色豈足揚。

塞下曲

曾隨驃騎度渾河，雨雪天山夜負戈。莫謂歸家貧到骨，黃沙白骨不歸多。

張元忭一首

元忭字子蓋，紹興山陰人。隆慶辛未賜進士第一，歷官左諭德，兼侍讀。有《不二齋稿》。

杜轄巖訪吴公度

杜轄巖中人，曲江舊同席。未折彭澤腰，早著東山屐。栖心老氏書，結廬武夷側。晴峰萬點青，雲溪幾條白。玄關夾長松，丹房架危壁。巖頭露可餐，巖下芝可摘。猿鶴時爲群，車馬杳難即。我本丘壑人，聊作金門客。煙霞夙同好，出處偶殊迹。諦觀聲利場，何似神仙宅。四十已無聞，百年亦瞬息。徒然赤松子，巢居鍊形魄。明發出閩嶺，題詩訂泉石。

鄧以讚一首

以讚字汝德，新建人。隆慶辛未賜進士第三，歷官吏部右侍郎，贈禮部尚書，謚文潔。有《佚稿》。

思歸

星河雲氣淡，萸菊露華清。宦况慵兼病，鄉愁斷又生。入秋偏遠夢，逐日計歸程。南雁空中唳，能禁此夜情。

郭子章二首

子章字相奎，泰和人。隆慶辛未進士，歷官都御史，巡撫貴州，進兵部尚書。有《閩草》《留草》《蜀草》《浙草》《晉草》《楚草》《黔草》等集。

《詩話》：青螺歟歷外臺，而著書不輟，詩嫌合格者少，然勝於輭熟者多。

紀夢

西南欃槍明，占在川之播。何哉井底蛙，不知有漢大。黔中久愉恬，崇朝忽摧挫。聚黨嘯綦江，一倡乃百和。城市走豻貙，平原起堀堁。天子赫斯怒，命將出右个。猥予在田間，未許支離臥。馳驅竹王疆，迅速等轉磨。夜夢壯繆侯，車騎儼相過。倒屣延之入，席分賓主坐。論賊無足虞，粃糠易揚簸。

巢幕暫偷安，積薪以待莝。及余入八番，次第窖搜邏。衝風籜乍卷，利匕粉同剉。豈專帷幄謀，一一神所佐。從此半壁天，蠻僰始退愞。剏祠敬事侯，擊牲進香糯。誰爲報侯功，銘詩我所作。

舟中

三春滯水濆，魚鳥狎成群。江濁流新雨，山晴斂薄雲。村春幽澗急，岸草夕陽薰。何處城頭角，偏令倦客聞。

劉克正一首

克正字懋一，從化人。隆慶辛未進士，改庶吉士，授簡討。

春雪

乍覺輕寒薄太空，凍雲舞絮一宵同。點成簾幕渾成雨，飛入園林不待風。萬里江山春寂寞，九重宮闕玉玲瓏。仙郎天下聞高調，一曲誰能和郢中。

郭子直一首

子直字舜舉，崇德人。隆慶辛未進士，除行人，歷官福建按察副使。

采菱曲

采菱復采菱，采采日已暮。貪看馬上郎，迷却花間渡。

侯堯封二首

堯封字欽之，蘇州嘉定人。隆慶辛未進士，授刑部主事，改四川道御史，歷官福建參政。有《鐵菴遺稿》。

第一禪林

自是禪栖第一林，萬松回合白雲深。遠看麋鹿不知數，欲問禪居何處尋。中天日月遞朝暮，下界山河自古今。暫憩便疑塵世隔，幾人曾此一投簪。

詠石牛

田入山鄉少，時將孟夏終。如何尚高卧，不起助農功。

劉元震 一首

元震字衍亨，任丘人。隆慶辛未進士，歷官吏部左侍郎，掌詹事府教習，庶吉士。

月下聽琴

明河澹月挂疏林，此夕張君緑綺琴。一曲正堪清夜聽，幾人先動故園心。寒催兔杵霜前響，靜愛龍脣泓下吟。流水高山意何限，遥遥天路彩雲深。

黄洪憲五首

洪憲字懋忠，嘉興人。隆慶辛未進士，改庶吉士，除編修，奉使朝鮮，還，進侍讀，歷右庶子，陞少詹事，掌翰林院事。有《碧山學士集》。

觀蘭亭修褉圖

夙昔秉微尚，縱情寄丘壑。晞髮秦稽陽，俯觀但寥廓。蘭亭被荒丘，群賢不能作。風生松下寒，月出雲上薄。觴咏已無歡，墨妙虛有託。崇峻迹未殊，清朗又如昨。彭殤誰見齊，庶幾達者樂。

穆宗莊皇帝輓歌二首

祇德符神禹，成功紹帝堯。冠裳臨萬國，干羽格三苗。碧嶂龍輴入，青林鳳翣遥。淚痕消不盡，斑竹日蕭蕭。

魚鑰開清禁，鑾車出紫薇。忽移丹仗去，空憶翠華歸。天路應非遠，人寰惜永違。霸陵秋色裏，愁見白雲飛。

山海關

長城古堞俯滄瀛，百二河山擁上京。銀海仙槎來漢使，玉關秋草戍秦兵。星臨尾部雙龍合，月照平沙萬馬明。聞道遼陽飛羽急，書生急欲請長纓。

别許都監

萍水他鄉聚，多君傾蓋歡。九秋迎使節，千里送征鞍。久客歸心切，孤亭别袂寒。遠星江上落，殘月馬頭看。豈不懷瓊玖，無因託羽翰。相思不得見，努力且加餐。

劉虞夔 一首

虞夔字直卿，高平人。隆慶辛未進士，改庶吉士，歷官太常寺少卿，兼侍讀學士，掌翰林院事，再掌詹事府。

苦熱行

燕山虚傳千丈雪，昔乃苦寒今苦熱。苦寒尚可禦，苦熱安所逃。寒有重裘奥室足自庇，熱雖袒裼心煩勞。炎風吹埃沸四野，火雲布空日如赭。長安衮衮車馬塵，驅馳道路何爲者。吾思仙人，乃在閬風岑。水晶宫闕琪樹林，安得從之御風吟。攬子之袖開我襟，念此已足清人心。吁嗟，炎蒸三伏無歲無，發狂大叫胡爲乎。

周光鎬二首

光鎬字國雍，一字耿西，潮陽人。隆慶辛未進士，除寧波推官，陞南户部主事，改吏部，歷郎中，出知順慶府，陞四川副使，轉參政，遷陝西按察使，擢僉都御史，撫寧夏，入爲大理寺卿。有《明農山堂彙草》。

大梁道上

眺望中原路，逶迤入大梁。風塵馳朔騎，節序改青陽。衛水浮煙黑，沙河落日黄。愁來看短鋏，猶帶薊門霜。

秋懷

靈關秋色白榆多，九月霜風黑水河。天外雁鴻嗟阻滯，籬邊松菊怨蹉跎。南來卭塞無烽燧，西去臨洮走槖駞。此日三秦憂不細，禁中親詔出廉頗。

吴中行 一首

中行字子道，武進人。隆慶辛未進士，改庶吉士，授編修，以建言廷杖爲民，尋起用，遷右中允，歷洗馬，管司業事，進侍讀。有《復菴集》。

《詩話》：江陵奪情，事在萬曆五年七月，迨十月之朔，彗星見，大内火，於是既望三日，吴公疏上，次日趙檢討用賢疏上，又次日艾員外穆、沈主事思孝疏上，江陵怒不可止，而諸公均受杖矣。方杖時，鄒進士元標疏復上，一時士氣持正若是。許文穆以庶子充日講官，爲吴、趙二公餞，鐫玉杯一，銘曰：「斑斑者，何卞生淚。英英者，何藺生氣。追之琢之，永成器。」以贈吴公。犀杯一，銘曰：「文羊一角，其理沉黝。不惜剖心，寧辭碎首。黄流在中，爲君子壽。」以贈趙公。玉杯今不見，犀者爲吾鄉何少卿蕤音所得，余嘗飲此作歌。

賦得露凝仙掌

絳闕秋容靜，金莖露氣長。夜深方湛湛，日出轉瀼瀼。共喜仙人掌，能渟玉女漿。願持方聖澤，沾灑遍遐荒。

史鈳 一首

鈳字汝和，餘姚人。隆慶辛未進士，改庶吉士，授編修。

春晴

春光二月滿皇州，半逐桃花入水流。何事王孫歸未得，東郊芳草自含愁。

丁元復 一首

元復字見心，長洲人。隆慶辛未進士，除知陽信縣，擢山西道御史，歷浙江布政司參議。有《片玉齋存稿》。

早春過趙凡夫池館

幽栖何所定，選勝得支硎。檻底泉鳴玉，天邊石作屏。江梅依磵户，谷鳥浴清泠。千丈原頭瀑，宜添一草亭。

鄭邦福 一首

邦福字洪疇，上饒人。隆慶辛未進士，歷官南京太僕寺卿。有《采真遊稿》。

牛場坡

俯身牛場坡，仰面臘笳嶺。白鷄山名。帶雨翔，老鴉關名。入雲猛。如穿螺竅中，復躋蝸角頂。行地雖數舍，計天不盈頃。從來汗漫遊，覯兹殊絶景。那知陟宦階，巉嶮極無影。

吳中立 二首

中立字公度，浦城人。隆慶辛未進士，授禮部主事，歸籍，起尚寶司丞。有《吳音》。

浪吟

楚歌鳳兮鳳，孔操麟乎麟。空爲世所瑞，胡不全其真。三山有若木，百歲無故人。去覓逍遥子，清湘采白蘋。

舟行白下

江天澹秋色，斜日照孤篷。漁艇沿門繫，蒹葭到處通。鳥飛帆影外，人在鏡湖中。始覺煙波叟，浮家趣不窮。

薛夢雷 二首

夢雷字汝奮，福清人。隆慶辛未進士，歷官雲南按察使。有《彩雲集》。

發三山

倦遊萬里欲投閒，未斷塵緣更出關。七十五程重屈指，夢魂何處不三山。

夜次弋陽

風塵何事只棲棲，楚水茫茫去鳥低。落日漸看人影盡，平沙如雪弋陽谿。

熊敦朴 一首

敦朴字茂初，内江人。隆慶辛未進士，改庶吉士，歷官貴州布政司參議。有《謫居稿》。

得趙汝師太史書

章臺猶旅食，珍重故人書。自是飄零久，非關記憶疏。野花紅更發，官柳緑仍舒。浩蕩乾坤意，吾生總不如。

馮時可 七首

時可字敏卿，松江華亭人。隆慶辛未進士，除刑部主事，改兵部，歷員外郎中，出爲貴州提學副使，再補四川提學副使，調廣西、湖廣參政。有《北征》《西征》《金閶》《石湖》《巖棲》《雨航》等集。

陳臥子云：吾鄉元成，可方吳門劉子威。

《詩話》：元成詩，極爲牧齋錢氏所詆，就全集而觀，甫田彌望，稂莠汙萊，獨五古一體，尚有遺秉滯穗，可供捃拾，以比劉子威，翻覺勝之。

齋居雜述二首

兔狡能營窟，鳩拙亦居巢。兕虎入帝苑，麒麟走空郊。玉石貌難分，金錫質易淆。三黜不必愚，九遷豈必豪。屈伸由好惡，人生在所遭。鴻也費歌噫，雄也費解嘲。何如與化遊，小大並逍遥。

白龍下清淵，漁者射其目。白黿使清江，卜者刳其腹。元君違神夢，上帝惡魚服。風波一失所，雲雨迷牽復。芳草化爲芻，苦菜葅爲蓄。世事如轉蓬，人情多反覆。冉冉百年中，愁居何能淑。

戊戌歸田雜感二首

箕斗不共垣，有采相爲光。蘭蕙不共根，有氣相爲芳。奈何同居者，各自生肺腸。一笑亦見疑，片語含鍼鋩。不能相慰勞，安望相頡頏。長林知天風，大埜知天霜。人生不相知，何用接杯觴。

北風何其凉，霜霰相與期。薄暮侵衆卉，芳鮮漸已辭。玄髮不堪秋，忽覺變青絲。翩翩飛蓬征，愴愴遊子思。浮雲一出山，安知其所之。故交皆已貴，故心誰爲持。酌水置金罍，焉辯澠與淄。

送張孝豐

浮雲不可駐，遊子不能留。驚飈逐駭駟，歲月去何遒。禦寒安得裘，濟河安得舟。客處無與歡，寧不思故丘。

常山道中遇雨

東山詠零雨，感彼歸途事。今兹賦愁霖，行役我伊始。霏靉業不堪，滂沱末由止。嶄嶄石彌高，油油雲未已。我車淖方掀，我僕顛莫起。蜎蜎蠋蒸桑，肅肅鴇集枳。苦哉遠征人，重山復重水。

建陽道中

趨程苦行遲，遇景苦行速。清晨發建陽，重霧若雲簇。載馳且一舍，始能豁我目。清溪映明沙，茂樹間修竹。千山開且合，煙翠爭相逐。飛梁若垂虹，去艇如遊鶩。竟日抵甌寧，應接難更僕。人遠意如何，良遊偏恨獨。

方揚 一首

揚字思善，歙人。隆慶辛未進士，歷官杭州知府。有《初菴稿》。

金山

虛閣疑無地，琳宫别有天。江空萬籟發，僧定一燈懸。七澤吞吴楚，孤峰自歲年。乘風興不淺，高眺已泠然。

劉伯淵 一首

伯淵字静之，號念庭，慈谿人。隆慶辛未進士，除泰興知縣，遷工部主事，歷員外郎中，出爲江西按察副使，以病致仕歸，年百餘歲卒。有《灌息亭集》。

《詩話》：念庭於隆慶五年釋褐，萬曆十六年即引疾歸。其《八十初度自嘲》詩云：「謂我歸田早，假令不早有何好。幾人欲歸不得歸，黄犬東門添懊惱。謂合彈冠出，陶令折腰八十日。投閒已道宜休三，揣分真成不堪七。」及百歲，思陵遣御史梁雲搆存問，念庭猶健步迎於門外，謝恩畢，騰觚飛爵，了無倦容，崇禎十一年事也。吴興有顯者家居，以厚幣乞言介壽，念庭笑曰：「七十上壽，毋乃太早乎。」浙東西相傳以爲佳話云。

園居

松際茅簷隔小橋，水濱穿圃亦通潮。得閒獨坐翻書卷，有客相過慰寂寥。方竹歲深裁作杖，大壺霜落剖爲瓢。年豐飽喫青精飯，莫問仙山路近遥。

吴丕顯一首

丕顯字希文，松江華亭人。隆慶丁卯舉人，承天府通判。有《四留軒集》。

《詩話》：希文奕葉青門，一官散吏，廉能著聞。相傳初補學官弟子，製青苧布爲襴衫，授兄子太僕炯，以及孫曾，家有青苧亭，至今存焉。襴衫之製，諸生服之，洪武二十四年三易其式而後定，用玉色絹布爲之，寬袖皂緣，繫縧垂𦈡，其後漸易以藍，罕用布者矣。

題襟江樓

纜解春江曉，帆懸碧樹秋。開窗千里月，近檻一江流。草色迎芳渡，歌聲逐去舟。十年湖海夢，猶自媿沙鷗。

鄭學醇 一首

學醇，廣州順德人。隆慶丁卯舉人，選授知縣。有《勾漏草》。

園居

藥裹供垂老，幽棲性獨偏。每尋高士傳，無復遠遊篇。柔櫓村煙外，寒江夕照前。沙鷗我與汝，相對可忘年。

劉元卿 一首

元卿字調甫，安福人。隆慶庚午舉人，徵授國子監博士，遷禮部主事。有《山居草》。

别王以忠

王粲樓前賦，梁鴻廡下居。死生奚不可，歸去復何如。計日浮炎海，經時返故廬。憑將越溪水，還寄八行書。

梁岳一首

岳，廣州順德人。隆慶庚午舉人，官知州。

暮春燕京懷歸

長安春盡落花多，越客思歸意若何。節序幾從愁裏變，家園頻向夢中過。西京形勝雄三輔，北雁音書隔九河。燕市酒鑪堪取醉，莫將留滯起悲歌。

明詩綜卷五十二

小長蘆　朱彝尊　録
小湖　高不騫　緝評

李應徵三十首

應徵初名衷毅，字伯遠，嘉興人。萬曆癸酉舉人，選授臨安教諭，陞南國子博士。有《青蓮館》《澄遠堂》《偶寄軒》《藿園》《寄苔》《薊易》《河梁》《兩都汗漫遊》諸集。

皇甫子循云：伯遠肆力風雅，律詩時似少陵，而風骨師心太白。

彭子殷云：伯遠詩，頓挫激昂，跌宕飛舞，若鞭赤虬轡蒼螭，而上下彩虹碧落之間。

鄧遠遊云：伯遠意取師心，法必摹古，其于諸體，無所不工，亦靡所不合。

黄貞父云：伯遠詩，雄沉俊爽，如驃騎之師，不設刁斗而肅然不可犯。

鍾廣漢云：先生早察孝廉，以才望自高，既艱于一第，老就四門博士。其詩取材開、寶，匠法弘、正，是時七子之習變爲吽呶，公安之派漸已淫永，先生激彼頹波，力返正始，閎麗悲壯，卓然成家。

《靜志居詩話》：弇州標榜前後五子而外，廣爲「四十子」，若似乎此外無遺賢矣。説詩者遇隆、萬朝士，或置不觀，直以公安、景陵繼七子之派，即虞山之論，亦不免焉。不知隆慶諸臣，已力挽吽囂之習，歸于平澹，而定陵初年，人皆修辭琢句，出入風雅之林，若吾鄉李先生伯遠、若下鄭先生允升、吴中歸先生季思、嶺南區先生用孺，尤卓然名家，而閩中徐惟和、謝在杭、曹能始，均不爲楚咻所奪，未見萬曆初之不及嘉靖季也。學者取諸家詩誦之，庶幾論世有權衡矣。

吴門逢袁履善先生却贈

涼風起蘋末，落日開中園。寒蟬聲嘒嘒，飛鳥何翻翻。顧逢雲間叟，而同江上言。我昔與君别，遠涉長水原。今日復見君，乃在吴閶門。閶門鬱雲興，流焱激飛軒。攜手登兹樓，時以散憂煩。明月皎夜光，有酒盈我尊。開尊飲君酒，寸心聊復論。丈夫重意氣，迹遠道自存。何必齊年齒，然後情誼敦。願將結佩贈，媿無雙瑜璠。

八月十四夜赴沈中丞純甫約與范倩東生泛月之茗上

頹照忽已匿，閒夜增離情。涼風扇薄帷，白露塗中庭。詠彼蟋蟀唱，眷言懷友朋。佳期及三五，圓景將漸生。素書忽見招，方舟騖前汀。薄煙斂層霄，皎月雲間升。驚鵲既飛逵，來鴻亦哀鳴。流輝照衣裳，坐見秋江澄。爽氣蕩瀾澳，冲魄涵虛明。屬林方候滿，委照知戒盈。且勿論居諸，杯酒聊共傾。芳洲思紉蘭，極浦聞采菱。不寐望所歡，悠然見菰城。良覿在明發，庶以慰深盟。

寄御史大夫沈公純甫

誰謂芝桂芳，指作葹與蕕。誰謂西施妍，而不如宿瘤。姬公避流言，孔父蒙麛裘。鳳德故不衰，仁物竟奚尤。睿鏡有餘照，慈杼無妄投。亮懷百鍊操，繞指非所謀。勿以入室故，競彼戈與矛。讒口任呶呶，鎮之以休休。泰山摩蒼天，不辭垤與丘。滄海百谷王，涓勺鮮棄流。桃李故不私，藥籠亦見收。交親誼所敦，申言副咨諏。

題清音閣贈朱君采

君采天下彥，乘時奮遼廓。身雖在軒冕，志不忘巖壑。朝謝桓氏驄，暮羅翟公雀。結樓臨青苕，憺焉守玄漠。一水既當戶，衆山亦羅郭。俯瞰激清泠，仰熙矚崖崿。曠然招遠風，蕭疏振林薄。并入山水間，情境兩寂莫。緑尊時時開，清言復閒作。心期契鴻冥，世變付龍蠖。達人操其權，神理或可託。

秋夜歸自苕水泛月鶯脰湖寄沈子勺

朝辭若下城，暮驅笠澤艑。景物忽已改，川原亦邈緬。娱目惟清暉，百里同一眄。月出梅堰高，水落松陵淺。曲渚屢縈紆，環洲迴回轉。澹澹波生煙，遥遥雲没峴。楓林霜欲丹，蒹葭露初泫。境會心自恬，神曠理逾顯。同懷寄秋水，離念得所遣。

述感

旭日不照地，慘黷東南隅。陰風西北來，遂與浮雲俱。昏曉不復辨，晦冥忽須臾。雷霆擊高空，雨雹集堦除。皇澤亮已竭，天威寧所須。戾霄無逸飛，逝淵寡潛魚。貙獹搆禍患，豺虎當路衢。宇宙雖云邈，吾駕將安如。

武夷吟爲叔平姪賦

浙水猶未渡，閩山安可越。夜夢武夷君，幔亭弄秋月。顧余莞爾笑，相攜叩丹闕。薜荔飄衣裾，芙容墮冠髮。吹愁落空際，步虚任超忽。陡覺聞天雞，明星高兀兀。九曲杳然失，對汝清興發。安能涉世網，生死遞淪没。何當乘飛霞，揮手謝仙骨。

舟過松陵沈子勺邀同顧别駕王半刺諸公宴集作兼呈長公伯英

扁舟遡廣澤，蒹葭浩蒼蒼。芙容被江堤，間以秋蘭芳。恍如覿容儀，曄曄舒其光。美人忽見招，忝竊登斯堂。余遊伯仲間，常恐不得當。匪云託肺腑，所恃道誼長。市交若春華，改葉隨秋霜。苟能抱微衷，乖離亦何傷。所以一水間，落穆如相忘。豈謂山澤臞，無意偕巖廊。跡遠心不遐，斯意兩不妨。樂哉此良會，周親情所康。肴來俱異味，酒至無返觴。新聲奏逸響，妙伎呈中央。主人詞壇雄，樂府兼擅塲。曲誤必屢顧，按節知宫商。此中有妙理，奚必非文章。世多混真贋，誰别否與臧。吾將託優孟，抵掌以徜徉。

雜詩二首

所居雖廛市，其後即我園。三周水繞之，水流何潺湲。灌木既羅戶，密篠亦當軒。境近心獨遠，悠然忘世喧。夜枕鳴谿漁，曉窗聞鳥言。病不廢杯酒，時時亦開尊。適意不在醉，聊託餘生存。

人生歡日少，戚戚恒多悲。每憂此身没，身後無所遺。所以百年中，役役無已時。生時不行樂，死復安所知。墳墓且不保，智愚豈所期。及此有盡軀，壺觴聊自持。秋雨日以深，秋草日以滋。嚴霜倏將至，不樂欲何爲。

長水雨中送董君謨還四明

谿雲壓林林氣黑，長河黯淡無顔色。大艑驅來笠澤風，一片歸帆雨中濕。送君此去歸舊山，東湖之水流潺湲。四明崇峰二百八，一一峰尖如黛鬟。董生瀟灑磊落之才亦如此，對之可以開神顔。我歌四明送君酒，何惜相逢蹔攜手。便應唤汝董糟丘，酒池之中可拍浮。盡掃爾我坎坷抑塞之窮愁。丈夫意氣自有主，爲蛇爲龍何足數。無錢但須典鷫鸘，有酒便能賦鸚鵡。少年得意多揶揄，却笑乃公爾何苦。仰天大叫白日徂，腐鼠那可驚鵷雛。男兒世間何事不可作，但不能以此七尺爲侏儒。功名富貴可以赤手博，攢眉俛首胡爲乎。世人聞之皆掩耳，董生之前可語此。酒闌歌罷君發船，我亦還家渡長水。

歷陽

聖祖開基日，淮南即舊邦。六龍飛采石，萬馬渡横江。豪傑爭挑戰，轅門已受降。雲山凝望處，彷彿見旌旛。

項王廟

落日陰陵道，悲風百戰原。當年意氣盡，四面楚歌喧。子弟軍誰在，春秋廟獨存。江亭艤船處，悽惻不堪論。

横江

日落海雲起，蒼茫倚棹看。横江不可渡，秋水正漫漫。夾岸青山出，孤飛白鷺寒。當歌有明月，對酒莫辭乾。

江行與蘇生别

葭菼正蒼蒼，緣流水一方。平沙連極浦，斜日上危檣。坐惜故人别，因悲江路長。行行秣陵近，回首各他鄉。

人日峴山遣興

人日人爲客，春風春可憐。煙波浮宅遠，丘壑寄情偏。柏葉烏程酒，椒盤下若鯿。如從習池飲，醉卧峴山前。

正月十六夜畢孟侯至

春草忽已緑，春潮寒到門。喜從新雨後，得共故人言。小婦調中饋，殘燈續上元。庭梅未摇落，還擬數開尊。

送沈嘉則之天台訪道士

秋水看疑合，秋聲聽不分。此時四明客，去謁三茅君。洞壑深藏日，峰巒盡入雲。蒼茫煙樹裏，笙隺幾回聞。

廣陵送張孟奇

乾坤同作客，千里任飄蓬。况復離亭別，蕭條落照中。濤聲揚子北，寒色海門東。去去煙波外，無爲歎路窮。

送萬和甫歸里

亦知非遠別，還復念孤征。行色江天樹，歸帆水國程。北風吹斷雁，九月豫章城。到日深愁汝，凄其倦客情。

聞王師東援朝鮮

材官十萬欲平倭，司馬何如漢伏波。殺氣曉連玄兔郡，將軍夜渡白狼河。還須直破伊岐島，莫使虛傳杕杜歌。禮樂東藩箕子國，王師急爲洗干戈。

釜山紀事

西來邊警日倉皇，東望烽煙漲海黄。持節不煩蘇屬國，和戎誤聽漢中行。遂令綸綍虛丹鳳，翻引旌旗指玉狼。莫道朝鮮猶未靖，急將戈甲禦遼陽。

送康元龍還閩時歸自海上

書生尊俎笑談兵，幕府還聞倒屣迎。九塞昔曾驅馬度，五湖今許放舟行。海天雲樹無諸國，客館鶯花檇李城。莫道倦遊歸計拙，春風應念倚門情。

重送萬和甫還江西

去歲今年兩度回，寸心遥指白雲隈。城頭擊鼓天未曙，江口候潮船正開。望望美人南國遠，凄凄孤雁朔風哀。明朝此地看山色，愁絶還登百尺臺。

春懷

衡門過雨淨疏簾，愁對春江淚共添。萬户耰鋤連海岱，三苗戈甲遍巴黔。和戎自詫長城險，御馬誰知朽索纖。杞國憂懷殊不細，起看林月步虛檐。

舟中眺雪

俯仰迷江甸，東南凍未蘇。扁舟下遠水，積雪斷寒蕪。朔氣連滄海，窮陰混太湖。瀟瀟兼霰窖，脉脉受風扶。大地遥浮越，低空近壓吳。山川紛莽蒼，雲木半虛無。雁路纔分影，鷗沙秖辨呼。戢鱗潛素鯉，側目逗饑烏。色借齊宫並，音操郢曲孤。披來朝練淨，映處夜珠枯。不用裁梁賦，偏宜入剡圖。乍驚容鬢似，却怪歲華徂。臘漸回杓斗，春先到酒壚。乾坤原浩蕩，泥滓塹崎嶇。自笑寒暄態，誰燃造化鑪。聖朝陽德在，白日麗高衢。

浪口渡

柳風吹浪花，谿雲澹無色。偶此爭渡人，日夕未遑息。

煙霞洞

古洞鴉路深，杳渺不知處。忽見煙雲來，疑從此中去。

館娃宫

不嗟亡國餘，而憐奇豔絶。翻得捧心人，吳宫名未滅。

十八夜宿煙雨樓初見月

雨氣連朝夕，湖雲濕未收。今宵看月色，始覺過中秋。

姚舜牧 一首

舜牧字虞佐，烏程人。萬曆癸酉舉人，廣昌知縣。有《承菴詩集》。

《詩話》：承菴以厚德聞鄉里，事難悉書。研究六經，各有疑問。詩不專工，然頗自喜。

自君之出矣

自君之出矣，妾守深閨裏。花落委泥中，誓不隨流水。

林章 十七首

章，先名春元，字初文，福清人。萬曆癸酉舉於鄉。有《林孝廉集》。

謝在杭云：孝廉桀驁不羈，才情楚楚，信自可人。

曹能始云：初文才士，不欲以庸孝廉是處，好爲人排難解紛，乃以無心獲罪，謝司寇出之縲紲之中。適遼海有警，累上書進奇策，願身列戎行，鍊甲兵，備緩急，爲嫉者所繩，觸憲而死。詩如「客情如春草，無處不堪生」、「無家逢寺好，多病見僧親」、「曉煙常帶雨，夜月忽啼禽」、「千山風雨裏，一任子規啼」，皆絶酸楚。

錢受之云：閩中詩派，宗子羽而禰繼之，以橅倣蹈襲爲能事。初文才情跌宕，於唐人格律，時欲跳而去之，要能不爲閩派所羈紲，可謂傑出者也。世宗末，倭寇犯閩，初文年十三，上書督府，求自試行間。既舉于鄉，累上不第，走塞上，從戚大將軍游，座上作《灤陽宴别序》，酒未三巡，詩序並就，將軍持千金爲壽，緣手散去。挈家寓金陵，憤南曹曲法斷獄，奮臂直之，坐繫獄三年始出，關白之亂，兩上書請用奇兵，出海上勦賊，報聞而已。繼又抗疏請止礦税，兼陳立兵行鹽之策，帝感動，下内閣票擬舉行，四明相承中人指閣其事，寢揭請逮治，望闕長歎，憤懣撫膺，即日下獄，暴病而死，天下惜之。

周元亮云：初文才情悽惋。

少年行

君不見長安俠少年，酒底高歌花底眠。鬭雞走馬千金散，何曾盜箇官家錢。一朝忽報邊烽起，從軍不待别妻子。但言割地與和親，不愁戰死愁羞死。

春日送別

春風自多思，奈與客情違。楊柳頻催別，蘼蕪不送歸。千山獨上馬，一曲兩沾衣。回首河橋道，迢迢看落暉。

吐漿臺弔淮南王英公

孤祠千載後，不是漢人開。劉項俱天意，韓彭只將才。九江殘水過，六國故山回。惟有啼鴉在，黄昏下此臺。

舟中別張仲豫

昨日淮陽客，今朝江上還。離亭一杯酒，去棹萬重山。雲樹故人意，風塵游子顔。未知攜手處，莫惜暫追扳。

暮春登燕子磯懷古

楊子江南燕子磯，楊花燕子一時飛。六朝人物空流水，兩晉山川盡落暉。草色遠迷爪步去，潮聲暗打石頭歸。倚闌天際春三月，惆悵東風動客衣。

陳漢陽同年招飲晴川閣應城田功甫孝廉適攜酒至余於功甫爲初識而别漢陽則十年矣時當七夕書以記之

木葉西風漢渚波，高樓徙倚晚凉多。十年易作人間别，七夕難爲客裏過。陳子榻前堪對酒，田郎座上好彈歌。孤城漏下雙星見，牛女娟娟正渡河。

郧城見黄序賓使君

雲雨交情此日偏，與君相見可潸然。豈無太守二千石，那有故人三十年。冠爲王陽彈不忝，袍因范叔脱堪憐。舊時一片灤城月，何似今宵漢水前。

潛山送友還閩

草草相逢楚澤西，紅亭緑酒又分攜。人生底事憐雞肋，客路長教怨馬蹄。舒子州前樫葉暗，越王城外荔枝齊。十年歸夢如流水，一夜隨君下建溪。

送別

相送到江干，凄其風又雨。淚下沾君衣，看君不能語。

夜度恨這關

楚水東邊別路多，秋風夜半動離歌。迢迢恨這關前月，獨照行人過汴河。

河水二首

河水灣灣遶大堤，堤邊楊柳一時齊。可憐折盡青青色，長送行人出水西。

河水漫漫日夕流，流將清恨到青州。不知郎在青州不，妾在河西西盡頭。

豔曲

百花臺上百花開，妬柳驕桃一處栽。惟有東風情最好，桃邊吹過柳邊來。

憶仲姬

逢時把酒對紅顔，親爲拈花插翠鬟。今日登高人萬里，教伊獨上望夫山。

春日

春城柳色入東華，莫惜驊騮過酒家。記得去年江上别，風吹二十四橋花。

渡江

不趁東風不待潮，渡江十里九停橈。不知今夜秦淮水，送到揚州第幾橋。

元旦

千官春珮擁朝班，萬國歡聲動聖顔。獨有縲臣無祝處，隔牆遥拜孝陵山。

孫繼皋六首

繼皋字以德，無錫人。萬曆甲戌賜進士第一，歷官吏部左侍郎。有《柏潭集》。

山中

山中無棟宇，小屋但誅茅。境僻人煙少，林深虎迹交。暗泉通石竇，炎日避松梢。寂寞元吾事，披襟誦解嘲。

立秋日病

伏枕仍今夕，開軒乍已秋。高梧片葉落，大火一星流。楚户砧初動，齊紈扇欲收。因思故園鱠，强起賦登樓。

彗

十月彗星見，一旬光丈餘。銀河不用掃，天意欲何如。避殿君王詔，登臺太史書。杞人憂國淚，占夜幾踟蹰。

送周計部餉邊

大漠平連薊北天，向來前箸急籌邊。將軍已佩通侯印，使者仍輸太府錢。幾處鼓鼙閒落日，何年烽火避甘泉。君行會有匡時略，試問金城塞下田。

丙子春夢得一聯足成一絶

落日船頭浪，春風江上山。家園幾千里，却向夢中還。

芙蓉湖

芙蓉湖邊楊柳斜，家家啼鳥村村花。水面歌兒摇畫舫，陌頭游女渡香車。

余孟麟 一首

孟麟字伯祥，江寧人。萬曆甲戌賜進士第二，歷官南京國子監祭酒。有《幼峰學士集》。

多病

多病門常掩，深秋葉盡飛。自憐初學廢，遂覺故人稀。鑷白心虛壯，還丹計實非。不堪風露色，猶著芰荷衣。

孫鑛 二首

鑛字文融，餘姚人。萬曆甲戌進士，歷官太子太保，南京兵部尚書。有《居業編》。

《詩話》：月峰勤學過於士安，慧業不如靈運，觀其論詩，有云：「韓退之於詩本無所解，宋人目爲大家，直是勢利他爾。」是何言與。尸佼所云「松柏之鼠，不知堂密之有美樅」者也。

雨

漠漠雲籠閣，霏霏雨拂簷。彈琴絃半緩，妝扇墨多黏。古礎方花潤，高枝墜果甜。此心無俗慮，屋漏亦何嫌。

舟行

天陰村逕黑，渾迷舊時路。忽逢岸上燈，照見橋邊樹。

趙南星八首

南星字拱極，高邑人。萬曆甲戌進士，除汝寧推官，入爲户部主事，改吏部，歷員外郎中，謫平定州判官，起太常寺卿，尋陞工部侍郎，拜都察院左都御史，進吏部尚書，謫戍代州，卒，謚忠毅。有《趙忠毅公集》。

姚孟長云：夢白詩，淋漓沉痛，讀之，如聞易水擊筑之音。

雜詩

騎馬出城門，攬轡登高岡。秋風凋百草，原野何荒涼。離獸縱横馳，飢烏鳴且翔。四望多古墳，蕭蕭蔭白楊。結根連枯骨，落葉滿墓傍。泉室永寂寞，無復白日光。今古更相悲，奄忽若朝霜。髑髏樂南面，無乃非其常。修名苦不立，死亦何足傷。

宿雨

宿雨苦不開，四望垂雲黑。塗潦浩縱橫，阡陌不可識。客子駕言邁，行行還自惻。薄暮路轉修，人馬同倦極。高空絶飛鳥，況我無羽翼。遠壑來悲風，草木慘無色。念彼白駒詩，喟焉長歎息。

聞陳荆山方伯病免

解組亦常言，斯人何其果。纔見北來鴻，俄聞南下舸。故人俱還山，酒錢誰寄我。嗟彼四海人，何限不舉火。拯物豈不懷，仕路方坎坷。同心眇天末，難鼓山陰柁。酌我犀角杯，遥思澆磊砢。余曾寄荆山犀杯。

壬子仲春與梁升吉徐新周汪景從吴昌期及其子貞復遊泲上取水烹茶

命侶遊南郊，乃至泲之干。春風澹未放，薄衣尚微寒。水落出平沙，中爲新月灣。抽蒲此偶坐，西睇太行山。淺流開明鏡，綺波生其間。童子負茶鼎，烹之瑩心顔。自有泲水來，勝事良絶難。俗人既無韻，雅人未必閒。我輩幸免俗，世務不相關。濁河衆魚噞，夙志非投竿。

庚戌立夏日

旱氣翻涼冷，司方改祝融。家家田望雨，日日土兼風。轉壑非能盜，開倉未濟窮。已知天意久，不肯遽年豐。

燕子

漸見年來燕子稀，香泥何處戀忘歸。竹亭草閣簾虛卷，樹杪雲邊影乍飛。社日屢看時節爽，舊巢忍與主人違。蕭條景物殊疇昔，歎息林中事亦非。

寄艾卿

懸瓠城頭坐日斜，目隨鴻雁極天涯。祁連風卷沙如霧，瀚海春飛雪作花。擊筑可憐燕市月，鑿空虛擬漢臣槎。已拚萬死投荒塞，豈望金雞更憶家。

寄象先兵部

長安歲晚雪霜頻，林下應知忘故人。此日音書那不寄，銀魚冬筍未嘗新。

李三才六首

三才字道夫，臨潼人。萬曆甲戌進士，除户部主事，歷員外郎中，謫東昌推官，陞南禮部主事，轉郎中，出爲山東按察僉事，歷河南參議副使，調山西，入爲大理少卿，擢右僉都御史，督漕運，拜户部尚書。有《雙鶴軒》、《鷦鷯軒》二集。

秋夜宿直

十載猶郎署，蹉跎媿少年。涼風回樹杪，白露下庭前。漏度三更雨，燈殘五夜煙。由來飛動意，回首欲茫然。

送許郎中轉餉薊密諸鎮

重鎮經行遠，清秋離别難。和戎兼漢策，轉餉命秦官。朔雁驚風下，邊雲入夜寒。都亭尊酒罷，落葉滿征鞍。

送姜仲文之徐州

轉餉君之楚，爲郎我滯燕。一尊悲遠道，並馬憶朝天。雲失西山樹，江迷大澤煙。相思若汴水，日夜咽君前。

送馬心易被謫南還

風雨金陵暮，蕭然逐客舟。酬恩空一劍，去國正三秋。岸闊青楓遠，江深落照愁。五湖知有興，只此又何求。

和李茂才春日見寄

滿路生芳草，歸心羨馬蹄。何當明主棄，遂作故園棲。梅柳愁爭發，山河望轉迷。忍貪朱紱貴，一任白頭低。

送諸博士壽賢量移過里兼懷顧叔時兄弟時方有洮岷之警

秦關西望壯心驚，風雪梁園送汝行。漢帝有恩前賈席，書生何計請終纓。金繒歲月翻挑釁，宵旰朝廷已論兵。若到江南逢二顧，安危萬里想同情。

李化龍五首

化龍字于田，長垣人。萬曆甲戌進士，除嵩縣知縣，陞南京工部主事，歷郎中，改吏部，出爲河南提學僉事，轉參議，遷山東提學副使，轉河南參政，入爲太僕少卿，陞右通政，以右僉都御史督川、湖、雲、貴，以工部右侍郎督河道，入爲兵部尚書，加少保，晉少傅，兼太子太保，卒，贈太師，謚襄毅。有《李襄毅公詩文稿》。

《詩話》：于田詩，雖沿王李餘波，然頗爽豁，虞山錢氏以其爲胡元瑞所稱，譏其醲厚肥腯，而棄之不録，未免矯枉也。

古行路難

君不見鳳凰臺，前人已去後人來。又不見長干里，昔時樓榭今荆杞。白雲蒼狗只須臾，世間反覆何所無。衛青未遇平陽奴，衛青既貴平陽夫。萬事無如眼前好，守株待兔何爲乎。

秋日飲張司理

關河秋色晚蒼蒼，江畔逢君更憶鄉。海内弟兄多意氣，天涯雲物總凄凉。三山木落啼猿急，八月風高旅雁長。此夕燈前拚盡醉，故人明日櫂相將。

登醫無閭山

天柱高標九域東，振衣萬里受雄風。雲煙低擁黄龍府，日月高懸黑帝宫。截海帆檣來徼外，防秋士馬下回中。分明半壁歸撑拄，合有明禋禮上公。

題清苑涇陽驛壁二首

短墻小屋柳垂垂，二十年前此咏詩。今日重來無覓處，空餘烏鵲繞寒枝。

南去北來枉自嗟，閒愁贏得鬢生華。數行遺墨猶難保，何况玄都觀裏花。

謝杰 二首

杰字漢甫，長樂人。萬曆甲戌進士，除行人，歷官户部尚書。有《北窗吟稿》。

煌煌京洛行

煌煌京洛，維帝之鄉。地交陸海，人雜五方。物態千狀，靡可籌量。炙手可熱，死灰或颺。清商回換，六月飛霜。翟公門第，雀羅倏張。衛青傔僕，夕拜侯王。黄金作埒，白玉爲堂。東鄰施戟，北里鳴璫。鄠杜惡少，邯鄲名倡。徵歌百萬，縱博千塲。時不可再，樂不可常。悠悠南陌，纍纍北邙。東望上蔡，西望咸陽。黄犬既斃，狡兔亦僵。有德以昌，無德以亡。周公之訓，懔如探湯。

死馬行

月月橋門進草束，千束萬束猶不足。朝朝死馬出橋門，五匹十匹紛相屬。馬草日進馬日飢，馬飢日死人日肥。圉人圉人，焉用爾輩爲草人。上草將錢買，屠夫領馬作肉賣。賣馬肉，輸圉人。馬死何能值幾緡。有時草人轉向圉人買得死馬草，明朝又進橋門道。

呂坤三首

坤字叔簡，寧陵人。萬曆甲戌進士，知襄垣、大同二縣，爲吏部主事，歷員外郎中，出參政山東，按察山西，轉陝西右布政，以右僉都御史巡撫山東，陞刑部侍郎。有《去僞齋集》。

雜詩二首

野水漸我車，掀之出于淖。夫豈避危途，行險終違道。萬事有當然，禍福安足保。君子守其轍，無論遲與早。孔孟恒固窮，儀秦毋乃躁。所得非所欲，寧以落魄老。

土偶象爲人，終復化爲土。物化還吾初，此身了無苦。自予落蓐時，覺饑寒痛楚。不幸漸有知，六氣滋外侮。逆境不須論，快事奚予補。勞勞空百年，孰注南宮簿。

別意

留妾一身在，憐君萬里行。夜來雙泪盡，不忍到長亭。

徐元春一首

元春字正夫，松江華亭人。萬曆甲戌進士，歷官太僕寺卿。

靈谷寺訪月泉禪師

山郭尋僧出，行行黄葉邊。石泉秋聽急，江月坐來圓。興豁長昏夜，門開不住天。時聞鐘磬發，獨立萬峰前。

楊四知一首

四知字元述，祥符人。萬曆甲戌進士，除行人，擢陜西道御史，歷大理寺少卿。

高玄殿

高玄宫殿五雲横，先帝祈靈禮太清。鳳輦不來鐘鼓静，月明童子自吹笙。

邢侗四首

侗字子愿，臨邑人。萬曆甲戌進士，除南宫知縣，徵授監察御史，出爲湖廣參議，陞陝西行太僕少卿。有《來禽館集》。

史紹卿云：先生能文能詩，能書能畫，蕞會諸長，擅絶兼品。《詩話》：子愿雖有詩名，爲書法所掩，其言曰：「詩盛于嘉、隆七子，以爲盡詞人之變矣。然效趨者高趾，促柱者急張，往往不病而呻吟，匪樂而强笑，江河日下，七子之盛，七子之衰也。」葢深中時流之弊，特其自撰，不見脱顙耳。

竹馬歌爲濟南太守檇李沈公作

使君五馬馬五色，兒童竹馬馬以百。朝朝遲公阡與陌，胡爲不夙來，令我父兄頭漸白。

起居宗伯尊師于公

七上書移疾，三經月改弦。臣心霜露切，帝命起居駢。去住違今日，遲回易長年。獨餘秋夕夢，常繞汶陽田。

走筆戲贈萬伯修使君

五花番馬鷫鸘裘，夜獵歸來興未休。教唱西凉新樂府，一時霜月遍幽州。

古意再寄于田

零落鈿蟬出漢宫，闌干雙淚背春風。君王總署回心院，再畫蛾眉恐未工。

周弘褕 一首

弘褕字元孚，麻城人。萬曆甲戌進士，除户部主事，謫無爲州同知，陞順天通判，復謫代州判官，遷處州府推官，轉南兵部主事，歷尚寶司丞，進少卿，三黜爲澄海典史。有《澄海集》。

乙酉貶代州壬辰貶澄海俱旅宿高碑店

風塵何處問御盃，南海浮槎更可哀。古道垂楊應笑客，逐臣何事又重來。

游朴三首

朴字太初，福寧州人。萬曆甲戌進士，除成都推官，入爲大理評事，官至湖廣右布政使。有《藏山集》。

行役

驅馬上高山，山高欲近天。及到山巔上，更有山在前。高山豈有盡，客行良可憐。

木綿菴

凄凄木綿菴，賈相此裂腹。矯矯鄭虎臣，手代天行戮。戮死頗快人，所恨死不速。元兇僅就誅，宋社亦已屋。蒼生尚含憤，未得食其肉。一夫恣胸臆，九有被荼毒。生竊片時歡，死作千世辱。寄語當路兒，此是前車覆。

崇寧縣却酒

崇寧清酒如鬱金，主人長跪留客斟。客行欲飲迫程限，不飲傷此主人心。春花爛漫遍山壑，把酒澆花殊不惡。客還有酒應留連，只恐山花已零落。

范淶一首

淶字原易，休寧人。萬曆甲戌進士，除南城知縣，入爲刑部主事，歷官左布政使。有《水堂吟》。

浣花溪

百花潭接浣花溪，饒笑堂開傍水西。新綻夭桃帶微雨，輕飛柳絮半沾泥。尋芳力倦年非壯，懷古愁多日欲低。回首白雲家萬里，深林偏喜杜鵑啼。

鄒迪光六首

迪光字彦吉，無錫人。萬曆甲戌進士，除工部主事，歷員外郎中，出知黄州府，陞福建提學副使，左遷浙江僉事，調湖廣提學僉事。有《鬱儀樓》、《調象菴》、《始青閣》諸集。

《詩話》：彦吉詩材庸熟，望而生憎，絶句差清婉可誦。

行經舊院

曲房深院草萋萋，不見嬌鶯滿樹啼。惟有秦淮舊時月，夜深相送板橋西。

沈淵淵置妾金陵爲作花燭詩

蘭缸四照月痕新，繡帳牙床疊錦裀。不羨鄰家金作屋，請看夫壻玉爲人。

賦得西湖柳

一種腰肢浥露妍，湖光占得倍堪憐。縱然春盡須飄泊，只在瑶箏錦瑟邊。

西湖竹枝詞

杏子單衫窣地長，裙拖八幅石榴香。只知此日遨遊好，不信蠶家四月忙。

澄江舟行

夕陽秋色布帆懸，霜葉霜花送客船。雨過鳥啼多竹外，月明人語在沙邊。

逐臣

桄榔木落嶺猿啼，瘴海蠻煙路欲迷。回首銅駝三萬里，不知何日下金雞。

朱期至一首

期至字子得，蘄水人。萬曆甲戌進士，除户部主事，歷員外郎中，終懷慶知府。有《王屋山人集》。

送蔣太守之瓊州

五羊南去客星孤，銅柱遥分使者符。爲語越裳諸屬國，清時不用貢珊瑚。

沈璟二首

璟字伯英，吴江人。萬曆甲戌進士，除兵部主事，改禮部，轉員外，復改吏部，降行人司正，陞光禄寺丞。

擬古答澤民

客從遠方來，遺我一紈扇。上有秋風詞，讀之淚如霰。颯颯懷袖間，悠悠異鄉縣。會面詎有期，涼燠代更變。莫以新相知，棄捐故與賤。

酬澤民見懷之作

何來雙鯉漢江頭，江水西南萬里流。高枕青山家負郭，開襟白日賦登樓。洞庭葉下孤雲晚，夢澤寒深五月秋。珍重芳蘭堪作珮，湘皋摇落不須求。

陶允宜六首

允宜字懋中，會稽人。萬曆甲戌進士，除刑部主事，官止黄州府同知。有《鏡心堂集》。

蘄簟

簟出蘄州世所無，五月六月繩牀鋪。恍坐水閣眠冰壺，皇都炎熱逾江湖。貴臣催簟如催租，民情誰語州大夫。

蘄艾

七年之病三年艾，起死回生人所賴。芃芃白葉功爲最，麒麟山上王城在。索取其中却其外，出入頗煩閽者怪。何時斷種出野菜，火病箠痕兩無害。

蘄蛇

花蛇方頂尾甲指，捕者刲腹投之水。自脱腹胃淨如洗，大如竹箭長尺咫。能却風攣化食痞，方其出穴疾如駛，偶遭毒吻人立死。我節食飲慎眠起，諸邪不侵病良已。

蘄龜

千年龜小象圍棋，其甲翠緑毛毰毸。置之盆水生漣漪，蚊蠅遠避塵自離。壁頭牀足兒曹嬉，不飲不食長如斯，求之艱難誰得之。

麻城鵝

麻城鵝品光州右，餌以膏粱兼箓豆。肉色紅鮮滋味厚，取之爲鮓進元后。近年黄州失耕耨，一鵝之肥幾人瘦。

黄陂葛

楚人種葛不種麻，男採女績爭紛拏。黄陂所織尤精嘉，光潔匀細眼不斜。皎如白苧輕如紗，進之内宫傳相誇。雲綃霧縠無光華，價值減少尺幅加，織者十家逃九家。

支大綸 一首

大綸字心易，嘉善人。萬曆甲戌進士，由南昌府學教授陞泉州府推官，謫江西布政司理問，遷知奉新縣。有《華苹集》。

信州公署

玉露楓林旅雁寒，綠蕉分影入雕闌。自憐兩度來江右，不是閒官即冷官。

韓子祁 一首

子祁字心堯，平湖人。萬曆丙子順天鄉試中式，除德安推官，補贛州，歷蘇州府同知。有《醯雞集》。

煙雨樓

層樓百尺點空濛，東指蓬壺一葦通。春雨自添湖上碧，晚霞輕抹浪頭紅。萬家煙火浮天外，午夜星辰落鏡中。醉坐漁磯還獨酌，却將鴛渚作鰲宮。

龐一德一首

一德字與虔，南海人。知府嵩子。萬曆丙子舉人，嘉魚知縣，教授揚州。有《雙瀑堂稿》。

山家

入山亦已深，居人一何稀。百里三四家，茅茨枕山陂。爨斫山木葉，餉食道邊藜。斜日群行汲，漏下未得歸。籬門麁眼疏，所憂虎與羆。居人已偃臥，何由知客悲。

明詩綜卷五十三

小長蘆　朱彝尊　録
休陽　汪文楨　緝評

沈懋學三首

懋學字君典，宣城人。萬曆丁丑賜進士第一，授翰林修撰，追謚文節。有《郊居遺稿》。

王元美云：　先生詩文，不名一家，縱横捭闔，往往出人意表。

《静志居詩話》：　君典少任俠，兼精技勇，能上馬舞丈八矟，嘗出塞，縱觀飛狐、花馬險塞，突爲彍騎追至幕南，君典挾一矢命中，其黨乃不敢追。既登狀頭，是年第二人，即江陵相君子嗣修，江陵方欲引以相助，會奪情之舉，君典貽書嗣修，謂：「相君天子師表，奈何棄綱常，餉人以口實。」嗣修恧不能答也。又貽書李尚書養河，辭頗激切，養河發書，嘻笑而已。君典迺與吳編修子道、趙檢討汝師諜，各上疏，吴、趙受杖去官，而君典疏草爲人所持，不果進，然江陵業恨其異己，而海内皆服其風節矣。君典四十而夭，年壽不將，命爾。而王元美作墓表，屠緯真作傳，欲傅會曇陽子昇真之確，至以妖夢厚誣光明磊落之君典，是豈愛人以德者邪。

次别曾直卿太史

年來多病檢方書，夢入雙溪把釣餘。賈誼豈能收涕淚，嵇康元自愧巖疏。翻愁草色春將晚，却笑桃花錦不如。戀别可堪風雨夕，江天搔首坐躊躇。

署中聞子規

一片愁心託杜鵑，望中隴樹斷蒼烟。歸人只是歸難得，白髮相催又隔年。

贈沈孟嘉訪開之湖上

初陽臺上紫雲停，何處璚簫入夜聽。載酒看花歌白苧，直教明月下西泠。

曾朝節 一首

朝節字直卿，臨武人。萬曆丁丑賜進士第三，授編修，歷侍講，諭德，進侍讀學士，少詹事，升南禮部右侍郎，掌翰林院，終禮部尚書，謚文恪。有《紫園草》。

方正學祠

祠堂開木末，宛在闕庭前。縗絰舊君服，離騷絶命篇。已知心匪石，肯汗筆如椽。瓜蔓抄雖毒，遺文百世傳。

馮琦 七首

琦字用韞，臨朐人。萬曆丁丑進士，改庶吉士，授編修，歷侍講，右諭德，左庶子，少詹事，升吏部侍郎，卒贈禮部尚書，謚文敏。有《北海集》。

陳卧子云：宗伯經術之士，其詩雖未冥搜，亦能象合。

結交行呈楊公亮時公亮止酒

寒不作堂上燕，饑不作韝上鷹。韝上威稜豈不峻，一飽即掣非人情。親極難爲疏，貴極難爲賤。長平未罷賓客去，何必貴賤交情見。君不見步兵廚，君不見濬沖壚，長安車馬夾道趨。雲雨翻覆無時無，君今不醉胡爲乎。

送伯楨侍御之川中憲副

間何闊逢諸葛，行且止避御史。御史今年三十幾，鳶繡翩翩帶金紫。聖主真憂萬里外，使君建節三巴裏。刑天舞干亦自豪，精衛填海空復勞。黄河懸水三十仞，呼風亂度難容舠。嗟嗟王郎汝何往，古來得失如反掌。長安大路多摧輪，況乃蜀道青冥上。蜀道之難難於天，不如歸問桑麻田。振衣獨上三峰巔，塵埃野馬何茫然。君不見雁門菟郡伊與鹿，南陽畫諾亦見逐。世間萬事誰能卜，汝爲遠臣恩已足。

邢太保破倭功成以大司馬筦留鑰過家省覲太夫人

雲霄漢闕頒新命，豐鎬周京奠舊邦。九列獨高蒼玉佩，六師爭擁碧油幢。横戈絶域春浮海，擊楫中流夜渡江。聖主憂先根本計，留侯籌策況無雙。

恭陪聖駕步禱南郊紀盛

龍武新軍罷，勾陳御路開。紅塵都不掃，留待雨師來。

題萬玉山房

本是瀟湘人，最愛瀟湘竹。何處丘中琴，歷歷瀟湘曲。

題閼氏畫像

紅妝一隊陰山下，亂點酡酥醉朔野。塞外爭傳孃子軍，邊頭不牧烏孫馬。

送魏懋忠

擊筑高歌興未孤，暫分離恨作歡娛。不知後夜相思夢，得及今朝醉裏無。

余繼登三首

繼登字世用，號雲衢，交河人。萬曆丁丑進士，改庶吉士，授簡討，累官禮部尚書，贈太子少保，謚文恪。有《澹然軒集》。

《詩話》：文恪古詩，指陳時事，鏗奇磊落，卓然名家。其在容臺，值國儲未建，災變頻仍，雷擊太廟樹，南都火，太白經天，秦、晉、齊皆地震，西寧鐘不扣自鳴，紹興地出血，公俱直言無諱。先公冊封周藩，公詩惟以旱熯爲憂，不失古人贈言之義。聞公先是使周藩，渡河舟膠柁折，公告于神曰：「使臣縱有罪，神敢震驚龍節，亦有佚罰，維神實圖利之。」禱畢而波恬，若有翼舟以濟者，斯亦異矣。

送朱太史養淳冊封周藩

昔予祇行役，驅車向中原。中原饑饉餘，氛祲日以煩。白骨亂如麻，黯然銷神魂。朱門鬱蕭條，哀哀諸王孫。君今復持節，翩翩過夷門。不知周子遺，今有幾家存。況今旱爲虐，五月黃塵昏。知君負經濟，雅志念黎元。當其授簡時，應爲廢朝餐。莫以董賈筆，虛負鄒枚言。願賡雲漢篇，歸來達至尊。

送張伯任都諫閱邊

開城古雍州，漢家朝那地。迢迢控諸番，可以斷右臂。一從和議成，關門久不閉。無復念軍興，祇聞增歲幣。壯士卧干戈，邊城罷烽燧。豈不息戰爭，詎可銷兵器。籓籬不復施，豺狼日窺伺。去年戎馬來，三軍同日斃。所過無雞豚，哀哉肆吞噬。天子頻西顧，疆吏盡更置。君從掖垣中，叩閽數言事。聚米悉邊情，一一當上意。藉爾青瑣賢，出作行邊使。周覽昔戰場，白骨尚委棄。四野無人烟，那能不隕涕。誓將廓垢氛，何以壯軍勢。君其賈餘勇，時方待高議。好上金城略，永垂秦川利。甘學汲公戇，寧顧漢庭忌。得君借前籌，庶同指掌易。

放歌

余雲衢，汝亦堂堂七尺軀。二十脱穎薦鄉書，三十挾策計吏俱。玉堂金馬此何地，容汝久玷承明廬。從汝執經已三載，天子不肯臨石渠。吁嗟乎，汝既無封侯骨、拜相鬚。謾言虎可縛，龍可屠。屠龍縛虎竟何益，况汝冥頑一技無。汝不見轅下駒，一旦受君牧與芻，爲君萬里爭馳驅。少府金錢等膏血，太倉粟米煩徵輸。念汝何功敢竊食，十二年費官家儲。去夏一病幾長徂，汝今不去將安需。衞河之滸茅可誅，且營菟裘爲汝居。貴何須、誇趙孟，富何須、羨陶朱。從今且自脱樊笯，三家市裏逡巡酒，五畝園中轂觫車。免使微名挂朝簿，耕田鑿井歌唐虞。

鄒元標二首

元標字爾瞻，吉水人。萬曆丁丑進士，觀政日以建言謫戍，召授吏科給事中，復以言事降南刑部照磨，升南兵部主事，改吏部，歷員外郎中，罷，起大理寺卿，升刑部右侍郎，終都察院左都御史，贈太子太保，吏部尚書，謚忠介。有《存真集》。

《詩話》：先生晚總西臺，入朝而躓，御史前糾失儀。先文恪公進言曰：「元標在先朝，直言受杖，至今餘痛未除也。」德陵意解，此事《實録》不載，附識於此。

簡羅公廓給諫

老去交情重，懷君意轉深。廿年青瑣客，同賦白頭吟。突兀千秋意，蹉跎萬古心。嚶嚶聞好鳥，相喚出幽林。

送俞定所起大名

久别相看慰所思，送君空有淚臨岐。黄沙白草無窮恨，不獨尊前感别離。

陸可教 三首

可教字敬承，蘭谿人。萬曆丁丑進士，改庶吉士，除編修，歷官南京禮部右侍郎。有《學士遺稿》。

吴宫引

姑蘇臺前烏飛絶，西施醉舞吴宫月。纖袿長袖香不歇，銀燭金釭半明滅。羅帳流蘇四垂結，銅壺丁丁漏水咽，伍胥大夫雙眥裂。

春日郊游

出郊時駐馬，物色澹春陰。偶爾耽幽賞，因之愜素心。人家隔水見，僧院入花深。似覺仙源近，迷津未可尋。

陶山幽棲寺

萬山回合隱招提，聞説鴟夷舊此棲。三策早知能霸越，千金何意復居齊。人尋古洞穿雲入，木落層巖聽鳥啼。欲向山僧論往事，五湖烟櫂至今迷。

楊起元一首

起元字貞復，歸善人。萬曆丁丑進士，改庶吉士，除編修，累官吏部右侍郎，兼翰林院侍讀學士，謚文懿。有《家藏集》。

送黄雲崖宿州掌教

前月乘輶車，經過睢陽驛。慨然思古人，入城訪遺跡。西去二百里，張許今廟食。秉彝在人心，誰不好懿德。君今涉灘流，傳經聚逢掖。文藝何足云，忠孝爲標的。國家根本地，士風最當植。丈夫萬世名，勉之在一息。

嚴一鵬二首

一鵬字汝化，無錫人。萬曆丁丑進士，除行人，以貴州道御史按廣西，以浙江道御史按浙江，以福建道御史按山東，歷官刑部左侍郎，贈尚書。有《二知軒詩稿》。

《詩話》：尚書達尊居三，特賜存問，賦詩雖不多，調故清徹，有長孫福孫最善《易》，著《易通義》，頗發先儒所未發，惜未刊行。其次，中允繩孫也。尚書稿流傳者寡，從中允所抄得之。

史隱齋懷孫龍涵

分袂愁何限，開函喜不禁。三年羈旅思，千里故人心。日落梁溪暮，花殘魯地陰。天台如有賦，雙鯉莫浮沉。

清明日賈弘菴棲隱園社集

春風吹拂柳絲斜，佳節相攜感物華。共有錦囊題白雪，未須金管勸流霞。人行磴道初如蟻，日落湖帆盡載花。散步踏芳歸任晚，城南猶有未棲鴉。

馮夢禎十一首

夢禎字開之，秀水人。萬曆丁丑進士，改庶吉士，除編修，終南京國子祭酒。有《快雪堂集》。錢受之云：開之不悦於時相，左官外謫，以南國子祭酒歸，遂不復出。築室孤山之麓，家藏《快雪時晴帖》，名其堂曰「快雪」。歸田九年而卒。爲詩文疏朗通脱，不以刻鏤求工。《詩話》：馮公儒雅風流，名高三席，歸田之後，間娛情聲伎，箏歌酒讌，望者目爲神仙中人。詩亦不蹈時習，五古能盤硬語，尤見意匠經營，同譜若沈君典、屠緯真，皆不及也。

結交篇有序

余少時友周生彦雲，嗣交賀生伯闇。庚午、癸酉，余與彦雲相繼登鄉薦，丁丑余以南宫舉首，官翰林，中遭廢棄。壬辰出山，赴南司業。癸巳擢掌南翰。其明年甲午，伯闇始舉于順天。乙未成進士，官行人。而彦雲猶未釋公車，功名之遲速變幻如此。今年丁酉秋，余爲南祭酒幾二年，所而彦雲自里中見訪，時余苦痁，方上乞骸之疏，會有詔使臨，則伯闇也。我三人廿年中離合不知凡幾，忽有此晤，喜不自勝，遂成此篇。

憶年十五六，眼空心膽麤。三人笑相暱，意氣凌萬夫。轉蓬三十年，飛沉不同塗。賀子初牽紱，周生尚公車。劣余最先達，典胄山水都。撫疾新乞骸，逐痁猶向隅。明主有餘戀，故人不我疏。賀子忽持節，周生未返廬。三人共形影，嘉會在須臾。升沉豈有常，離合難可拘。努力崇德音，皓首願無虚。

仲春湖上登覽與叔宗同賦

春至嘉卉榮，氣和長薄絢。遵渚洽淪漣，升堤媚蔥蒨。遠近生態殊，昏旦物候變。高下柳盡舒，參差桃始炫。鳴禽選秀木，時女步芳甸。朋儔或回睇，舟陸諧所便。勝情欣有託，日夕遺深眷。

題東山許氏小樓

爲樓枕東山，山翠常滿樓。非徒自怡悦，亦以娱朋儔。璧月當綺牕，白雲漾丹丘。我來秋色晚，不惜十年留。南墉如可闢，兼得狎海鷗。

若下

夙昔眷幽溪，于今淩漭瀁。引艇及朝暾，瀠洄淹夕漲。乍進離煩囂，少焉益蕭曠。岸仄交濃陰，林缺露青嶂。瞻岫集遙姿，睇漣延近狀。改步款蘭疇，陟憩紆回望。地偏俗駕牢，侶勝游蹤暢。朱羲不遽頹，沉懽將無蕩。

五十篇四首　有序

昔人云：「五十之年，忽焉以至。」悲始衰也。今歲丁酉八月廿二日，乃余五十懸弧之辰，鑒止足之。分傷流光之駛，有懷家園，思投簪笏，乃賦斯篇。

五十忽焉至，頹齡始自茲。懸弧眷秋辰，稱觴來故知。余本靜者流，夙好敦書詩。散性在丘樊，竊禄慚軒墀。鐘鼓享魯郊，海鳥終不怡。鍾阜洵云美，豈若還山茨。山茨結林麓，其陽面清池。清池曲且廣，高楊夾路垂。層樓貯圖史，密室藏姜姬。出門即湖山，興到惟所之。偶逢漁樵侶，談謔忘歸期。人生行樂耳，須富貴何時。富貴反多憂，貧賤未足卑。靈龜戀泥中，雄雞憚爲犧。李斯具五刑，牽犬一何悲。陸機西入洛，鶴唳聽無期。無才足完身，功高跡轉危。所以賢達人，拂衣恒恐遲。拂衣謝塵氛，舊侶時相追。披素詠新賞，開帙渙所疑。豈不戀圭組，天爵無磷淄。豈不戀子孫，清白自可貽。觀民計已極，從道安足嗤。申毫著斯文，聊以適吾私。

餘不溪回舟寄訊章元禮吏部是日雪

吏部才名舊，瓊瑤昔見貽。山川聞問隔，日月鬢毛衰。身退仍憂國，家貧但賦詩。回舟緣興盡，風雪寄相思。

珠簾洞

帝遣銀河垂，虛簾蕩空淥。我欲買娉婷，問爾乞三斛。

無題

琉璃硯匣鎮隨身，彩筆揮來字字新。他日長門如有恨，千金詞賦不求人。

王士性一首

士性字恒叔，臨海人。萬曆丁丑進士，除知確山縣事，擢禮科給事中，終太僕寺少卿。有《五岳游草》。

惡溪道上聞猿

惡溪不可涉，地險亦何心。石觸雲根出，灘回屋窟深。繁霜沙際白，落月渡頭陰。豈異巫陽峽，清猿兩岸吟。

魏允貞 一首

允貞字懋忠，號見泉，南樂人。萬曆丁丑進士，除荆州推官，選授山西道御史，歷官右副都御史，兵部右侍郎，巡撫山西。

《詩話》：見泉以直節聞，相傳其子廣微甫登賢書，來省其父，見泉閉之廨中，不許就禮部試，曰：「此破犂犢也，一得志，必隳我家聲矣。」後果然。詩近犅疏，論者謂遜其弟懋權。

岳陽樓

洞庭天下水，岳陽天下樓。誰爲天下士，飲酒樓上頭。

徐桂 一首

桂字茂吳，長洲人，居餘杭。萬曆丁丑進士，袁州推官。有《大滌山人詩集》。

李本寧云：茂吳咏物，以六朝之才情，具三唐之格調。

馬仲良云：自弇州歿而禹航徐茂吳先生代興，詩靡所弗工，而詠物之章，可稱名家。《詩話》：徐君詠物詩，最繁富，正如盈擔魔合羅，僅供村市癡兒騃女把翫而已。

送義公結廬天台

海上栖禪境，披雲訪石橋。一缾依澗壑，疏磬落山椒。華頂經年雪，松門半夜潮。預愁支遁去，誰與共逍遥。

張維新 一首

維新字憲周，汝州人。萬曆丁丑進士，除冠縣知縣，擢兵科給事中，歷湖廣按察副使。

萬壽節早朝

六位龍飛日，千官虎拜年。嵩呼聞漢殿，華祝戴堯天。綵仗清霜肅，金爐紫霧連。不才班侍從，踧踖冕旒前。

陳泰來 一首

泰來字上交，平湖人。萬曆丁丑進士，除順天府學教授，遷國子監博士，升禮部主事，歷員外，謫饒平典史，泰昌即阼，贈光禄少卿。有《員嶠集》。

《詩話》：員嶠年十八舉于鄉，十九釋褐，歸娶，賜内府金花燈籠，知平湖事。劉抑亭贈以對聯云：「秋進士聯春進士，大登科後小登科。」鄉里榮之。而公以氣節自許，居太學，忤江陵，因三王并封，面質太倉于朝房，又疏請建儲，既因計典，疏救孫鑨，謫饒平典史。陛辭就道，賦詩有：「直道不緣三黜改，孤忠或受九重知。」卒時年三十有六耳。謫歸日，夢至一山，群仙咸集，賦詩云：「涼風拂拂白雲收，宦海年年幾日休。翦紙作驢輕撥刺，桃花洞口笑淹留。」相與樂甚。旁一仙云：「汝乾淩子也，後一年當再會于此。」覺而以乾淩子自號，踰年而没。

客中午日

客裏端陽也自娱，呼童沽酒汎菖蒲。家園咫尺汀蘆外，艾虎朱絲事事無。

顧紹芳五首

紹芳字實甫，太倉州人。萬曆丁丑進士，改庶吉士，除檢討，歷左春坊，左贊善，兼編修。有《寶菴集》。

《詩話》：實甫工於五律，不露新穎，矜鍊以出之，頗有近於孟襄陽、高蘇門者。

同公亮敬承茂仁郊游

共道尋春好，兼之出郭幽。林塘三月暮，休沐幾人游。樹樹陰初合，溪溪澹不流。從來耽野趣，即此是滄洲。

即事

小閣上干霄，幽人野望遙。澹雲清曉樹，疏雨緑春苗。天闊前朝寺，風多隔浦橋。心期竟何託，鐘磬日蕭蕭。

喜陸彦先至

常憶秋風裏，離尊共黯然。所期寧此地，相見忽經年。白眼時人過，青山旅夢牽。懸知有新語，羞屬蒯緱篇。

山亭閒居

豈有避人意，經秋長閉關。蕭然松下戶，對此城中山。得雨深林映，隨雲倦鳥還。漸諳丘壑理，聊復養衰顔。

舟行即事

願得三千里，飛帆一夜還。生憎衛河水，十步九成灣。

沈自邠五首

自邠字茂仁，秀水人。萬曆丁丑進士，改庶吉士，授簡討，歷修撰。有《沈修撰詩集》。

蔣駁閎云：先生詩風格端麗，意調諧適，合乎風雅之正。

送徐洪陽侍講使荆

送别青門外，雙旌去路賒。楚天高擁傳，江瀨隱浮槎。赤社開王胙，金莖憶帝家。上林新賦就，雲夢未應誇。

白下留别賀伯闇

高閣經旬别，孤帆此日開。風塵催作客，花鳥負銜杯。細雨白門樹，浮雲江上臺。相期不相見，愁思轉難裁。

送高藎卿少參

驛騎花前發，東風二月過。漢家新節鉞，秦地舊山河。津樹關門合，春雲渭水多。西臺誰領袖，咫尺望鳴珂。

謁關壯繆侯張桓侯祠

赤伏符難再，三分志未伸。江山千古恨，祠廟百年新。事業歸龍戰，飛揚憶虎臣。雄風今尚在，灑淚向高旻。

馬文莊公輓歌

美謚殊恩錫，東園祕器分。濟時功尚在，接武事仍聞。丹旐飛燕雪，清笳斷隴雲。西州徒有恨，曲罷淚紛紛。

朱維京 一首

維京字可大，萬安人。萬曆丁丑進士，歷官光禄寺丞。有《光禄集》。

度飛虹橋

鯨海遥涵一水長，清波深處石爲梁。平鋪碧甃連馳道，到瀉銀河入苑牆。晴緑乍添垂柳色，春流時泛落花香。微茫迥隔蓬萊島，不放飛塵入建章。

沈九疇 二首

九疇字箕仲，鄞縣人。萬曆丁丑進士，除刑部主事，稍遷至郎中，以按察副使提學江西，歷官江西左布政使。有《曲轅居詩集》。

《詩話》：箕仲以詩名重鄉里，人有持所作謁文恭者，輒笑曰：「家弟安知文，奚不就我？」族父嘉則以《豐對樓詩》屬余君房論定，君房報書云：「吾於詩僅窺其籓，未入其室，此事終當屬君家箕仲。」於是嘉則詩經其刪敘。及掌江西左轄，有中使來司榷，先檄諸長吏迎勅。箕仲宣言曰：「勅諭中使，非敕守土吏也，例不當迎。」中使爲氣沮。一日，中使移書自稱「予」，箕仲叱其使曰：「往惟高皇帝起吳時，曾稱『子』，若中貴人，何敢爾。」中使大懼，立造謝。其直節自遂，亦文恭所不如也。

善哉行

今日樂兮來日可悲，天回地游人莫之知。一解。彼絃我歌會少離多，明星可掇肅駕經過。二解。三十六輻輪輪相復，但惜馬蹄不惜車軸。三解。

雨中簡吳山人汝震時寄居鐵柱觀

倚柱看黄鳥，窺檐拂翠條。吾衰春亦去，汝病興還饒。山色樓中雨，江聲郭下潮。何如平楚外，烟柳赤闌橋。

楊德政二首

德政字公亮，鄞縣人。萬曆丁丑進士，改庶吉士，除編修，出爲福建參議，遷副使，調廣西、陝西提學，歷山東參政，福建按察使。有《夢鹿軒稿》。

苑田觀穫

南風吹城闕，西苑鳴桑鳩。帝畝雨露偏，田畯職亦修。維時麥稼登，滿地黄雲稠。播植良苦艱，喜見千倉收。皇情念民依，感之紓殷憂。願以庾廩資，勤息覃遐陬。詠哉七月篇，庶幾追成周。

河西阻風戲示同行者

失路依依獨問津，楊花飄蕩撲征輪。東風正似郵亭吏，只解迎人不送人。

蘇濬三首

濬字君禹，晉江人。萬曆丁丑進士，除南京刑部主事，尋改工部，轉禮部員外郎，出爲浙江提學僉事，歷陝西參議，廣西副使，貴州按察使。有《三餘集》。

曉發界河

客路逢秋杪，中原曙色分。無情原上草，不斷嶺頭雲。醉月懷梁苑，觀風過汝墳。楚天看漸遠，何處問湘君。

卧病

華髮星星短，浮雲冉冉流。客中千里淚，夢裏五湖秋。肺病傷春盡，商歌入暮愁。浮沉君莫問，大壑一虚舟。

哭王恒甫茂才

何處悲風急，淒然獨掩扉。斷雲空莫莫，宿草故依依。一夢愁如昨，千秋事已非。青山堪共老，垂老忽相違。

陸懋龍 一首

懋龍字啓原，鄞縣人。萬曆丁丑進士，除合肥知縣，選授兵科給事中，歷刑科都給事，出爲湖廣參政。

小院

小院幽陰似井間，風枝墮地點苔斑。何時鏟却重檐去，露出西南一角山。

丁此吕一首

此吕字右武，新建人。萬曆丁丑進士，歷官湖廣布政司，參政。有《世美堂稿》。

雨中望勾漏

迢遞策敝車，言尋稚川子。風雨何淒其，蕩然滌塵滓。濛濛山下雲，泠泠峽中水。雲水幽以深，徑路憑誰指。丹竈突無烟，白石徒齒齒。至今不可攀，邈焉懷斯理。我家西山陽，許令實同里。玄都計非遙，赤縣更伊邇。沖舉遽難期，沉淪恒自恥。孺子儻可言，請爲公納履。

周汝登一首

汝登字繼元，嵊縣人。萬曆丁丑進士，除南京工部主事，謫兩淮運司判官，遷順天府通判，轉南兵部主事，出爲雲南參政。有《海門先生文録》。

恭聞册立皇太子諸王亦以是日受封志喜

震索從天授，年將德共宜。尊師開閣早，問寢出宮遲。太后殷勤誨，諸王次第隨。微臣棲隴畝，萬里想威儀。

孫成泰 一首

成泰字允交，平湖人，尚書植子。萬曆丁丑進士，除知道州，遷蘇州府同知，入爲刑部員外，歷郎中，升饒州知府，調邵武，再調福建鹽運司同知，以按察副使整飭大名道。

送尤司訓

送君湖上正斜曛，楚水吳山咫尺分。今日莫辭杯底醉，數聲風篴片帆雲。

吴安國七首

安國字文仲，長洲人。萬曆丁丑進士，除真陽知縣，調永康，徵授刑部主事，歷員外，郎中，出爲寧波知府，升本省副使。有《葆光軒稿》、《今是堂集》。

屠緯真云：文仲詩語不必琢，惟其骨勝；辭不必靡，惟其趣長。才與情宣，意將格會。

劉玄子云：文仲近體有大曆家法

何穉孝云：文仲高不亢，卑不抑，導之泉注，頓之山安。

《詩話》：文仲，純叔之子，南夫之孫，詩是家學，其自序曰：「今之爲詩者，矜一字之長，競片語之巧，張爲吾黨，侈爲此道，凌轢同列，掎摭前人，逞傲誕之風，長浮華之習，蕩閑檢而不顧，棄率職其若遺，則詩之爲蠹甚矣。」蓋嘉、隆之間，習氣如是，稍有學識者知厭之。

遊武夷

十年懷名山，薄游未能至。弭節偶兹辰，探奇始欣遂。層峰抱回合，長林引深邃。烟霞鎖冥濛，指顧詫靈異。玉函閟遺封，勝跡符往記。洄沿九曲溪，溪溪落空翠。水木澹澄暉，泠風送餘吹。登臨兩稱絶，幽期愜遐企。願謝區中緣，浮生永斯寄。

秋日偕孫太史萬都諫王比部侯奉常趙大行郊游憩禪寺得遠字

嘉辰值休沐，晴郊恣游衍。秋色凄以清，深懷託所遣。回飈振叢樾，閒雲入幽巘。眷言二三友，同心自繾綣。垂楊十里陰，清流一溪轉。稍憩初地偏，頓覺塵心遠。歸鑣故夷猶，移觴欲忘返。何當置丘壑，一笑謝軒冕。

領郡出都留别諸君

明時忝嘉招，薄游謝遠度。孤衷夙寡諧，恬漠有遐慕。結交二三子，實以賢豪故。覽古窮皇墳，摛華託豪素。本乏希世資，還甘守遲暮。襆被辭舊廬，分襟阻清晤。徘徊戀餘樽，慷慨即長路。

雲峥丈邀登清源山

出門欲看山，山翠忽在眼。俄從平野登，旋傍回溪轉。層崖屢攀緣，仄徑縱凌緬。雲氣抱石幽，烟霏隔林淺。地主何風流，開尊向絶巘。情同永嘉適，藻擬宣城撰。塵蹤有離析，高情自繾綣。執手千古懷，兹山亦齊峴。

元日紀事

曉飾嚴城禁，宵傳獄市驚。閉門空大索，出柙已横行。桃梗難除惡，椒觴罷賀正。爾曹堪一笑，吾自掩柴荆。

登北固山甘露寺

寺憶南朝古，山横北顧遥。千峰圍鐵甕，雙髻擁金焦。隔岸維揚樹，空江建業潮。高樓信多景，秋意獨蕭條。寺有多景樓。

江行

江樹浮疑没，江雲散復凝。疏燈明極浦，處處有魚罾。

徐三重二首

三重字伯同，松江華亭人。萬曆丁丑進士，除刑部主事，有《天真齋草》。

《詩話》：伯同甫含雞舌，遽返鶴沙，息軌杜門，研朱讀《易》。其叔子禎稷出守夔州，畏家誡之嚴，不寄一物。賦詩云：「丙穴有魚堪作鱠，因風不敢寄高堂。」足徵其守之介矣。

送友掌教射洪二首

莫歎青氈作客寒，聖朝猶是重儒官。鼎烹鼎食知多少，誰似先生苜蓿盤。
江流欲盡是巴西，巫峽荆門烟樹迷。遥計客帆行到處，亂山斜日子規啼。

張敬二首

敬字爾和，淄川人。萬曆丁丑進士，除中書舍人，遷禮部主事。有《儀部集》。

《詩話》：明初駙馬家有學録，嘉靖六年，以禮部主事金克厚授都尉謝詔經書，後遂因之，主事教習駙馬者，爾和其一也。爾和不以詩名，所作寥寥，附文集之末，聲律未能悉諧，然頗有生趣。如「曇花侵斷壁，木葉響空廊」，「鷺下啄寒葦，猿垂飐古藤」，「故人滄海隔，歸夢白雲深」，亦自流暢。

聞雁寄王侍史

搖落聞征雁，連翩向海隅。行分絶塞闊，影入夕陽初。鼓角寒城急，關河短鬢疏。那能千里别，不寄一封書。

寄王汝賓

山房黏石壁，蒼翠暮烟收。野水亂流合，沙禽幾點浮。人歸槲葉寺，月映蘆花洲。白露澄江闊，故園何處秋。

朱應轂二首

應轂字德載，濬縣人。萬曆丁丑進士，除東阿知縣，擢貴州道御史，尋改山東道御史，巡按貴州，再改雲南道御史，巡按淮揚，卒于官。有《槐石集》。

《詩話》：德載近體，亦自羅羅清疏。

中秋登東阿城樓

東郡逢佳節，南樓上小梯。牕迎歸雁近，坐覺遠峰低。魏闕燕山北，黎陽魯甸西。清輝真可戀，不寐信烏啼。

東流泉

清流環曲徑，翠色映遥岑。山静少人跡，林深多鳥音。雨餘雲破練，月上酒浮金。千里來知己，同游愜素心。

鄧汝楫 二首

汝楫字原剡，江陰人。萬曆己卯舉人，官慈利知縣，調龍門。

晚行

澧上驅車晚，前塗日已傾。寒禽依古木，山鬼瞰荒坪。路入村烟直，燈分野燒明。不勝寥落恨，況復歲華更。

將至清源作

清源看不遠，暮色遂征塗。寒入蕭蕭樹，身隨汎汎鳧。扁舟漁火亂，明月水天孤。苦受微官縛，高陽媿酒徒。

張修德 一首

修德字季成，江陰人。萬曆己卯舉人。

下第歸兗州道中遇雨

雨横風狂三月天，長塗游子倍潸然。鄉心對酒渾無賴，倦馬銜泥苦不前。委地落花空寂寂，隨人舞燕故翩翩。自憐輸却山牕客，一枕玄經日晏眠。

馮大受 一首

大受字咸甫，松江華亭人。萬曆己卯舉人。有《竹素園詩集》。

登岱

直上中峰頂，方知泰岱尊。岡巒回地軸，星斗挂天門。孤嶂秦皇碣，清池玉女盆。仙人雲外度，白鶴日飛翻。

黄克纘 一首

克纘字紹夫，晉江人。萬曆庚辰進士，除壽州知州，入爲刑部員外，累官太子太保，兵、刑、工、吏四部尚書。有《數馬集》。

將出都門和濬王見懷韻

平臺跕履憶當年，榆莢楊花四月天。授簡總慚枚叔賦，眈詩獨記楚王賢。寒嘶匹馬春明外，晴落孤鴻魏闕前。南去虔州千萬里，薊門章水各風烟。

許弘綱 一首

弘綱字張之，東陽人。萬曆庚辰進士，除績溪知縣，累官南京兵部尚書。

丁酉再告

多病年來不耐官，柴門柳色意中看。偏於蓴菜思張翰，自分圍棋老謝安。長日生涯惟點易，故人書問且加餐。畫溪烟雨春蓑緑，重與君王乞釣竿。

陸長庚 一首

長庚字元白，平湖人。萬曆庚辰進士，知六安、廣德二州，升刑部員外，進郎中，改南吏部，出爲湖廣參議，歷官江西左布政使，遷應天府尹，南京通政司使。

感興呈景陽兄

林藪原吾志，年來遠市朝。青山歸計穩，白髮壯心凋。夢逐翻風蝶，名成覆鹿蕉。小牕休沐暇，閑步誦逍遥。

龍膺 一首

膺字君御，武陵人。萬曆庚辰進士，除徽州府推官，謫温州府學教授，稍遷國子監博士，升禮部主事，復謫兩淮鹽運判官，轉鞏昌通判，歷同知，遷南戶部員外郎，進郎中，出爲按察僉事，歷參議副使，仕至南京太常卿。有《九芝集》。

南歸聞雁

征人家近住瀟湘，楓葉初丹橘柚黄。憑爾先將歸信寄，莫言風雨隔衡陽。

石崑玉 一首

崑玉字汝重，黄梅人。萬曆庚辰進士，除户部主事，歷郎中，出知饒州、蘇州、紹興三府，升山東按察副使，轉福建參政，以右僉都御史巡撫大同。有《石居士集》。

燈市

燈市百貨蘩，類聚還分局。雜沓掩塵埃，穹窿象山谷。滿城恣意觀，履舄時交觸。側肩趁友朋，轉盼遺童僕。樓上樓下人，徙倚自相矚。佻佻白面郎，囊裹金如粟。訪古并探奇，十僅償其六。本擬快于心，旁觀容有蹙。爲君話所從，原出巨家櫝。向購此場中，而今在此鬻。佇看市道間，何事無翻覆。物類火傳薪，人寰風轉燭。拚諸海陸珍，權與豪華畜。姑數杖頭錢，來酣春酒熟。

姜士昌 一首

士昌字仲文，丹陽人。萬曆庚辰進士，除戶部主事，歷員外郎中，出爲陝西提學副使，遷參政，卒贈太常少卿。有《雪柏堂稿》。

春日郊行

金張亭館帝城邊，北里南鄰競管絃。山鳥日來游客醉，曲池芳草自年年。

余寅 二首

寅字君房，一字僧杲，鄞縣人。萬曆庚辰進士，除工部主事，轉禮部員外，歷郎中，出爲陝西提學副使，遷山東參政，入爲太常少卿。有《農丈人集》。

《詩話》：君房自負古文，然與作者尚遠；其於詩，自謂「涉其藩未窺其奧」，亦自知之明。相傳少日夢人曰：「君命同孔子。」年至七十三無恙，後二年，奉川産一麟，持獻太守，太守使吏來白，君房曰：「吾其死夫？」未幾果卒，萬八處士斯同嘗語予云。

魯橋村

半景臨墟塢，雙榆闢里門。秋風吹巷陌，落日喚雞豚。野外桑麻闊，山中父老尊。喧喧村釀集，賽鼓正黄昏。

送包明臣之任潮陽簿

七閩路盡是潮州，莽蕩風烟漲海頭。溪洞水腥常作霧，桄榔葉暗不知秋。琵琶洲畔蛟爲窟，甲子門前蜃是樓。只有羅浮山色好，蕭齋長得破羈愁。

王德新 一首

德新字應明，安福人。萬曆庚辰進士，除南京兵部主事，改刑部，坐建言爲民，起補南工部，遷光禄寺丞，有《儆所先生集》。

王希泉云：光禄韻喦神怡，珠媚玉輝，翛然風人雅致。

期登羅陽

羅浮烟雨滿空山，千仞崖藤尚可攀。煮石眠雲誰禁得，律僧翻羡老夫閒。

葉初春 一首

初春字處元，吳縣人，世居洞庭，自號吳西主人。萬曆庚辰進士，除廣州順德知縣，擢兵科給事中，歷戶、禮二科左、右給事，建言爲民，天啓初追贈光禄寺少卿。有《吳西佚稿》。

《詩話》：先太傅文恪公兩主鄉闈，辛卯江西，則吳西葉公爲副；丁酉南畿，則福清葉公爲副。皆齊心一契，關節不到者。南昌徹棘之後，葉公游讌必俱，嘗偕過鐵柱觀，羽士言，是許旌陽鎖蛟處。先公以豫章城築自灌嬰，而李白詩有「浪動灌嬰井，潯陽江上風」之句，辨此井即是滕公遺跡，葉公大以爲然。先公賦五言有云：「潮生浪亦動，疑是灌嬰井。我言殊怪牒，給事默心領。」蓋紀其事也。既而先公掌容臺，建儲之疏，公私凡七十上，最激切者，劾鄭國泰一章，而定陵不以爲忤。葉公以爭豫教，再疏去官，進言固有幸不幸也。《葉氏流芳録》二卷，載公疏草及門弟子輓詩。公之韻語，流傳特寡，《留别徐少南》一律，手書存少南族孫上舍惇復所。楮墨漫漶，以意補其闕字存之。

梁谿留别徐少南

直北三千里，郵籤第一程。渾忘相送遠，誰道别離輕。驛火抽帆宿，河冰策馬行。不知游子夢，仍戀闔閭城。

邢雲路 一首

雲路字士登，安肅人。萬曆庚辰進士，知繁、昌汲、臨汾三縣，升兵部主事，由員外出爲河南僉事，歷參議副使，終按察使。

西湖竹枝詞

裏湖外湖春水深，斷橋不斷入湖心。郎在外湖唱吳曲，妾在裏湖吟越吟。

彭夢祖一首

夢祖字應壽，全椒人。萬曆庚辰進士，除戶部主事，歷員外郎中，出知雲南府，調南康，升浙江按察副使，進參政，致仕。有《彭應壽集》。

登岱

空濛寶殿俯長天，萬里中原亦渺然。水落山根先入濟，夜涼斗柄欲捎燕。松陰曾濕秦時雨，玉筴長封漢帝年。好借西風爲羽翰，圖成五嶽杖頭懸。

車大任三首

大任字子仁，邵陽人。萬曆庚辰進士，除南豐知縣，歷南禮部郎中，出知福州、嘉興二府，升浙江按察副使，進右參政。有《囊螢閣草》。

屠緯真云：子仁詩色華而不豔，音俊而不靡，妙得詩家所賞，而不犯詩家所忌，足稱擅場。

陳玉叔云：子仁詩有風致，而不傷于境；有才情，而不泥于氣。和平溫厚，得古人之遺。

《詩話》：子仁見賞于吴明卿，明卿贈之詩曰：「靈均忼慨追三后，太史憑陵陟九疑。」子仁深自喜也。詩頗閒放，無局促態。

金谿苦雨

咫尺金谿道，年來幾度過。郵程千里急，鄉夢五更多。雨色迷芳草，風聲走濁河。泥塗軒冕意，去住欲如何。

送吴求叔還蒲圻

我留君且住，盡日醉春醪。作客修長鋏，歸心慰大刀。片帆淮浦遠，匹馬楚山高。莫負重來約，相思夢寐勞。

與臨清武雙溪

十載相逢章水濱，與君同醉異鄉春。誰知今日清源道，又向天涯别故人。

袁年四首

年字子壽，吳縣人。萬曆庚辰進士，除南京兵部主事，歷員外，郎中，出知青州府，遷江西按察副使，轉雲南參政。有《觀槿齋集》。

《詩話》：子壽五言雖少精詣，不墜胥臺家法。

白水道中

驅車上山巔，俯瞰人如蟻。及從澗底行，仰觀亦同此。地位有崇卑，所見因乃爾。林端宿鳥鳴，天際浮雲起。前村可息肩，澄心會玄旨。

荆江感懷

浩浩荆江流，要渺望不極。風雲倏回翔，日月自出沒。勢合巫峽通，地分吳楚坼。豈不稱天險，中原非所亟。吳蜀多英雄，交爭遂相迫。豺虎白晝嗥，吞噬安所惜。烈士負孤忠，震怒天爲戚。千載垂芳聲，至今有餘赫。臨流惻愴滋，涕泗霑巾幘。

豫讓祠

智伯已亡後，誰復君父讎。傷哉一豫讓，寧爲刺客流。恩深國未報，形毁心獨留。成敗不足料，僇辱非所憂。願爲知己殉，恥同肉食謀。橋下試一擊，廁中仍再投。虀粉志始畢，此外庸何求。嗟嗟二心人，過此良足羞。

雨宿一雲寺

蠟屐候新晴，攜尊陟西嶺。松間聒濤聲，樹杪挂瀑影。雲起日欲晡，雨來山亦瞑。徑窄怯筇躋，林寒覺衣冷。言投方外居，因嘗雨前茗。堂懸燈一粟，門擁墨千頃。鳴禽寫幽泉，頓使萬慮屏。

楊于庭 一首

于庭字道行，全椒人。萬曆庚辰進士，除濮州知州，徵授戶部員外，轉兵部郎中，有《楊道行集》。

贈李修吾轉南祠部

見說君王已賜環，金陵亦在五雲間。兩都爭識神仙吏，三禮仍居侍從班。伏枕鄉心懸碣石，挂帆秋色照鍾山。謝公墩上重回首，絶代風流尚可攀。

董嗣成六首

嗣成字伯念，烏程人。萬曆庚辰進士，除禮部主事，歷員外，郎中，建言削籍。有《青棠集》。

謝在杭云：伯念古選憲章、陶、謝，近體沐浴岑、王，如藐姑射仙人，餐風飲瀣。

詠懷

高臺多悲風，深坻多秋草。男子志不伸，咄咄縈懷抱。盛年不可留，誰能常壽考。尚平游名山，婚嫁苦不早。我思采紫芝，逍遙以終老。

湖中夜泊效謝體

落日沉遠樹，寒烟出孤城。湖中鸕鷀起，沙際蟋蟀鳴。社鼓發初響，漁燈漾微明。遙岑漸以没，但見蒼烟平。空水饒雨色，雲林散秋聲。未深宋玉悲，良懷遠公盟。獨步縱遐矚，曠焉寄微情。

發青陽驛

條風啓征塗，于邁自旭旦。覽古舒遠懷，解紱謝微絆。廣衢殘雪開，遙甸芳荑散。遠揚既載敷，谷禽亦時囀。尚游達者心，點狂聖所贊。唐風詠山樞，感物有餘歎。

嚴道澈過訪不值寄懷

河漢光皎皎，照我彈鳴琴。寂寂感物候，白露霑我襟。絃絶不復調，良夜空沉沉。抱此孤桐還，藉以寄知音。

賦得關山月

晚角開金鏡，清笳落曉鈎。關河今夕影，迢遞幾人愁。瀚海殘冬夜，平沙古戍樓。誰能歌出塞，腸斷玉京秋。

渡江

搖落長干道，淒涼楓葉丹。殘霞連海盡，細雨入江寒。楚樹帆前沒，吳山夢裏看。鄉關悵回首，長路正漫漫。

臧懋循四首

懋循字晉叔，長興人。萬曆庚辰進士，官南京國子監博士。有《負苞堂詩選》。

《詩話》：何元朗、臧晉叔皆精曲律，元朗評施君美《幽閨》，出高則誠《琵琶》之上，王元美目爲好奇之過。晉叔謂《琵琶》、《梁州序》、《念奴嬌序》二曲，「不類則誠口吻，當是後人竄入。」元美大不以爲然，津津稱詡不置。晉叔笑曰：「是惡知所謂《幽閨》者哉？」嘗從黄州劉延伯，借元人雜劇二百五十種，又購得楊廉夫《仙游》、《夢游》、《俠游》、《冥游》彈詞，悉鏤板以行。序言：「鄭若庸《玉玦》、張伯起《紅拂》等記，用類書爲傳奇。屠長卿《曇花》，道白終折無一曲。梁伯龍《浣紗》、梅禹金《玉合》，道白終本無一散語，均非是。」且言：「汪伯玉南曲失之靡，徐文長北曲失之鄙，惟湯義仍庶幾近之，而失之疏。」其持論斷斷不爽，詩亦不墮七子之習，故雖從元美讌游，不入「四十子」之目，亦磊落之士也。

送茅孝若應舉

握手離堂夕，椒盤與菜盤。春風吹遠道，游子入長安。玉躞裝詩軸，黄金飾馬鞍。桂枝行可掇，計日爲彈冠。

得吴載伯書却寄

昔有三秋雁，曾傳萬里書。開緘先涕淚，跪讀更何如。白髮添愁鏡，黄金罄客居。不知相見日，還隔幾年餘。

望亭夜泊

向暝投何所，依微識望亭。客舟今復至，津路昔曾經。瑟瑟風吟樹，離離雁度汀。翻令鄉思逼，數起視明星。

答汪仲嘉

客路經春侶伴稀，故鄉回首淚霑衣。不知若箇吹長笛，一夜梅花似雪飛。

章嘉楨 四首

嘉楨字元禮，德清人。萬曆庚辰進士，累官大理寺丞。有《姑孰集》、《南征集》、《中林草》。

書座右

見鹿指成馬，聞蟻以爲牛。明乃戒獨任，聰亦何深求。谷風方習習，草萎萬木秋。瞻彼江漢波，鱗甲鮮安流。我愛曹平陽，醇酒以忘憂。

三湖 丹陽石白固城。

水落三湖涸，洲渚若阡陌。水至三湖連，彌天浩浩白。怒濤漂田廬，驚風斷塍埒。豈無赬霞照，覩之慘胸臆。亦有蓮與芰，不充飢者食。民力疲堤工，民命寄河伯。湛酤湖之陰，精禋冀昭假。

齊雲山下溪行

白岳朝真罷，乘桴下小溪。急湍清見底，芳草踏成蹊。傍樹山樓出，眠鷗浦漵低。不須歌越調，落日到城西。

勸農

溪邊千嶂朝含雨，竹杪一鳩午喚晴。雲漏日明油壁暖，吏人打鼓勸春耕。

張恒十三首

恒字伯常，蘇州嘉定人。萬曆庚辰進士，知茶陵、興國二州，入爲刑部員外郎，出知饒州府，再知建昌，歷按察副使，升太常少卿。有《明志稿》。

《詩話》：伯常自序其詩，謂：「語不必工，意不必遠；古不必合，今不必離；生不必名，没不必傳，聊明吾志而已矣。」又曰：「譬諸候至而物鳴，若有使之而不能已者，以寫其優柔憺蕩之思。」數語非知詩者，莫能言也。宜其古風磊落，近體亦安詳，比於同邑四先生，似覺挺拔。

合歡詩

庭前雙瓊樹，嘉實何離離。鳳皇忽來巢，載鳴復載飛。鳥常比其翼，樹亦連其枝。宛若夫與婦，燕爾良亦宜。綢繆結深心，嬿婉要終期。登樓操瑟琴，音響一何諧。人生在志合，豈必及宴私。和德家乃昌，泰交亦若斯。

百感詩六首

渚鴻不登木，蓼蟲不集芥。物性寧可移，足已復何待。處卑夷即適，茹苦習亦快。魯享爰居悲，衛軒野鶴駭。藿食而衡棲，自顧亦云太。處身勿蘄高，但置風塵外。

射干生山頭，挺幹故不長。叢蘭發澗底，隨時播幽香。高下殊所託，物性自有常。富貴多疵辱，貧賤愉且康。負乘爲寇媒，考槃古所臧。素心苟無瑕，跧伏道彌光。

富貴世所希，不如賤與貧。得喪在須臾，轉盼殊戚欣。居卑無隕墜，處約離垢紛。賜憲既異軌，管華豈同倫。丘園有餘賁，抗志罔不伸。揚衡閱世俗，營營多僇民。

肅后秉睿哲，於赫振乾剛。永嘉既爰立，密勿謨孔良。言念撫鎮臣，縉紳雜貂璫。一朝決宸衷，峻此閹寺防。悉令還掃除，無使穢封疆。厥謀貽神孫，昭然垂典常。猛虎入柙中，縱之騁康莊。祖武近可繩，聖心應不忘。

青蠅何營營，趨利百其孔。採権徧山海，方輿爲之動。妖狐導猛虎，城市日接踵。帑金高於山，源竭川流壅。大決誰爲防，哲士心獨恐。盡吸群民脂，蒿目悲林總。涣居寧可期，滿覆胡弗悚。

宣聖昔惡佞，末俗佞乃尊。小佞佞以言，大佞佞以文。富貴止好諛，工拙不復分。諛生眩屏幃，諛死媚丘墳。稱引豈不工，清論淆且棼。哀之費緗帙，曷若烈火焚。

仲夏偕阮步文孫子極遊麻姑山

良遊信多幸，申約晨忽霽。采真實天假，選勝情亦鋭。攀陟凌烟空，雲霞生衣袂。古壇隱松間，紅泉響天際。曠焉見田疇，知否有井税。已覺雞犬殊，時聞鸛鶴唳。神仙何悠悠，人代倏云逝。千秋不可知，遐覽有深契。暮野烟霏霏，宵巖星嘒嘒。幽討愜予懷，世緣脱如篲。

步文子極偕游從姑

峩峩靈峰石，雙拆若初判。鑿磴纔受趾，陟崖回廹面。鍾磬出雲端，杖屨入天半。眷此清和月，萬象俱蔥蒨。日晃搖沙金，林疏出江練。蜿蜒圍暮嶺，森錯分晴甸。軍山聳孤髻，麻瀑飛一綫。俯視何蒼茫，俄頃嵐光變。古今杳相接，登覽時哲换。嘉會洽歡悰，長懷託文翰。

荆州

迢遞長征客，徘徊故郢墟。風烟平野闊，沙月大江虚。峽近啼猨切，天寒落雁疏。蕭蕭荒草遍，惆悵楚宫餘。

憶槎上舊居

千古浮槎處，吾廬乃在兹。雲沙重護宅，潮汐宛通池。野鳥啼花徑，漁人唱竹枝。白衣諸故老，伏臘互傳卮。

喜雨

赤魃驕何甚，辛勤父老情。民惟依稼穡，身可代犧牲。雨應迎龍至，雷和賽鼓鳴。自非天澤徧，何以謝蒼生。

涼州詞

壚頭酒熟葡萄香，馬足春深苜蓿長。醉聽古來横吹曲，雄心一片在西涼。

張萱六首

萱字孟奇，博羅人。萬曆壬午舉人，授殿閣中書，歷戶部郎中。有《西園全集》。《詩話》：孟奇熟於典故，周見洽聞，著書頗多。其在西清，重編《文淵閣書目》，具載卷帙，補前人之闕漏。惜乎香廚所存，已失其什九矣。

茱萸灣懷古

茱萸灣頭蘆荻花，秋風高日蒸紅霞。夜深打鼓負鹽去，潮平軋軋鳴歸艖。竹西歌吹杳何許，垂楊兩岸黯不語。一聲江笛叫江樓，劃斷寒雲不知處。

邗溝懷古

不盡邗溝水，微茫日夜流。潮連楊子渡，烟接海門秋。樹影浮荒堞，蟬聲到客舟。興亡無限意，落木共悠悠。

過亡友韓伯舉故居

主鬯依難弟，遺文起後人。一生唯好客，到死不言貧。門巷渾如昨，池臺倏已新。青山空滿地，痛絶未埋身。

贈馮慕岡華省衷何玉峴南還

往事誠顛覆，今皇自聖明。孤臣瀕萬死，中詔賜餘生。司馬能逃腐，弘羊正待烹。已聞干象緯，不用借公卿。

自廣濟至瀫水

峭帆斜日挂危檣，疊鼓呼風亦太忙。却聽舟人話潮信，欲乘新月汎錢唐。

漁村

籬堤時築亦時崩，野水曾侵竹幾層。一任漁郎竹根宿，夜歸猶得借漁燈。

何三畏二首

三畏字士抑，松江華亭人。萬曆壬午中順天鄉試，選授紹興推官，有《芝園居廬集》、《鳳山拜石堂稿》。

陶周望云：士抑詩備諸體，不專一家。

唐元徵云：士抑揚扢風雅有餘藴，綜敘今古有餘采，辨晰名理有餘味。

董思白云：士抑《居廬詩》如哀蜚勞雁，使人聞而泣下。

贈蘇爾宣卜居吴門

金閶南市北市，虎阜前山後山。天色不風不雨，先生獨往獨還。

金山寺口占示徐澤夫兼寄諸友

先是澤夫北行，余同友人餞席，至是乃同發。

金山頂上三竿日，楊子江頭一度春。記得故鄉同送別，如今也別故鄉人。

來知德二首

知德字矣鮮，梁山人。萬曆壬午舉人，以薦授翰林待詔。有《釜山詩集》。

《詩話》：待詔歌《鹿鳴》，諸書不詳年歲，詢之蜀人，言是嘉靖中。而黄徵君俞郃，分撰《明史·藝文志》注云：「萬曆壬午。」或有所據，姑從之，俟再考。相傳待詔隱萬縣之求溪二十九年，注《易》始就。今其書盛行，而詩非專務，《易》義亦非創獲。蓋僻在一隅，罕見群儒之論述，此自信之過，遂蔑視諸先輩耳。

春風辭二首

春風起兮花殘，有美人兮江干。三年不見兮路漫漫，遠莫贈兮木難。歲崢嶸兮將暮，心惆悵而難言。及榮華之未落，曷不驂夫翠鸞，使我執手兮盤桓。

春風起兮花落，有美人兮江閣。三年不見兮路渺漠，遠莫致兮金錯。日窅窅兮下山，竹紛紛兮解籜。及青春之未徂，曷不跨夫黄鵠，使我并坐兮偕樂。

明詩綜卷五十四

小長蘆　朱彝尊　録
射襄　周　未　緝評
鄞縣林時對填諱

朱國祚五十八首

先公字兆隆，號養淳，秀水人。以太醫院籍補順天府學生。萬曆壬午中鄉試；明年癸未，賜進士第一人，除翰林院修撰，知起居注；己丑充會試同考官；辛卯典試江西，歷司經局洗馬，遷諭德；丁酉典試應天，進右庶子；戊戌以禮部右侍郎、兼翰林院侍讀學士，攝禮部尚書事；壬寅轉吏部右侍郎，引疾歸。光宗即位，起南京禮部尚書；是年命入東閣，加太子太保，進文淵閣；壬戌主會試，尋以戶部尚書、兼武英殿大學士，加少傅。回籍，卒。贈太傅，謚文恪。有《介石齋集》。

曹溶躬云：吾鄉鉅公若吕文懿、項襄毅、屠康僖、朱文恪，俱研心風雅，而不與作者爭名。文恪詩尤婉秀，軒軒霞舉，一無俗塵，望而知其品之清也。

朱朗詣云：先大父文懿公嘗過秀水，文恪不出迎。既升堂，先公意不懌。詢之，則文恪袍帶留質庫，方令人取之。歎息不置。其清介如是。詩亦非肉食人語，正如冰荷在壑，冷香襲人。

陸麗京云：易稱知幾，詩詠明哲，朱文恪足當之。聞利瑪竇進異物，公曰：「此輩小智，足以惑人，將來必有助之更曆法者。」景陵詩派初行，公覽之，驚曰：「安得此亡國之音，吾不忍見之也。」知幾其如神乎！

俞右吉云：太傅清而能容，質而有大體，忠著三朝，無事不可爲後世法。即以詩論，自抒性情，不事沿襲，諸體俱合，不失正始之音。

鍾廣漢云：文恪處門戶紛爭之日，中立不倚，人所難能。建儲事，公私疏七十上，其劾鄭國泰云：「本朝外戚，不與政事，冊立非國泰所宜言。」可云犯顔强諫，不畏彊禦矣。而吳人有先撥志始一編，没而不書，則以公名不列東林之籍也。尚得謂公非公是乎！公與福清同年入翰苑，同典試南畿，晚歲同心輔政。聞福清初告歸，中塗絶不會客，獨過公，譚讌三日然後行。公贈詩有「拙免書鈎黨，衰猶話典墳」，公蓋自安於无咎无譽矣。公初不以詩名，而同時浙右諸公，未有過焉者。

屈翁山云：萬曆之初，詩家陳陳相襲，風雅幾於喪矣。獨嶺表歐楨伯、黎維敬、區用孺三君，旗幟一新，銂刃初發。時樵李則朱太傅兆隆、李博士伯遠，吴興則鄭侍御允升，皆不沿七子之派。近見錢氏《列朝詩集》，止推一程孟陽，何也？

繆天自云：定陵中歲，吾鄉朱文恪公，業與臨朐馮文敏同被命入閣，將宣麻矣，沈閣老蛟門以密揭止之，遂以少宰歸田，箯車栗杖，偕同里郁伯承游天台、雁蕩諸山，吟詠不輟。其詩率寫胸臆，未嘗摹仿前人。惜其集未刊行，爲鄉曲一老儒塗竄朱墨，混淆難辨，失其真矣。

雩禱篇

朱鳥協上序，蒼龍啓佳辰。我后隆祀禮，群生潔明禋。紺筵羅彩旞，瑤圖吐文茵。雲歌逐清漢，鳳管徹蒼旻。蘭羞既云薦，精誠亦已伸。靈液以時敘，而康億兆人。

同葉給諫過鐵柱觀有序

南昌鐵柱觀，相傳爲晉旌陽令許遜鎖蛟處。按唐李白詩云：「浪動灌嬰井，潯陽江上風。」豫章城灌嬰所築，疑此即灌嬰井也。萬曆辛卯九月，予與葉給事典江西鄉試畢，偕游是觀。覽其遺跡，證以李詩，給事然予言。爰賦詩十二韻，以紀其事。

微瀾遠通江，水黑照無影。誰鎖戟尾蛟，繚以千丈綆。神州八柱外，於此得塹穽。地戶闢趙尊，真靈位陶景。人言毋支祁，神禹昔鉗頸。要當去民患，不在遠方屏。湅鐵斷繡花，終古但嚴冷。九派潯陽流，有時風力猛。潮生浪亦動，疑是灌嬰井。比於渴馬厓，術可驗穮蕡。我言殊怪諜，給事默心領。請誦白也詩，可以發深省。

九日飲涵虛閣和葉進卿作

傑閣峙層霄，來游屏鬱快。晴臨山靄逼，遠見宮雲敞。天氣日以清，江光一何爽。嘐嘐候雁鳴，汎汎寒潮長。登高循令序，勝引屬吾黨。甄藻協夙心，矍桐得新賞。絲餻乍出榼，細菊且浮醠。席移鳥遷樹，坐久月承幌。一唱白雪音，滋我丹霞想。

蘇州送君輿姪赴試北上

駕言勞舟發，送爾出金閶。游子將何之？行行入帝鄉。帝鄉日已近，佳氣逾蒼蒼。俯視碧水流，仰看浮雲翔。情隨水偕遠，意逐雲俱長。重實抱璠璵，殊材堪棟梁。努力獻文賦，佇聽聲名揚。

天台道中同郁伯承賦

游目覽層峰，攜手攀高嶺。舉步若登天，畏塗復顧影。喬柯聳白雲，深壑陷丹井。落日猶半規，山色已先暝。但愁寒虎嗥，不嫌老鶴警。忽聞下方鐘，頓使千慮屏。安得百丈庋，縋以兩修綆。

天台

人言天台高，四萬八千丈。中有瀑布泉，飛流衆山響。多少采藥人，石梁不得上。我思斸壽藤，削作過頭杖。拄上最高峰，雲中一拊掌。

俞右吉云：王獻之能爲一筆書，陸探微能爲一筆畫，郭恕先能爲一筆風箏圖。此詩雖五十言，一氣融貫，即謂之一筆也可。

石鼓歌

橋門左右獵碣十，形如古礎相排連。窪中或與虀臼似，抱質可敵瑤琨堅。傳聞書自太史籀，比於大篆尤瑰妍。其辭典奧儷二雅，仿佛吉日《車攻》篇。周京遺製衆所信，疑義莫定文成宣。紛綸雖滋翟鄭議，審視終異秦斤權。下逮宇文豈能爾，薺堂所見毋乃偏。嗚呼神物不易覯，三代舊跡稀流傳。巫咸告辭熊相詛，裕陵寶惜今棄捐。比干銘折衛州壤，穆滿書徙壇山巔。會稽窆石字茫昧，岣嶁祕跡文糾纏。掎摭非乏好奇士，千搜萬索無真詮。詎若十鼓離復合，陳倉入汴還留燕。氈包席裹槖駝背，塵蒙露濯瓜牛涎。置諸太學始皇慶，于今又歷二百年。深檐五丈密蓋護，不受長雨闌風顛。我來摩挲輒終日，證以郭薛施潘箋。凝思斵桐來自蜀，叩之定有聲淵淵。文殘非因硬黄搨，劃缺反撼鈎金填。長廊無人起題壁，回視落景棠棃懸。

少年行

長安少年意氣豪，雕鞍寶騎金錯刀。呼盧百萬等土壤，報讎一死輕鴻毛。自言生爲游俠子，願輸肝膽酬知己。此時未遇平原君，且學鬬雞都市裏。朝游紫陌黄金堤，暮宿瓊樓桃李蹊。探丸直向杜陵北，挾彈頻過渭水西。一聞邊警還投袂，轉戰前收漠南地。介子身封萬戶侯，嫖姚家賜千金第。

瑣里行

海外大九州，一稃一粟島嶼浮。是何瑣里國，治曆知春秋。髹槃驗一綫，鍼將子午求。曾未識中夏，帆從何處收。虬鬚鶻眼黷其面，海舶初來寄江甸。巧將製器媚中涓，自鳴鐘獻黄金殿。吾思曆象由羲和，縱有歲差良不多。豈容小邦定正朔，倒置列宿成愆訛。古來明王異物恒不貴，遠人留之甚無謂。况乎天官有禁祕不傳，毋俾此輩窺我靈臺篇。

雪

夜來千里雪，曉起遍長安。轉覺西山近，宜從上苑看。河冰難渡馬，野艇盡投竿。最苦東征士，關門擊柝寒。

經寧庶人廢苑和葉給諫韻

吳濞何知反，劉安但自尊。魚鹽時不利，雞犬爾焉存。俘已儒臣獲，軍猶鎮國屯。白頭遺父老，尚說獻王孫。

瀛洲亭新池

奪玉燕山石，疏泉太液流。采桑傳自李，鑿井舊聞劉。謂李文正、劉文安也。浴鳥牽萍起，纖鱗撥荇游。相看無限意，落日且淹留。

杜門

杜門甘寂寞，無事獨登臺。白日旦復旦，浮雲開未開。幾聞鳩化眼，孰藉鴆爲媒。只合還山夢，輕帆一舸回。

同周公瑕屠緯真俞羡長石湖玩月分賦得天字

今夜清秋月，江橋一串懸。樹深潛滴露，水闊不分天。滿載官廚酒，聽彈商女絃。薄寒風漸緊，主客未回船。

初夏過沈純甫穆湖村舍

逐臣歸嶺外，近住穆湖村。油菜齊抽甲，珠藤不露根。漉湯貓竹筍，下酒鴨餛飩。滿篋新詩卷，曾無諫草存。

新昌石佛寺

石佛何年寺，空山麗相存。一音不可說，兩足此爲尊。雲起長迷路，厓傾自作門。篒輿下坡瞑，回首月明村。

雨夜

黯黯浮雲色，蕭蕭急雨聲。人難今夜睡，天慮此時傾。茅屋淋淋漏，菱池曲曲平。愁心如曷旦，不避暗風鳴。

葉進卿出都訪予里第話舊三日臨行景德寺餞别三首

自我辭京闕，公今亦避賢。一舟旋泛宅，萬事且歸田。西日雲仍蔽，東溟海未填。無由慰朝野，把酒强陶然。

燒尾偕通籍，揚眉共挍文。由來真臭味，相逐比龍雲。拙免書鈎黨，衰猶話典墳。相留三日醉，離袂忍輕分。

景德前朝寺，經過路舊諳。到門三貝塔，負郭一龍潭。别思花重驛，離筵酒半酣。平泉新草木，須滿道山南。

金銘寺訪秋潭上人

不遠金銘寺，支公舊法堂。鴟夷范蠡宅，桯史岳珂坊。過雨花盈砌，抽梢竹覆牆。由來方外社，主客意都忘。

湖上

峰頭寶所塔，湖上水仙王。芳草年年緑，風荷岸岸香。靸鞵拚細雨，對酒易斜陽。不計重門遠，瓜皮上小航。

繇桐廬經釣臺下作

藥草仙人録，星文釣客槎。祠開高下屋，江溜淺深沙。緑樹緜蠻鳥，丹崖躑躅花。誰歌竹如意，懷古一長嗟。

萬壽寺

貝葉三車少，華鍾萬石餘。聲仍到長樂，地合置精廬。瀟灑人王界，莊嚴學士書。秋來霜落後，流響更何如。

聞蟬

燕臺歇雨薦凉颸，吹送蟬聲滿御墀。清影不教塵外見，長吟先入禁中知。上林氣暖枝堪託，仙掌秋高露復滋。撫罷五絃聽漸遠，空庭疏樹午陰垂。

西山謁景皇帝陵

戾園悽斷白楊風，黄瓦今看天壽同。北狩豈無通問使，南城專賞奪門功。若教守土盟城下，安得蒙塵返域中。多少諫臣司耳目，昌言翻賴校官忠。追復景皇帝謚號，由荆門州儒學訓導高瑶上疏言之。

恭謁孝陵同葉進卿賦

夾道山松間石楠，遙瞻暖翠鎖浮嵐。靈龜玉殿十飛九，孝陵開穴時，中有玉龜十，其九飛去，一存享殿。馴鹿銀牌寸有三。鍾山鹿千百爲群，有懸銀牌者，高皇時所畜。牌約三寸。第少豐碑撰方練，陵無建文年碑。悔多姦黨示胡藍。胡惟庸藍玉之獄，高皇暴其罪，有《昭示姦黨録》。文皇帝後，以目建文諸臣。五雲縱護昌平嶺，佳氣須知兆自南。

孝陵感革除事同葉進卿作

四年萬事革除休，遜國遺蹤何處求。事去金川門不閉，心驚玉殿火初收。空餘靈谷松千樹，誰見文孫土一丘。未必西南到天末，魂歸終傍孝陵遊。

徐五修招游九峰三泖之勝晚過斜塘賦此

月落風微何處鐘，斜塘岸岸柳惺忪。疏星數點布棋局，宿鳥一群銜釣舼。潮水漸生黄歇浦，野花齊放陸機茸。故人擬贈丹砂訣，商榷栖山第幾重。

天台道中

落月林梢一鵲飛，赤城霞已照征衣。水清幾曾鵜鶘鬧，屋小也有松筠圍。白葛花香眠鹿起，胡麻飯熟行人稀。當年劉阮本俗物，到此何心苦憶歸。

自北雁蕩踰南雁蕩觀龍湫瀑布作

靈域岧嶢隱不知，中藏七十二峰奇。披衣正在烟深處，到面初無雨歇時。謝客未曾經蠟屐，貫休已後少題詩。洞天只恨流傳晚，莫覩蟲書鳥篆碑。

謁定陵有感述

乞歸自放潞河船，息偃江湖二十年。往事句臚成夢寐，重來弓劍莫攀緣。要知孝爲慈闈盡，誰道恩從貴戚偏。猶記南宮封事入，聽言終似轉圜然。自注：國祚因請冊立東宫，劾及鄭國泰。先帝不之罪，終如所請。

恭謁慶陵作二首

講幄頻趨鶴籞深，重來就日慘棠陰。十年始受東朝冊，一月真傾下土心。視榷盡收中使節，披沙罷採丱人金。最愁日曆書難旣，龍去烏號涕不禁。

枚卜纔宣三殿麻，深宫遽晏五雲車。翠微色映長陵樹，金粟堆開景帝窆。北去重關遮鳥道，西來一水抱龍沙。白浮村下園官近，未夏雕盤已薦瓜。

頒曆恭紀

閶門開曉日，玉律下雲邊。一紀逢羲馭，千秋卜漢年。靈臺占氣早，上苑得春偏。瑞靄含蓂莢，歡呼雜管絃。三辰傳夏令，萬國戴堯天。欲進昇平頌，慚無白雪篇。

太學釋奠同郭美命行分獻禮畢周覽橋門石鼓歸途成二十韻

上丁遲日麗，咸秩辟雍先。釋奠周官禮，安歌魯國絃。質明期敢後，分獻典宜虔。宿鳥初離樹，殘星尚在天。百夫趨陛戟，萬舞列宮懸。次第陳犧象，從容執豆籩。班居元老次，位近素王偏。十子升堂舊，千春配享焉。循階登降數，薦帛節文全。小大從于邁，東西互折旋。黄流纔灌地，朱燎已生烟。畢奏咸和曲，徐收廣殿筵。更衣辭鷺序，散胙得羊肩。坦步橋門外，偕行獵碣邊。形模度科臼，歲月昧成宣。已免風霜剥，無愁鐘簴遷。四詩雖絓漏，終古自流傳。坐久趖松日，歸來并杏韉。協恭良不易，同調最相憐。好琢燕山石，題名廟學壖。

西勾橋口占

東雉村邊水，西溝橋下流。濯纓人不至，處處浴沙鷗。

裂帛湖上作

水淨一匹練，山圍六扇屏。春風纔幾日，藥甲已先青。

即景

秋風靡靡吹，舟入蘆花裏。相呼隔岸人，聲墮半江水。

逢破瓢道人吴少君

山人愛一瓢，時時負肩背。貽我巨勝花，來自白羊隊。

東魯道上作

汶水又一曲，龜山知幾重。從今冰上渡，應少赤狐蹤。

東朝侍直二首

殿庭香靄接雲平，一道爐函夾陛行。肅肅講臣齊鵠立，金蓮影裏喚先生。

東華疏雨淨雰埃，奪玉階平掃碧苔。猶恐侍臣侵履濕，宣從殿側左邊來。

晚過天寧寺

郭外秋山百里晴，日斜深院晚凉生。十三層塔半扉影，一鳥不來風鐸鳴。

題白雲觀

一言止殺古人難，多少逋臣藉爾安。辛苦捐軀文信國，得歸也擬著黄冠。

夜泊淨業寺

僧樓佛火漾空潭，李廣橋低積水含。一夜朔風喧樹杪，薊門飛雨遍城南。

西山湖上

芍藥闌邊花氣收，鸜鵒谷口斷雲浮。倦游愛説江鄉事，先試西湖一葉舟。

卧佛寺

人傳蘭若春三月，花比青彌陀院多。惆悵芳時來獨後，但聞風葉響桫羅。

碧雲寺

銀牓高懸寶地賒，游人只愛寺前花。不知賈舶徵求盡，舊鬼年年哭潞沙。

秋入香山寺

山半松門度石梁，流泉泱泱響僧廊。置身著色屏風裏，梨葉新紅柿子黄。

洪光寺

石門幾曲轉丹梯，圓殿僧同怖鴿棲。指點游人下山路，酒旗風颭夕陽西。

夜宿鮑家寺

青豆房低結構牢，長松靜夜卷秋濤。分明一枕谿亭雨，睡起不知山月高。

中峰晚望

中官丙舍即花宮，松柏林前梵磬風。試上精廬高處望，樓臺金碧夕陽中。

摩訶菴觀杏花作

摩訶菴外袖吟鞭，繁杏春開十里田。曾與村翁舊相識，看花不費酒家錢。

吳巨手云：元時杏花，齊化門外最繁。東岳廟石臺，群公賦詩張讌，傳爲盛事。葛邏禄易之詩云：「上東門外杏花開，千樹紅雲遶石臺。最憶奎章虞閣老，白頭騎馬看花來。」至明，城東花事衰，郊西漸盛。萬曆後，摩訶菴杏花多至千株。吾鄉朱太傅養淳詩云云。承平之日，翰苑風流，後先一致也。

祕魔厓

祕魔厓仄蘚文斑，千載盧師去不還。遺有澄潭二龍子，日斜歸處雨連山。

嘉禧寺

山墻圍作化人城，榆柳陰濃信客行。始信精盧風日好，秋深猶緑牡丹坪。

江上夜泊

江上扁舟一葉輕，夜深燈火滅還明。枕函未作寒山夢，卧聽潮聲帶雨聲。

梅家蕩櫂歌

梅家蕩口蜆子黄，瓜皮罾船七尺長。剪取東園白頭韭，蛤蜊風味勝横塘。

李廷機 一首

廷機字爾張，晉江人。萬曆癸未賜進士第二，授編修，歷官太子太保，禮部尚書，文淵閣大學士。贈少保，諡文節。有集。

《静志居詩話》：文節清畏人知，奈爲黨論所攻，攅譏疎誚，而君子之守確然。生時以帖括名，詩非專務，《聞蟬》一絶，正自翩翩。

雨霽聞蟬

五雲初霽曙光流，垂柳千條蔭御溝。兩岸新蟬啼不住，隔林遥送漢宫秋。

劉應秋 一首

應秋字士和，吉水人。萬曆癸未賜進士第三，授編修，遷南京國子司業，尋以右春坊右中允管司業事，充日講官，升洗馬，歷諭德，庶子，以國子監祭酒致仕。贈禮部侍郎，諡文節。有《劉大司成集》。

鄒爾瞻云：公詩文雍容舒徐，出入韓、歐間。

《詩話》：文節儒臣，非有言責，而上書請東朝冠昏，劾首輔，彈中樞，可謂古之遺直已。其言有云：「近代論相，多取諸詞林。詞林雍容雅度，一切齷齪猥瑣，曾不關其慮。博而習于故，靜而徹于幾。能以事外之身，策事成敗，則惟詞林勝矣。」寥寥數言，其占地步不淺。詩非所務，無戾雅音。

送林仰晉謫茶陵

夕郎抗疏出金扉，萬里衡陽一雁飛。世路何年遷客少，聖朝今日諫書稀。黄陵雨暗連青草，嶽麓雲深濕翠微。千載汨羅人不見，寂寥心事更誰依。

葉向高四首

向高字進卿，福清人。萬曆癸未進士，選庶吉士。授編修，歷官坊局，南吏部侍郎，召爲禮部尚書，入直東閣，以少傅予告，再召爲少師，兼太子太師，吏部尚書，中極殿大學士。卒，贈太師，謚文忠。有《蒼霞草》。

《詩話》：東林諸子，奉福清爲倫魁。沙汰江河，和調水火，海内服其公忠。歸田之日，藴藉風流，銜左相之窪尊，賭東山之棋墅。詩品在山林、臺閣之間，諸體皆具。

渡江即事

無嗟風土異，已自邈關河。村舍人烟少，旗亭酒幔多。春寒芳草歇，天闊斷鴻過。長路方茲始，微名奈若何。

送林客部南歸

幾年共逐帝京塵，此日那堪别恨新。畫省風流傳諫草，黄扉事業媿絲綸。故園載酒宜清晝，客路聽鶯屬暮春。君到里門應北望，長安猶有未歸人。

出關别江仲魚

心知惆悵對離觴，一望郵亭十里長。自與江郎黯然别，馬頭春草是他鄉。

題趙子昂明妃出塞圖

三千粉黛泣長門，嫁得單于亦主恩。貌取紅顔無限恨，集賢學士宋王孫。

周應賓一首

應賓字嘉甫，鄞縣人。萬曆癸未進士，改庶吉士，除編修，累官禮部尚書，掌詹事，加太子太保。回籍，卒，謚文穆。有《月湖草》。

去婦詞

故人昨日新，新人明日故。同是機中人，何必問縑素。

郭正域三首

正域字美命，江夏人。萬曆癸未進士，改庶吉士，授編修，歷中允，諭德，庶子，遷南京國子監祭酒，入爲詹事，掌翰林院，升禮部右侍郎。卒，謚文毅。有《黄離草》。《詩話》：文毅坐妖書繫獄，九死不悔，可謂骨鯁之臣。其論樂府云：「今人全用擬議，而無變化，令人讀之，如抉陳人口中珠。」殆爲于鱗輩發也。又言：「文章不可學一家，詩必自三百篇、漢魏六朝，下至唐人，皆在胸中筆底，乃稱作家。」蓋有志而未造其詣者。

長安道

長安道，春無花，夏無草。何不歸來山中好。

遣祀景陵恭紀

宣皇陵廟天山裏，王氣葱葱鎖帝梧。只見丹臺餘寶鼎，不聞銀海繞金鳬。千官露爲朝珠隴，五夜雲車下紫都。記得當年巡幸日，道傍駐輦問農夫。宣德十年事。

廬山五老峰

湖中五老峰，去天不盈尺。澗底白雲生，五老頭俱白。

岳元聲 一首

元聲字之初，嘉興人。萬曆癸未進士，除旌德知縣，改大名府教授，轉國子監博士，進監丞，升工部主事，歷員外、郎中，疏論首輔奪情，落職。起南京光禄少卿，轉太常少卿，再轉南太僕卿，遷南兵部右侍郎，進左侍郎。有《潛初子集》。

《詩話》：侍郎立朝，侃侃不阿，里居有不平事，弗避嫌怨，力排衆議，以歸於正。所謂鄉先生沒而可祭於社者。集中韻語罕存，《寄弟》一律，曾以題扇者，蓋本岑嘉州「嬌歌急管雜清絲」之作。《後驂鸞録》暨公集均失載，殆不知者嫌其失粘，而刪去之也。

寄仲弟慶遠守爾律

梅花花信春應早，楊柳柳州種定曾。天邊白雨愁卑濕，瘴後黄茅苦鬱蒸。秋風小鳥供行饌，暗壑修蛇挂古藤。《驂鸞續録》聞初就，可似吴船范致能。

申用懋 一首

用懋字敬中，長洲人。萬曆癸未進士，除刑部主事，改補兵部，歷員外、郎中，遷太僕少卿，再遷南京太常卿，以右副都御史巡撫順天，進尚書。

薊門歸輿

山河百二擁宸居，亭障三千衞直廬。要害直須勤版築，軍屯好在理耰耡。時議開復灤東漕河。東巡直據玄菟塞，北望頻傳白羽書。自愧酬恩猶未得，空留車馬賦歸輿。

姜應麟一首

應麟字子文，慈谿人。萬曆癸未進士，改庶吉士，授戶科給事中，以建言謫廣昌典史，遷餘干知縣，補龍溪，起太僕少卿，贈太常卿。

秋懷

廿年投老此山丘，倚杖閒看水獨流。萬樹秋聲連斷峽，一天涼雨過層樓。因題楓葉開詩卷，爲訪蘆花上釣舟。日静衡門無剝啄，忘機惟得伴沙鷗。

鄒德溥 一首

德溥字汝光，安福人。萬曆癸未進士，改庶吉士，授編修，歷中允、洗馬，卒于家。以講官諭祭。有《雪山草》《匍匐吟》。

雨霽聞蟬

西山一望隔簾櫳，柳暗花明御苑東。斷續蟬聲聽不盡，夕陽人立小亭中。

王萓 一首

萓字季孺，慈溪人。萬曆癸未進士，改庶吉士，授編修。

題青牛出關圖

柱下藏名久，知希未足論。知榮翻守辱，體物必歸根。一望真人氣，應占大道存。若爲關令尹，乞得五千言。

徐應聘 一首

應聘字伯衡，崑山人。萬曆癸未進士，改庶吉士，授檢討，歷太僕少卿。

瀛洲亭對雨

祕閣清宵近，蘭泉曲沼開。宿烟生暮雨，新水長秋苔。地向蓬萊接，波分太液來。憑軒多爽氣，疑在白雲隈。

于若瀛 九首

若瀛字子步，濟寧衛人。萬曆癸未進士，除戶部主事，歷官右僉都御史，巡撫陝西，贈右副都御史。有《弗告堂集》。

葉進卿云：文若詩泠然超詣，不襲世人片語，而情景婉至，無跡象可尋。

王則之云：文若近體，清曠秀倩，出入開元、大曆之間。

焦弱侯云：念東詩，不激而高，不刻而工。雋永藏於温醇，纖穠寓之雅澹。所稱治世之音，非邪？

《詩話》：念東詩格未超，然不屑作軟熟語。

宿唐洞寺

野寺大道旁，短垣倚雲嶠。舍策叩禪關，平蕪恣延眺。瞑色還荒徑，明滅寒原燒。篝燈坐幽室，皎月來相照。未稅塵鞅勞，已窺靜者妙。夜半風鳴條，不減蘇門嘯。

晚投清江浦

淮水呑江浦，孤帆晚復開。樹移沙岸轉，波逆海潮回。人語迎村雜，漁燈拂櫂來。繫舟猶未穩，寒漏已頻催。

高郵湖

高郵初挂席，波起蕩湖村。遠水浮天白，孤城過雨昏。柳條依岸斷，鷗鳥向人翻。破屋稀烟火，滔滔銷客魂。

再過清涼寺

再入清涼寺，高臺覽舊都。金陵猶王氣，石壁自雄圖。密樹依城合，澄江入雨無。六朝人事改，瞻眺獨踟躕。

雨宿潼關

明燈虛館淒清夜，細雨蕭蕭亂客腸。秋入關門悲鼓角，年來驛路老星霜。家臨濟水菰蘆白，壠接南山黍穀黃。千里故園愁阻絶，夢還京國亦他鄉。時寄家京邸。

寄隱閣春興

小閣逶迤近水渠，蕭條不讓野人居。惟將藥裹供多病，不爲花飛憶敝廬。懶散江邊清夢穩，交游天上故人疏。亦知衰晚甘淪棄，世事浮雲任卷舒。

舟中雜興

兩岸山相似，舟移曲不妨。回看京口盡，落照下丹陽。

清泉寺

滿谷西風椒葉稀，穿林片片凍雲飛。荒原車馬應無數，閒殺山僧坐翠微。

金陵春

晴雲曉壓石城孤，江樹江烟淡欲無。南雪未消靈谷寺，東風先緑莫愁湖。

徐學聚 一首

學聚字敬輿，蘭谿人。萬曆癸未進士，除浮梁知縣，調吉水，擢禮科給事中，出爲山東提學副使，歷福建布政使，尋以右僉都御史巡撫福建。卒，贈副都御史。

阮霞嶼云：　敬輿詩文，自出機軸，爲藝林推尚。

《詩話》：弘、正以前，《實録》儲祕舘，薦紳罕得寓目。此祝希哲《九朝野記》，徐昌穀《剪勝紀聞》等書，多齊東野人之語。自華亭在政府，抄有副本，弇州見之，故史料始得其實。敬輿《國朝典彙》一編，亦從《實録》采摭者也。詩亦尚聲格，惜所傳不多。

夜宿日觀峰禪房

岱宗面面削芙蓉，時有卿雲出漢封。杖屨中天干象緯，風烟下界起蛟龍。河流舊繞滄溟遠，練影斜懸紫翠重。夜半石牀天籟發，夢中錯認景陽鐘。

來三聘二首

三聘字任卿，蕭山人。萬曆癸未進士，除黄梅知縣，調合肥，入爲兵部主事，歷官江西右布政使。有《祠部》《南舟》《豫章》《蜀游》《東游》《南華》等稿。

于念東云：任卿詩格律嚴整，而一種恬淡之氣，不減陶家風致。

豫章夜雨

二月餘寒在，高齋聽雨眠。夜愁牽往事，春夢入芳年。才拙官何補，家貧俸未捐。遥憐鏡湖水，重負杏花天。

解悶

春風吹煖百花新，院麴香浮竹葉春。今日酒拚今日醉，一年花老一年人。浩歌聊借鶯爲管，醉卧何妨草作茵。高興未闌天欲暮，攜壺帶月問西鄰。

何出光一首

出光字兆文，扶溝人。萬曆癸未進士，除曲沃知縣，擢貴州道御史，外轉太原知府，京察，謫寧州判官，遷知樂陵、完縣。

次獲鹿簡井陘顧兵憲

孤城萬古控幽燕，喬木殘碑不記年。路入井陘分趙晉，天開畿甸擁山川。土門故傍封龍窟，石邑猶存白鹿泉。西北和戎非上策，使君此地好籌邊。

王時濟一首

時濟字道甫，稷山人。萬曆癸未進士，除户部主事，歷郎中，終衞輝知府。

登高丘

清林人跡稀，我來何所翫。坐看嶺上雲，天風莫吹斷。

虞淳熙一首

淳熙字澹然，錢塘人。萬曆癸未進士，授兵部職方主事，遷主客員外郎，改稽勳郎，罷去。有《德園集》。

錢受之云：長孺少見知於王、李，賦才奇譎，搜抉奇字僻句，務不經人弋獲，以爲絶出。於時賢，頗心折湯若士、屠長卿，自詭以奡兀勝之。雖未免牛鬼蛇神之誚，可謂經奇者也。

景泰窪

合沓衆山轉，鴻溝界危岡。貞松心不移，偃蓋覆神堂。欲蜕龍爲魚，千古以慨慷。土木骨縱横，魂來關塞長。君王奠鼇足，太史筮苞桑。宗廟救淪喪，朱火寒有光。迎駕誼何篤，覆轍戒難忘。豈無延陵心，重爲亡國傷。宫門一以奪，羨門竟迷方。碧瓦易黄屋，蓬顆西山傍。杜宇啼舊痕，織烏集野棠。坤維幸勿絶，一窪得新藏。靈表扶九宫，何必廞陰房。碧血障胡塵，芊芊白草芳。高睇歌大招，涕泗灑衣裳。

朱長春十二首

長春字太復，烏程人。萬曆癸未進士，知尉城、常熟、陽信三縣，入爲刑部主事，削籍。有《太復文集》。

《詩話》：太復頗類孫太初，其宰陽信，狀海濱風土，如「海暗雲連舍，春寒雨近城」，「沙田惟種黍，鹵井不通泉」，「過雨如霑雪，無風自落沙」，「白沙風裏下，黃日霧中生」，「薄祿供囊藥，齋廚費水錢」，頗盡其致。他如「折藕露華白，采菱秋水香」，「悠然西湖曲，坐對南屏山」，「高樹晨光動，空山衆響聞」，「麥花來社燕，小雨破春泥」，「落日餘高柳，空江起暮鐘」，「酒船晴盡出，賽鼓暝猶聞」，「纜外春沙没，燈前獨樹斜」，「蒼藤緣戶結，翠鳥落階飛」，「驛火依沙出，春星傍浦懸」，「孤飛江上鳥，半滅雨中山」，皆秀句也。晚學修真鍊形，蓋不得志而有託。牧齋訕其「登梯累十重，學翀舉，而墮地幾殞。」殆未必然。

秋日詠懷

白雲自西來，經風忽從東。鳴鳩化蒼鷹，世變安有窮。昔種蕙蘭花，將以遺所同。一人懷一心，兩心故難終。鶺鴒熙春陽，蟪蛄吟秋風。萬類各有時，吾其守愚庸。

出三江口南下

日出漾清渚，三江帆正開。白憐茅步山名。過，青見苧蘿村名。來。海氣如秋雨，春潮似薄雷。空餘好山水，已是越中回。

赴歷下塗中作

白日散原霧，秋光照井閭。海田秋歲早，寒木落風初。天地身長滯，風塵役未除。病夫心尚壯，不敢憶鱸魚。

舜廟

玉座垂衣古，秋風謁帝祠。蒼梧狩不反，黄屋儼如斯。石鎖青苔井，松巢白鶴枝。歷山千古淚，泉響至今悲。

發縣次日過鹽山

宿雪古原清，川陵動客情。啼烏非昨日，嘶馬復空城。世路勞爲役，生涯恥薄名。十年一墨綬，暫解也身輕。

六月復病寄弟

白霧連春瘴，長風起夏寒。三年幾死客，每病欲休官。短髪催初服，空牀媿素餐。行藏日夜淚，謀及室人難。

再贈伯念

茂陵多病日，詩句轉清新。麗藻看時輩，窮愁近古人。蓴絲吴苑暮，蘭草楚江春。珍重淩雲賦，君王問侍臣。

對月

千乘城西百尺臺，九河沙曲斷潮回。邊隅落日風常慘，海口初春霧未開。南國漸遥空夢斷，北人雖近少書來。自然對月淚堪下，何況啼烏聲更催。

對雪

狂風吹雪海荒荒，遊子將歸尚卧牀。二月天邊未花草，三年寒色故衣裳。即看慘澹迷虚牖，轉復霏微壓短牆。寄語東皇休更妒，暫開春暖放還鄉。

移家

翠竹新栽映白沙，碧湖深處此吾家。欲逃城市移居遠，頗有山林發興賖。野鳥乍過窺几席，鄰人相見饋魚鰕。蓬蒿不比揚雄宅，翻喜門無載酒車。

端午

菖菹艾葉泛杯香，午酌曾軒對雨涼。野水茅籬三徑竹，貧家風俗五絲囊。轉因卧病朝參懶，不是逃名隱興長。長憶九華明月扇，漢廷此日賜諸郎。

入山

山深石色古，洞草無行迹。何處有人家？朝烟澗西白。

茅國縉 一首

國縉字薦卿，歸安人。萬曆癸未進士，除章丘知縣，入爲廣東道御史，謫知淅川，遷南工部主事，歷郎中。有《菽園詩草》。

過白門酬拙之贈别

孤帆渺渺指江汀，飛盡楊花柳尚青。此去不堪頻北望，愁邊風雨滿新亭。

莊履朋 一首

履朋字中益，晉江人。萬曆癸未進士，官戶部主事。

别林尉

桑梓勤吾念，憑君破寂寥。自今花下吏，日折道傍腰。象郡風烟隔，龍城瘴氣消。行春聊佐令，亦足採歌謠。

張壽朋三首

壽朋字冲龢，號西江，南城人。萬曆癸未進士，除刑部主事，謫泰安州同知，終廬州府通判。有《深息窩集》。

狂歌

夷門老侯生，刎頸送公子。此義豈不高，感人安用死。毛薛亦風流，諷言何婉美。信陵賴相成，歸國見終始。身隱世隨棄，無復關人理。悲哉豪俠流，大道所不齒。

西湖憩胡氏亭

中庭遥相望，斗室更臨水。云有賣藥人，十年身已死。柴扉苦長扃，我到爲之啓。鳥跡半幽牕，蛛絲横斷几。花殘没階前，竹亂生屋裏。村婦持帚來，掃除亦堪喜。破箬補荻簾，新火燒楓子。可以坐老狂，開尊炙枯鯉。夕陽何處歸，大醉且閒止。

翠屏房

江漁釣罷無市，野寺殘僧似村。鉏圃須留行路，愛山莫掩柴門。

湯顯祖九首

顯祖字義仍，臨川人。萬曆癸未進士，除南太常博士，遷南禮部主事，謫徐聞典史，量移知遂昌縣。有《玉茗堂集》。

錢受之云：自王、李之興，霧雰充塞，義仍穿穴其間，力爲解駁，變而之香山、眉山，自言「詩三變而力窮」。其通懷嗜學，不自以爲能事如此。

《詩話》：義仍填詞，妙絶一時。語雖斬新，源實出於關、馬、鄭、白。其《牡丹亭》曲本，尤極清摯。人或勸之講學，笑答曰：「諸公所講者性，僕所言者情也。」世或相傳云「刺曇陽子而作」，然太倉相君，寔先令家樂演之，且云：「吾老年人，近頗爲此曲惆悵。」假令人言可信，相君雖盛德有容，必不反演之於家也。當日婁江女子俞二孃，酷嗜其詞，斷腸而死。故義仍作詩哀之云：「畫燭搖金閣，真珠泣繡牕。如何傷此曲，偏只在婁江。」又《七夕答友》詩云：「玉茗堂開春翠屏，新詞傳唱牡丹亭。傷心拍遍無人會，自掐檀痕教小伶。」其後又續成《紫簫》殘本，身後爲仲子開遠焚棄。詩終牽率，非其所長。

宿浴日亭因出小浪望海

爲郎傍星紀，江湖常久居。倏忽過南海，片帆挂扶胥。隱隱岸門青，杳杳天池虚。培塿澹淩歷，氣脈流紆徐。潮回小洲渚，龍鱗勒溝渠。於中藏小舟，其外懸日車。雲影蒼梧來，咸池相卷舒。孟冬猶星河，淡月沾人裾。陰陽盪揮霍，精色隱踟躕。濯足章丘餘，沐髮扶桑初。濤輝臨侑盤，若木鮮芙蕖。西顧連崦嵫，東眺極扶餘。小浪亦莞爾，大波始愁予。嶼船自吞吐，樓櫓成烟墟。飛金出熒火，明珠落鯨魚。吾生非賈胡，萬里握靈糈。晻靄羅浮外，傳聞仙所廬。玉樹如冬青，瑶芝若栟櫚。陽烏不日浴，晝夜更扶輿。丹穴亦不炎，好風常相嘘。白水月之津，一飲饑渴除。徐問汝仙尉，去此將焉如。

達奚司空立南海王廟門外

司空暹羅人，面手黑如漆。華風一來覲，登觀稍游逸。戲向扶胥口，樹兩波羅密。欲表身後奇，願此得成實。樹畢顧歸舟，冥然忽相失。虎門亦不遠，決撇去何疾。身家隔胡漢，孤生長此畢。猶復盼舟影，左手翳西日。嗔匈帶中裂，嘲嚨氣噴溢。立死不肯僵，目如望家室。塑手一何似，光景時時出。墟人遞香火，陰風吹崒嵂。上有南海王，長此波臣秩。幽情自相附，遊魂知幾驛。至今波羅樹，依依兩蒙密。波聲林影外，簷廊暝蕭瑟。

麗水風雨下船棘口有懷

石城雙水門，落日遠江介。春潮風雨飛，暮寒洲渚帶。流雲蒼翠裏，緒風簫鼓外。分披悟曾裂，合沓迷新屆。宿霧緬餘丘，生洲隱遙派。地脈有虧成，物色故明昧。曲折神易傷，幽清境難會。江花莞流放，岸草悽行邁。不見林中人，自撫孤琴對。

送楊安入太原軍

星使三河外，春王二月初。風雲臨上黨，花鳥入昭餘。關近笳聲急，川遥騎影虚。世途君自見，長嘯欲何如。

偶成

雁影金河盡，梅花玉管催。江南望春色，獨上鳳皇臺。

浪石灘

雨濕湞陽暮，風鳴浪石寒。鸕鷀飛不起，横過釣絲灘。

恩平中火

海氣層雲盡，山烟遠燒浮。孤臣隨早晚，一飯是恩州。

覲回宿龍潭

是歲春連雪，烟花思不堪。雨中雙燕子，今夕是江南。

臨江樓聞越舸且别悵然

亂帆秋影半江樓，燕語滄凉傍客舟。便去揚州且明日，故鄉今夜有人留。

姚思仁 一首

思仁字善長，秀水人。萬曆癸未進士，除行人，選江西道御史，巡按山東、河南，升通政司參議，大理少卿，應天府尹，入爲通政使，轉工部右侍郎，歷尚書，太子太傅。有《葇竹堂遺稿》。

《詩話》：肅皇帝信薊州人李昇、嵩縣人刁騰之言，分遣中貴崔閔、主事沈應乾、千戸仝爵、李鋐，至其地相視銀礦。是時遼東衞軍姜賢，亦奏開蓋州、歸州之礦，遂以賢爲礦長。至萬曆間，陳開礦之利者紛紛，於是中貴四出，海内騷然。姚公爲巡按，仿鄭俠《流民圖》，撰《開采圖説》進呈，力請罷役，不聽。既而開礦者爭相仇殺，群盜蜂起：畿甸則齊本數、李庸、史籍、周言、張世才、石賓，河南則張住、朱世安、趙仲保、藺一枝、王西安，山西則張守清、郭貴三、張盡忠、許廷珍，寧夏則楊戩。本欲利國，而國幾危矣。公嘗注律，以律文簡而易晦，乃用小字釋其下。本朝頒行《大清律》，實依公所注本也。公居鄉，孳孳爲善，年九十一考終。余幼時猶及見之。

嘉祥曾子祠

新祠結構澗之阿，問俗年來向此過。大勇萬人吾往矣，傳心一貫道靡他。狸回殘夢遺琴失，瓜種先疇舊跡訛。自是聖朝崇典祀，每聞金石奏安歌。

盛萬年 一首

萬年字恭伯，秀水人。萬曆癸未進士，除刑部主事，歷工部郎中，出爲福建按察副使，歷廣東、貴州、江西按察使，遷雲南布政使，未任，卒。有《拙政編》，附詩。

《詩話》：盛公浮湛藩屏，敭歷有年。當其司臬羊城，值倭人入寇，躬擐介胄，乘城擊破之於錦囊所。嘗以一人攝五監司事，案無留牘。其《還家》詩云：「三黜已甘投嶺外，一帆今喜到江鄉。」所居梅湖，饒有魚稻之利，築場納稼，專以寶嗇訓子孫，先疇至今未改云。

右江謡

昭江灩灩連邕管，千厓赭碧清霜滿。竹雞格格啼榕林，修蛇毒霧愁浸淫。鳥言卉服繡項渠，荒茅叢箐山頭居。時平莫負篾簩弩，夜雨叢祠賽銅鼓。

殷都 一首

都字無美，蘇州嘉定人。萬曆癸未進士，除仁陵知州，入爲兵部員外，歷郎中，調南刑部，京察，去官。

離竇園

蘭生在深谷，寧畏惡草滋。受性偶不同，托根從所宜。夙齡負耿介，中路遭嶮巇，棄置纓與綏，歸來尋故蹊。南山荒豆田，東陵没瓜畦。躑躅不自得，爲園且栖遲。上有蘐草堂，下有春草池。光風旦夕至，引觴以爲怡。蘭者自爲蘭，竇者自爲竇。達觀詎離俗，全生甘息機。寄言謝人徒，殊調勿見疑。

《詩話》：無美藉甚詩名，而遺集罕傳。《離竇園》一篇，爲王元美作也。園在州治鸜哥橋東，有山有池。亭曰壺隱、曰晞髮；軒曰鶡適；室曰碧浪、曰小憩；後池曰芙蓉沼。元美嘗自爲作記。

明詩綜卷五十五

小長蘆　朱彝尊　録
胥浦　姚弘緒　緝評

黄居中一首

居中字明立，晉江人。萬曆乙酉舉人，自上海教諭，遷南京國子監丞。有《千頃齋集》。

錢受之云：明立專勤學古，得異書必手自繕寫。僑居金陵，年八十餘，猶篝燈誦讀，達旦不勌。古稱老而好學，斯無愧焉。

《静志居詩話》：監丞鋭意藏書，手自抄撮，仲子虞稷繼之。歲增月益，太倉之米五升，文館之燭一挺，曉夜孜孜，不廢讎勘，著録凡八萬冊。墳土未乾，皆歸他人插架。深可惋惜也。

寄兒

愛子遥相送，臨岐轉憶家。囊空嗟久客，歲晏又天涯。鬢逐風塵短，心驚道路賒。離情兼旅思，一倍惜年華。

曾仕鑑一首

仕鑑字人倩，南海人。萬曆乙酉舉人，歷官户部主事。有《慶曆》《公車》二集。

游羅浮

石室春同入，龍宫夜不眠。青天雙瀑下，明月二樓懸。羽蓋悲陳迹，金書憶昔年。相攜采芝叟，勸酒鐵橋邊。

吴大缵 一首

大缵字于孝，義烏人。萬曆乙酉，以官生中順天鄉試。

齋居感興

蒼虬九重淵，玄豹七日霧。欲以媚幽姿，非爲傲睨故。驛請疲風塵，夙夜謂多露。廣游可成名，無乃喪真素。

陳邦訓 一首

邦訓字彝父，鄞縣人。萬曆乙酉中順天鄉試，被黜，後署海鹽儒學教諭，官至漳州通判。有《玄感軒集》。

閣上

雲合沙頭樹，人歸浦口烟。空山喧宿鳥，小閣俯長川。衣短宜殘暑，歌長入遠天。南風吹几席，不飲亦陶然。

唐文獻五首

唐公字元徵，松江華亭人。萬曆丙戌賜進士第一，授翰林修撰，歷中允，諭德，左右庶子，掌詹事，升禮部侍郎，翰林院學士，教習庶吉士。卒，贈尚書，加太子少保，謚文恪。有《占星堂集》。

《詩話》：郭文毅坐妖書被逮，人莫敢前，文恪周旋患難，不避危機，當時稱爲長者。其治家整肅，嘗患江南子弟無家法，貽書告誡二子。長諱允恭，字欽甫，即彝尊之外祖也。仕兩浙鹽運司副，遷石屏知州。家藏殿試策，神宗御題卷面，瘦硬通神。曾捧觀于占星堂上。占星堂者，文恪未第日，人或見奎宿于堂，於是徐奉化獻忠作記，孫漢陽克弘以八分書于門屏。亂離尚存，今已易主矣。

長安春日感懷

已覺吾衰久，行藏未自由。江鄉千里思，夢醒五更愁。鳥自吟清晝，花應笑白頭。初衣頻取拭，肯負竹林游。

丁酉秋得請賜告

天意容棲遁，烟霞入夢長。淺才羞竊禄，漸老學休糧。戢羽歸愚谷，看人角智囊。單車明日遠，相似雁隨陽。

寄施起東丈爲溧陽司訓

舊是文章伯，居然弟子師。絳紗傳舊業，緑綬綰明時。君有施讎易，吾慚唐勒詞。空懷問奇意，未敢問前期。

登北固曉望

清晨凌曲磴，一望攬雄圖。天塹仍連楚，雲帆半入吳。遠山籠日氣，古寺隔烟蕪。自覺登臨迥，渾忘旅思孤。

夜泊呂城

何處汀洲晚，停橈信楫師。雨餘霞散綺，風靜柳垂絲。野寺鐘聲後，夜潮人語時。勞勞游子意，隴笛不堪吹。

楊道賓二首

道賓字惟彥，晉江人。萬曆丙戌賜進士第二，授編修，累官禮部左侍郎，兼翰林院學士。贈尚書，謚文恪。有集。

何稚孝云：公詩優柔悦懌，而出之以鏗然之韻。

梧江即事

春水萬山低，江城宿霧迷。征帆天上下，去路粵東西。荒逕餘亭障，樓船急鼓鼙。客心驚寂寞，况復夜猿啼。

别徐尉之任廣昌

遺愛苕溪上，新綸楚水邊。人疑徐孺子，尉即漢神仙。柳色憐分袂，春風動別筵。當官三事在，慎勿負先賢。

薛三才 一首

三才字中孺，鄞縣人。萬曆丙戌進士，改庶吉士，授兵科給事中，累官兵部尚書。贈太子太保，謚恭敏。有集。

春暮花圃即事

退食閒亭自委蛇，憑軒忽漫問花期。韶光已過九十日，闌藥纔舒三兩枝。乍和酒香風細細，長留春色景遲遲。看來最是牽情處，嫋娜晴絲百尺垂。

黄汝良 一首

汝良字明起，晉江人。萬曆丙戌進士，改庶吉士，授編修，歷官太子太傅，禮部尚書，掌詹事府事。有《河干集》。

登樓作

一卧滄江十二秋，今辰獨上望京樓。邊城幾處臨風嘯，關塞何人裂土侯。萬里難傳青海信，千峰不散白雲愁。孤臣有淚向誰灑，敢道歸田便得休。

何喬遠 一首

喬遠字稚孝，晉江人。萬曆丙戌進士，除刑部主事，改禮部，歷員外、郎中，謫廣西布政司經歷，起光禄少卿，遷太僕少卿，轉左通政，歷光禄卿通政使，升户部侍郎。有《鏡山何氏前、後集》。

湘南雜興

桂林秋色滿清湘，天畔登臺百粵長。南入交州多薏苡，東來海國有扶桑。雲浮衡嶽窺三楚，風馭羅浮限五羊。鴻雁稻粱無信息，不知何地望江鄉。

全天敘 一首

天敘字伯典，鄞縣人。萬曆丙戌進士，改庶吉士，授編修，歷官侍讀學士，天啓初追贈禮部右侍郎。有《鐵菴集》。

曉望

巖壑開新霽，秋容倍可憐。雲中聞水碓，竹裏出廚烟。捷鼠穿松徑，飢烏啄芋田。閔農知感激，瘠土幸豐年。

袁宗道 二首

宗道字伯修，公安人。萬曆丙戌進士，改庶吉士，授編修，歷中允，洗馬，庶子，贈禮部右侍郎。有《白蘇齋集》。

錢受之云：伯修才不逮二仲，而公安一派，實自伯修發之。

《詩話》：嘉靖七子之派，徐文長欲以李長吉體變之，不能也。湯義仍欲以尤、蕭、范、陸體變之，亦不能也。王百穀、王承父、屠長卿雖迭有違言，然寡不敵衆。自袁伯修出，服習香山、眉山之結撰，首以「白、蘇」名齋，既導其源。中郎、小修繼之，益揚其波，由是公安流派盛行。然白、蘇各有神采，顧乃頹波自放，舍其高潔，專尚鄙俚。鍾、譚從而再變，梟音鴃舌，風雅蕩然，泗鼎將沉，魑魅齊見。言作俑者，孰謂非伯修也邪！

攜尊江上

郭外同君去，清尊對水涯。寒潮鳴草徑，積雪晃平沙。小艇乘流急，人家逐岸斜。流連歸路晚，高柳亂啼鴉。

兩岸芙蓉

南垞與北垞，岸遠渺難即。此處好行舟，面面芙蓉色。

吴應賓二首

應賓字尚之，又字客卿，桐城人。萬曆丙戌進士，改庶吉士，授編修，天啓初以理學召，不赴，加左春坊，右諭德，兼翰林侍讀。門人私謚宗一先生。有《學易齋集》。

感興

雨氣澹將夕，木末明殘霞。流芳惜餘姿，宛轉歸泥沙。物化一以遷，歡樂爲咨嗟。根株既不定，無乃空中華。渺然念獨往，浩蕩隨無涯。

題張洪陽閒雲館

賦就張平子，飄然獨草亭。回環一水緑，高下萬山青。避世曾金馬，焚香對石屏。祇疑雲霧窟，長護

《太玄經》。

丁元薦一首

元薦字長孺，長興人。萬曆丙戌進士，除中書舍人，歷尚寶少卿。有《尊拙堂集》。

馬君常云：先生立朝未淹，期月痛哭，言天下事，皆關繫國是，維持清議，遺文幸在，風範儼然。匪汎同風雲月露之什也。

《詩話》：慎所仕無言責，而彊直自隨，屢折不回。劉啓東目爲名臣第一，高景逸亦謂正氣足以千古。蓋東林諸公，推許若是。其作《五君詠》，於許孟中云：「夫子多苦心，河津有正路。」於沈純父云：「之子排天門，隻手驅豐隆。」雖以贈友，君子以爲自道也。

秋日廣寧圍急有懷仲父

仲父參戎幕，遥聞羽檄飛。官貧生事拙，將弱壯心違。客夢關雲杳，家書塞雁稀。曰歸腸欲斷，何計突重圍。

劉黄裳 一首

黄裳字玄子，光州人。萬曆丙戌進士，除刑部主事，歷兵部郎中。有《藏徵館集》。

題小李將軍畫

畫山何得用金碧，小李將軍創其蹟。近來僅數仇十洲，筆法雖工損氣格。當年傳說文皇時，陰山之旁陳六師。連峰疊嶂出大漠，金碧照面光參差。馬上大叫龍顔喜，世間山色無如此。天開圖畫北海間，小李將軍筆法是。乃知將軍之畫有所傳，即如此幅何工妍？璚樓翠閣空中懸，緑松片片龍鱗然。將軍逝後八百年，猶有生氣飛紫烟。堂中風吹山欲動，耳邊飛瀑鳴濺濺。樓中之仙身似鶴，珊瑚鈎卷明珠箔。蓬島能移席上開，雲霞攬取尊前落。鄭生才高類此峰，相邀把酒弄山松。披襟若坐翠山裏，海上群仙爾定逢。

周獻臣 一首

獻臣字窽六，臨川人。萬曆丙戌進士，除太康知縣，改許州學正，遷國子監博士，升南京刑部主事，京察謫福建布政司檢校，轉龍安府推官。有《鶯林外編》。

道路憶家園

謝豹啼殘麥燕飛，山花伴客送春歸。家園此日無人賞，社雨冥濛掩竹扉。

王士昌五首

士昌字永叔，臨海人。萬曆丙戌進士，歷官右僉都御史，巡撫福建。有《投荒草》。

出都

八口家同在，提攜出國門。艱危心未剖，慷慨舌猶存。戀闕原臣志，投荒亦主恩。長沙憐謫所，不敢賦《招魂》。

三義廟

遺像丹青蝕，英名過客聞。中原曾百戰，大業竟三分。旗影搖山月，爐烟結水雲。恰逢村社近，盲鼓說遺文。

武陵縣

武陵城北道，十里接平疇。沙際餘寒歛，湖陰積氣浮。叢篁編作戶，獨木刳爲舟。指點仙源近，清溪分外幽。

黔中雜詠

南服天垂盡，銅標向此分。洞中龐吠日，天半犢耕雲。蠻語逢人譯，夷歌到處聞。干戈新戰後，殘照幾家村。

分宜道中

野菊花黃楓葉丹，衝寒日日據征鞍。擔囊行旅休相訝，蠻尉於今屬漢官。

李啓美 一首

啓美字成甫，一字念方，豐城人。萬曆丙戌進士，改庶吉士，授檢討。有《李太史集》。

吳曾甫云：誦念方詩，如野寺孤鐘，令人塵襟頓滌。

送王則之假歸

千里一相送，郊雲黯不飛。潼關何處是，孤雁獨西歸。柳暗秦川失，天高隴樹微。如何向岐路，春草正芳菲。

黄承玄 一首

承玄字履常，秀水人。萬曆丙戌進士，除工部主事，歷員外、郎中，出爲湖廣參政，調山東，再補江西，進按察使，遷河南、陝西左右布政使，升應天府尹，以右副都御史巡撫福建，贈工部左侍郎。有《盟鷗堂集》。

江上送陸伯生東歸

瓜步洲前歸思濃，金焦忽送五更鐘。一帆羨爾乘潮去，數遍吳山到五茸。

王嘉謨五首

嘉謨字伯俞，直隸豹韜衛人。萬曆丙戌進士，除行人，選禮科給事中，官至按察使。《畿輔詩存》作布政使。有《薊丘集》。

《詩話》：伯俞五言，頗熟選理，第北人用韻，恒以入聲雜上、去讀，故不多存。

述懷

脈脈泉初生，粼粼冰始泮。嘯歌念古人，俯仰成愁歎。貴賤本無方，乘時若有判。草木滿中唐，旨鷊巢其岸。本欲慕崇高，迺爲耳目翫。

螻兜橋

淵淵溪水中，青蒲葉靡靡。翳然林木間，幽懷信予美。細藻晊潛鱗，山梁雊文雉。尋幽復遠涉，濟勝良堪喜。夕陽忽西流，平湖澹烟起。慷慨賦新詩，行歌出山市。

西勾橋

微風何澹澹，宿雨隨人飛。遙望石梁前，楊柳蔭重圍。淵罊寂無聲，獨行向霏微。寒芳自可藉，寄賞幸不違。徙倚豐林間，坦步徐言歸。

盤山法藏寺

折坂殿懸厓，悠然縱鞍韁。緜緜谷口雲，飄墮白如練。峰巒忽相冒，奇石還驚眩。大者數十尋，小或等冠弁。峰巔有嵌宇，歷歷皆可見。永懷僧棲樂，倍覺塵情倦。稀逢采芝侶，獨立幾回盼。

雙峰寺

遠眺翠微近，雲木澹清姿。石華浮半空，飛泉激流澌。其陽饒怪石，小大紛參差。萬嶺鬱相錯，孤雲停不移。中峰構翠龕，一一能仁祠。山僧衣蘿薜，雜以松蘚皮。導我磨蒼崖，覽古生遐思。

沈瓚三首

瓚字孝通，一字子勺，吴江人。萬曆丙戌進士，除南京刑部主事，歷郎中，出爲江西按察僉事，告歸，起補廣東僉事。有《靜暉堂集》。

李伯遠云：子勺詩格蒼以古，致沖以遠，高者何減魏晉？次亦不失爲陳射洪。

《詩話》：子勺兄璟，妙解音律，撰《南曲譜》，鄉里目爲詞隱先生。居家未嘗廢絲竹，有子恒失學，子勺去官，身爲塾師，教其兄子。一門之内，一選伎徵聲，一尋章索句。論者比之顧東橋兄弟云。

游元陽洞

朝雲漸歸山，松風晝淒緊。重巒散晴暉，皎日麗阡畛。矚嶺目俱遙，循巖步方窘。一山别作阿，亂石聚成囷。徑穿斧斤餘，崖覆松蘿盡。危磴曲緣澗，近坡平中準。洞啓石谽谺，風高樹凌踣。僧舍密綴蜂，樵柯露棲隼。居人茂花竹，過客甘蔬筍。回思廿載前，此地名跡泯。七日鑿混沌，一朝見玄牝。境闢地孕靈，氣開人示朕。幽夢屢相關，孤筇自兹引。爲誦郗生言，無貽謝公哂。

山中雨行夜宿民家

好鳥知農候，嚶嚶灌木間。荒村無堠館，樵斧出柴關。雨暗車前路，雲埋屋後山。虛疑檐溜急，溪水夜潺潺。

立秋日送行

石頭城下路，三面是長江。此地新秋色，映君江上艭。凉風動衣袂，飛雨灑船牕。無事嗟行役，臨流倒玉缸。

潘大復二首

大復字徵復，烏程人。尚書季馴子。萬曆丙戌進士，工部郎中。有《昆山堂詩草》。

同朱文寧庶常觀海

烟波杳無極，縱目喜同君。雲外千峰出，潮平各浦分。競探蝴蝶窟，驚起鷺鷥群。浮白宜玆地。蕭蕭日就曛。

江行阻風得來字

孤舟泊風雨，日夜聽喧豗。石燕排空至，江豚鼓浪來。人家少烟火，田畝半蒿萊。愁緒那堪破，呼童發舊醅。

袁黄三首

黄字坤儀，嘉善人。萬曆丙戌進士，除寶坻知縣，遷兵部主事。有《兩行堂集》。

《詩話》：職方導人，持功過格，鄉里稱爲愿人。其説實本愛禮先生劉駟，加發揮焉。然順親友兄弟，皆自居以爲功，終於心有未安。君子之學，無伐善可矣。

送陸五臺之任

移舟一送君，離别在今夕。耿耿秋夜長，不寐成遠憶。豈無黄金罍，可以滌胸臆。我心匪白雲，卷舒焉有迹。彈冠武水濱，坐久暮山碧。

卜居

結廬菰蒲中，柴門映碧水。蒹葭何蒼蒼，兩岸秋風起。

潯江夜泊

潯陽江上鷓鴣啼，茅屋青燈隔水西。獨坐孤篷傷往事，寒鴉飛盡楚天低。

徐熥十九首

熥字惟和，閩縣人。萬曆戊子舉人。有《幔亭集》。

張幼于云：惟和調匪偏長，體必兼善。力追古則盡滌時趨。

謝在杭云：徐惟和才情聲調，足以伯仲高季迪。所微憾者，古體稍不及爾。

錢受之云：惟和詩爲張幼于、王百穀所推許，屠長卿序之。

《詩話》：惟和力以唐人爲圭臬，七絶原本王江寧，聲諧調暢，情至之語，誦之蕩氣回腸。

送人游吴楚

津亭烟柳緑垂絲，萬里關山匹馬遲。去國正當秋盡後，登樓多在日斜時。楚江草長悲鸚鵡，吳苑花深走鹿麋。話别何須共惆悵，秋風摇落是歸期。

旅次石頭岸

石頭城下水微茫，回首鄉關驛路長。瓜步烟波連斷靄，秦淮雲樹隔斜陽。秋高落木迷村舍，夜静寒潮到女墻。客裏愁心已如此，一聞南雁更凄凉。

金陵故宫

先朝遺殿閉塵埃，零落空勞過客哀。五夜銅壺乾罷滴，六宫金鎖澀難開。翠華去後全無影，羅綺焚餘尚有灰。弓劍盡埋烟雨冷，椒房一半上蒼苔。

金陵懷古

白門京闕舊山川，朱雀烏衣夕照邊。百代荒陵崩夜雨，六朝遺殿鎖秋烟。臙脂歲久銷宫井，苔蘚春深繡御筵。往事淒涼無限淚，傷心最是建文年。

閩王審知墓下作

玉輦何年去不回，霸圖千古總成灰。秋深兔穴依寒壟，歲久魚燈暗夜臺。故國關河甌越在，遺民蘋藻鼎湖哀。蓮花峰下黄昏月，猶見三郎白馬來。

送邵武李太守擢憲滇南

昆明池水靜無波，擁傳新從僰道過。開府定能寬漢法，采詩曾不廢蠻歌。趁墟滇客龍名市，納款蠻王象渡河。他日勒功留片碣，點蒼如黛石嵯峨。

送王玉生

作客生涯薄，依人去住難。春光無限好，空向異鄉看。

客中寒食

去歲燕山道，今朝劍水濱。如何兩寒食，俱作異鄉人。

漂母祠

落落千金報，悠悠國士心。從今慚漂母，不敢過淮陰。

彭城懷古

雲龍山下鳥爭啼，戲馬臺前日欲西。莫謂楚宮今寂寞，王孫芳草正萋萋。

客中贈别

吳姬把酒唱離歌，一片愁心奈别何。莫怪相看頻下淚，江南春色已無多。

丹陽遇陳十八

丹陽渡口遇同鄉，欲語匆匆怨夕陽。君返江南我江北，雲山千疊斷人腸。

郵亭殘花

征途微雨動春寒，片片飛花馬上殘。試問亭前來往客，幾人花在故園看。

酒店逢李大

偶向新豐市裏過，故人尊酒共悲歌。十年别淚知多少，不道相逢淚更多。

元夕懷李伯賢

往事傷心倍可憐，故人今夜渺雲天。燈光月色鞦韆影，已隔春風二十年。

送李子行太守謫茶陵

一官何事又投荒，楚峽猿聲幾斷腸。正是長沙遷謫地，不堪夜雨渡瀟湘。

芋江驛樓送張四之白下

春風吹柳萬條斜，此去金陵驛路賒。不必相思當後夜，片帆開處即天涯。

交河道中

黄沙漠漠馬驂驔，北地春光久自諳。不用褰帷縱游目，斷無山色似江南。

村中晚步

青山回合抱清溪，村徑陰陰鳥自啼。落盡疏林秋色晚，水流楓葉過橋西。

張文柱二首

文柱字仲立，崑山人。士瀹子。萬曆戊子舉人，臨清知州。

朱秉器云：仲立詩清逸，然多羈栖咨歎之語。

孫齊之云：仲立才高燦發，託意幽玄。正如冰壺秋月，本宜著烟霞外，迺強使適俗，故少年即有憂生之嗟。

塞下曲

有雁逐歸心，無書返上林。天山風不斷，秋早雪花深。白草分秦甸，清笳雜漢音。將軍誇戰馬，價重一千金。

惜别

惜别復惜别，殘更爲爾遥。青楓薄命葉，黄柳斷腸條。天迥遲寒雁，江空急暮潮。秣陵烟雨際，留得鬢蕭蕭。

李鼎 一首

鼎字長卿，新建人。萬曆戊子順天舉人。有《李長卿集》。

寄題故園

三徑荒蕪久，頻來入夢思。空傳竹醉日，不見柳眠時。石室藏雲滿，山花帶露滋。到家開北牖，觸目是新詩。

焦竑二首

竑字弱侯，上元人。萬曆己丑賜進士第一，授翰林修撰，謫福寧州同知。追謚文憲。有《澹園集》。

《詩話》：修撰晚掇巍科，仕雖不達，公望歸之。亳州李文友仁卿詩云：「文章南國多門下，翰墨西園集上才。」蓋實録也。詩特寄興，若儲書之富，幾勝中簿，多手自抄撮。惜近年俱散佚矣。

西園

林皋颯欲秋，閒園自成步。駕言城郭遊，翻愜滄洲趣。臨深杳難即，躋險倏可度。危藤緣澗上，遠岫當牕露。崖壑既盤紆，竹木亦交互。怪石森餘株，清川貫中路。微雨逗涼颸，煩暑漸以去。同人自相將，杯酒豁情愫。棲遲少日懷，緬邈平生故。流光豈不遒，延賞未云暮。詠歸各怡然，撫景謝良晤。

絶句

花明月淡海天秋，三十六重烟雨樓。數載欲歸歸未得，看君先上木蘭舟。

吳道南 一首

道南字會甫，崇仁人。萬曆己丑賜進士第二，授編修，歷中允，諭德，少詹事，兼侍讀學士，遷禮部右侍郎，以憂去，召拜禮部尚書，兼東閣大學士，進太子太保，戶部尚書，兼文淵閣大學士。贈少保，謚文恪。有《曙谷集》。

《詩話》：古之國史，恒以本朝之人，述當代之事，故文獻足徵。出於一家者無論已，光武注紀，定於永平；武德、貞觀國史，成於顯慶；宋則兩朝、三朝、五朝、七朝、四朝，先後撰述。榻前論議，斯時政有紀。柱下見聞，斯起居有注。類而次之，謂之「日曆」，修而成之，謂之「實録」。然後一代之典備焉。明則第有《實録》《寶訓》而已。建文革除，景泰附録，何以成一代之典章？善夫吳文恪之言曰：「曾南面者，當知史不可滅之義；曾北面者，當思名必先正之文。」是兩朝帝紀，不可不特書也。萬曆甲午，允大學士陳文憲公之請，詔工部葺史舘，禮部自尚書下同詹事、春坊、司經局、翰林諸臣，分門受事，先太傅文恪公領修《孝宗大紀》，而吳文恪公領修《河渠志》，今載集中。惜文憲公逝，不獲竟其事。今其條目，志之類二十有二，傳之類二十有六，讀吳公正史議，其大略猶可觀也。然如中官之驕横，土司之順逆，顧獨遺之，何與？因録吳公詩，附識於此。

送朱養淳太史典試江右

紫陌新軺夾道看，詞臣分命出金鑾。片帆左蠡乘新漲，一榻秋屏對早寒。南國文裁運斤手，西江派重采詩官。何當更問閭閻苦，歸與君王策治安。

陶望齡六首

望齡字周望，會稽人。萬曆己丑賜進士第三，授翰林編修，歷中允，諭德，遷國子祭酒。卒，謚文簡。有《水天閣》《歇菴》二集。

黄貞父云：陶子詩爲韋、爲柳，間似長吉。

《詩話》：周望早年詩格清越，超超似神仙中人。中歲講學逃禪，兼惑公安之論，遂變爲芸夫蕘豎面目，白沙在泥，與之俱黑，良可惜也。

旅次憶越中舊居

宴坐雲歸後，開尊月上初。春衫裁越布，晚食飽溪魚。白鶴仙人箭，玄夷使者書。故鄉真可樂，不是愛逃虚。

送商叔護朱叔懋應試秣陵

仗劍他鄉意，彈冠故友情。秋風待行客，落日事孤征。尊酒遠相命，寸心言未傾。思君似流水，寄向石頭城。

夜泊桃源

迢遞憐行役，其如客思何？孤雲將短棹，十月渡黄河。水泊兼鷗宿，霜清聽雁過。更堪寒夜盡，欹枕遠鐘多。

塗中雜詩

一騎風塵裏，千山縣郭東。畏塗逢落日，别思對孤鴻。仗策心逾遠，談詩氣更雄。驅馳丈夫事，不必恨飄蓬。

沛縣過高帝廟

路經舊沛山川古，龍起中原戰鬬多。一代雄圖開赤帝，千秋遺廟傍黄河。雲歸尚識真人氣，風起猶傳猛士歌。魂魄來游長此地，漢宮秋色近如何。

塗中雜詩

風塵忽换蒼鬢，寒色偏侵紫貂。上馬踏一村月，回鞭避一作「迎霜度」。獨木橋。

董其昌六首

其昌字玄宰，松江華亭人。萬曆己丑進士，改庶吉士，除編修，出爲湖廣提學副使，召入爲太常卿，歷遷禮部尚書。追謚文敏。有《容臺集》。

《詩話》：趙承旨謚文敏，尚書亦謚文敏，兩公書畫，差足相當。董詩差不如趙，鷗波之亭，戲鴻之堂，風流弘長，一也。

送陸伯生歸吴

神皋落木後，秋水灌河時。鄉夢催游子，川程訪檝師。自憐玄尚白，未遣素爲緇。等是春明路，閒雲不可羈。

望岱

百里看山眼，迢遥岱色分。應爲天下雨，不斷封中雲。漢簡千秋祕，秦松萬壑聞。何當馳匹練，高揖碧霞君。

同唐元徵宫允游善權洞

神功開混沌，水府亘氤氲。峽隱將飛石，巖垂欲墮雲。龍堂陰壑迴，鳥道亂泉分。今日摩厓記，知同藏史群。

送范爾孚北歸

旅食同千里，分襟此一時。烟沙征路遠，風雨客帆遲。鄉夢隨芳草，春愁帶柳枝。平生任慷慨，能不灑臨岐。

登翠微亭

烟迷楊柳洲，水拍芙蓉岸。我憶南湖秋，西山暮雲畔。

題畫

近水晚逾碧，遠山秋未黄。夕陽寒滿地，松影落衣裳。

高攀龍 二十二首

攀龍字雲從，無錫人。萬曆己丑進士，除行人，謫揭陽典史，起光禄寺丞，歷官刑部侍郎，都察院左都御史，坐忤逆閹，削籍，被逮，赴水死。贈太子少保，兵部尚書，謚忠憲。有《高景逸詩》。

陳皇士云：先生詩無意求工，大約抒寫自得之致。

《詩話》：先生天下規矩，援世翼教，不以聲律自繩。然與歸待詔訂金石契，宜同心之言，自成蘭臭也。

水居

薄暮登樓，四望遠疇。時雨既降，農人乍休。乳燕來止，鯈魚出游。萬族有樂，吾亦何憂。

靜坐吟

我愛山中坐，恍若羲皇時。青松影寂寂，白雲出遲遲。獸窟有浚谷，鳥棲無卑枝。萬物得所止，人豈不如之。耕巖飲谷水，常得中心怡。

夏日閒居

長夏此靜坐，終日無一言。問君何所爲，無事心自閒。細雨漁舟歸，兒童喧樹間。北風忽南來，落日在遠山。顧此有好懷，酌酒遂陶然。池中鷗飛去，兩兩復來還。

湖上閒居季思子往適至

正爾山水間，念吾烟霞友。春風吹微波，日暮倚楊柳。我友惠然至，童僕喜奔走。相別歎幾時，相逢慮非久。所歡得晤言，欲言仍無有。默默各自怡，一室閒相偶。夜深不能寐，明月在東牖。

七哀詩

肅肅秋風深，漫漫秋夜長。中夜百感集，攝衣步空堂。俯聽蟲聲悲，仰視明月光。物色一如昨，舊人何茫茫。歲月日以疏，髣髴日以亡。一朝成永訣，千載空相望。靜心易生哀，遣情難爲方。願從夢中路，抽身至其旁。

諸公招飲石城隖

勝會寧可常，勿惜此淹留。竹樹有嘉蔭，班坐無俗流。念我平居日，所愛在山丘。願得素心侶，引杯相勸酬。今晨愜幽興，不醉將焉求？未須敕太康，此樂可忘憂。卓哉斜川人，千載心悠悠。

夜步

幽人夜未眠，月出每孤往。繁林亂螢照，村屋人語響。宿鳥時一鳴，草徑露微上。欣然意有會，無與共此賞。千載懷同心，陶公詎可仿。

潮陽縣觀海

仲尼欲乘桴，吾亦來海濱。不作放逐客，誰能得閒身。澹澹風日和，蕩滌怡心神。一笑萬象間，偃仰得其真。快哉此日樂，可以擬千春。逝者只如斯，世事徒繽紛。安得無家累，終焉此垂綸。

魯兩生

吾愛魯兩生，面折叔孫子。灑然揮之去，身隱名不紀。是時風雲際，豈不願膴仕。大道吾所聞，曲學有深恥。從此謝世人，聊以保厥美。

登子陵釣臺

西京亂有象，佛士鬱不揚。鄙哉通津子，奄奄孔與張。謙默祇自衛，貞剛乃銷亡。士氣日交喪，國勢遂不强。爲彼蟊賊資，其心實先傷。卓卓嚴子陵，抗志輕侯王。辭榮去上國，垂釣來崇岡。高風一以振，芳躅久愈昌。迺知姱修士，與世爲隄防。

登華頂峰遂至石梁斷崖觀瀑布

晨策凌絶頂，夕棲入浚谷。攢峰插天表，飛瀑掀地軸。昧險騖前賞，升虚騁極目。春風澹冲襟，朝曦扇輕燠。深桃點澗紅，弱柳抱溪緑。想見花源人，胡麻飯應熟。神仙不可期，念此媚幽獨。

弢光静坐二首

偶來山中坐，兀兀浹旬餘。澹然心無事，宛若生民初。流泉當几席，衆山立庭除。高樹依巖秀，修篁夾路疏。所至得心賞，終日忻忻如。流光易蹉跎，此日良不虚。寄言繕性者，速駕深山居。

落日在平野，悵然懷千秋。緬彼臨安區，當年棲王侯。樓臺何鬱鬱，冠蓋紛相酬。一朝世事盡，百代成荒丘。徒存指點跡，令人心悲憂。何如蓬廬士，偃息巖壑幽。圖書共朝夕，花木遞春秋。觴酌洽朋好，卧起親鳧鷗。豈不念世故，中心自有求。生有無窮娱，既没名長留。

始歸

三旬通仕籍，六旬始歸田。中間立朝日，未嘗淹三年。拙宦分自定，遯世性所便。每懷五湖志，願棲一壑堅。飛鳥脱籠中，游魚歸故淵。豈誠異時好，所好各有專。驅逐車馬塵，何如松菊間。晨起日三商，夜坐月一天。靜默契神理，夷猶翫簡編。所務願不違，至人樂已全。

題歐陽宜諸素風堂

春風動庭草，陳根坼新萌。元化一以暢，而我寧自縈。浩浩發情志，悠悠念群生。物生自有涯，秉心自有貞。茅茨已就治，春畦復深耕。蔬食聊自足，萬事取不盈。

謫居并序

余謫居揭陽，官舍幽清。庭有盆魚，有竹石。楹前榴花，灼灼不絶；樹間小鳥，交交弄語。長至後謝病杜門，益無往來，終日靜坐，讀《易》誦《詩》。月明靜夜，活火焚香，援琴小弄，意興既極，恬然而卧，益從容乎樂也。賦詩志之。

自昔悲羇旅，局促亦奚爲。昭曠苟在懷，憑運與委蛇。嶺海何必惡，四時有丹荑。我生一甲子，即事多所怡。華舘絶塵氛，水木澹幽姿。好鳥時一鳴，静藴流天機。縱心八極外，欽之在幾微。歷覽千古書，此理不吾欺。被服誠無斁，真賞欣自知。持此以永念，可用忘棲遲。自非高堂戀，鹿門乃在兹。

庚戌春月坡初成

浩浩月初上，一坡正受之。以我無營心，當此獨坐時。爲籌世中事，無樂可代兹。長林寒飈息，春風藹如斯。萬族各萌動，我心豈不知。俯視方輿静，仰觀圓象馳。靈襟既無際，一形安足私。持以畀大鈞，榮悴非所思。

遊雁蕩山

昔我愛丘山，名勝在夢想。去去三十年，塵事空鞅掌。兹遊愜始願，千里遂獨往。望山屢馳鶩，入谷轉疑恍。仰觀秋瀑飛，俯聽潭流響。陽崖峙雄突，陰洞藏奇敞。幽尋碧澗底，遐矚紫霄上。春風蕩輕陰，百里見開朗。青丹未可圖，文翰誰能髣？棲心願止託，回首空悵怏。勝地古今存，浮生俄頃賞。安得結茅廬，於此日偃仰。

湖上

道人不識憂，隤然罕所慮。胸中有奇懷，常得山水助。時乘酒半醺，或值寐初寤。獨往恣幽尋，欣若有所遇。有時深林行，穿徑忽失路。有時湖上還，看雲忘所務。凝目孤鳶歸，傾耳細泉注。所造趣未極，原陸任昏暮。非關耽清娛，曾是秉遠慕。閒心始造理，快意多失步。嗟爾行道人，迫迫焉所赴。

喜雨

六月旱既甚，雨來亦不遲。即看雲漠漠，已覺黍離離。興劇惟需酒，歡多且賦詩。明朝應積水，相與向東菑。

引泉

次第竹根瀉，相將得到家。鳥啼春雨後，流出滿山花。

偶成

春來勝事逐時新，早起風光倍可親。忽見青天垂柳緑，此時愛殺樹邊身。

馮從吾一首

從吾字仲好，長安人。萬曆己丑進士，改庶吉士，授山西道御史，歷官副都御史，謚恭定。有《少墟集》。

戊申暮春講學太華山中

嘉會來喬嶽，良朋喜共游。白雲時去住，野鳥亦夷猶。雨霽千峰翠，春深萬木稠。山靈真有待，吾道重千秋。

林堯俞十一首

堯俞字咨伯，莆田人。萬曆己丑進士，改庶吉士，除檢討，累官太子太保，禮部尚書。卒，謚文簡。有《谿堂集》。

何穉孝云：先生歷官大宗伯，牴牾權閹，不能久安其位。歸，一歲而遂卒。其詩温潤典則，瀏麗輕颺，見若甚易，而不知其磨錯之難。卑不可抑，高不可亢，淺而有章，深而不窮，斯太和之元音也。

《詩話》：陳文定善書，嘗以南祭酒奏績之京，王振致酒幣，請書程子四箴，文定書與之，而却其幣。論者韙之。亡友莆田林嘉璣，字衡者，述其從祖文簡公亦善書法。魏忠賢敦請不與，忠賢矯詔命公題扁，公大書「畏天堂」三字，題曰「禮部尚書某奉旨書」。時忠賢出餠啗公云「出手製」，公以南人不慣食麪辭。忠賢方銜之，公遽請歸里。陛見，德陵謂曰：「長尚書乃欲歸邪？」賜之蟒玉，以公儀表頎而長也。若兩公者，明哲保身，淵然不可犯，士大夫當以爲師。林子又言：「公五言律，原出右丞。」誦《谿堂集》，信衡者不我迂也。

三月三日棠林修禊

良辰維上巳，選勝遵水側。灌木翳繁陰，原疇免登陟。長川羡游鱗，高雲睇歸翼。羽觴催莫停，陽烏漸西匿。

七里瀨作

雙笳引綵舟，鳴榔下建德。既經漁浦口，還望定山色。沿流苦奔峭，入峽驚偪仄。寓目恣游觀，舉趾罷登陟。一酹嚴陵祠，清風邈難即。如何謝人徒，於焉解徽纆。

聞黔中平志喜

皇風式九圍，聲教暨邊鄙。由來西南夷，難用漢法理。其居雜編氓，其道羈縻耳。撫馭乖所宜，騷騷孰爲弭。黔本隸鬼方，滇蜀相脣齒。各自有君長，號令亦齊止。昨者糾諸樊，西川亂無紀。況乃安奢酋，水藺負堅壘。目覩貴陽城，疊氈同折箠。我軍寡且弱，日夕呼庚癸。相距及歲餘，如肉置諸机。疾聲望外援，割髮而噬指。幸然捄兵至，背城判一死。又逢賊氣惰，乍合便披靡。既以解重圍，亦足療瘡痏。雖未極兵威，庶幾褫不軌。斯維社稷靈，人力詎至此。但此全城功，僉云李與史，願懷往事虞，勿生戰勝喜。如聞老鴉關，去城僅五里。

出黃河

纔過長淮口，已見清河縣。黃流昔澒洞，茲焉東如箭。更值凍初開，盪來冰數片。量水僅尺餘，輕舠常患罥。買酒澆龍神，冀得南風便。挂席就中央，免入盤渦漩。咫尺到黃樓，役夫辭帶縴。

海東晚眺

暮春命巾車，言憩青溪涘。徘徊芳樹林，夕陽已在水。東望窮扶桑，波濤盪地紀。日月互吐吞，雲霞幻奇詭。天吳晝不發，珠母宵疑徙。島嶼急樓船，春疇閒耒耜。鯨浪幾時平，漁歌處處起。

夏日集高粱寺

一逕隔流水，沿洄到寺門。瓢分香積供，榻借給孤園。山雨來花氣，松風斷鳥言。淹留未遽返，暝色下高原。

楓亭即事

落日楓亭驛，秋風荔子園。人烟山外盡，漁榜夜深喧。地迥潮當寺，僧閒月到門。群賢方竪義，吾意已忘言。

山行

肩輿纔出郭，倚杖即看山。霜葉暗樵路，寒花悽客顏。石門通鶴柵，松嶺入雲關。去去紅塵隔，鳴禽時往還。

立秋

苦積連旬雨，况驚一葉秋。亂雲低復合，大火暗潛流。商意回蘋末，笳聲到枕頭。寧須感搖落，不斷是邊愁。

送海印住華嚴寺

雞足峰前寺，相違知幾年。山僧今易主，舊路尚依然。地遠黄茅瘴，池分玉澗泉。時來訪靈澈，一榻伴雲眠。

送陳汝鑑大行入京 是日爲三月三日，集棠林曲水。

共來修禊事，及此送君行。花雨林間散，蘋風池上輕。酒攜何次道，歌借米嘉榮。解作陽關疊，休賡第四聲。

陸彦章 一首

彦章初名彦璋，字伯達，松江華亭人。萬曆己丑進士，繇行人，累官南京刑部侍郎。

歸次盧龍

帝城東抱海山重，迢遞單車出萬峰。秋色長風吹白一作「塞」。雁，歸心落日下盧龍。

傅新德 二首

新德字元明，定襄人。萬曆己丑進士，改庶吉士，除檢討，歷官國子監祭酒，贈禮部右侍郎。謚文恪。有集。

送郭青字參藩巴蜀

殊方幾載歎離群，忽漫相逢又送君。萬里江湖龍劍合，一尊風雨薊門分。峨岷迥出天連雪，棧閣平臨馬度雲。蜀相威名應不負，他時消息好相聞。

送董兵備衡水

帝城南望楚江開，捧檄人看日下來。萬里春光明使節，千年王氣接金臺。雲連湘浦雙星度，天盡衡陽一雁回。今日長沙同内地，逢時翻羡洛陽材。

馮有經 一首

有經字正子，錦衣衛籍，慈溪人。萬曆己丑進士，改庶吉士，授編修，歷中允，諭德，掌司經局，轉庶子，後贈禮部侍郎。

登嘉禧寺

高樓切天浮，古木森在下。峰峰開金碧，四十二蘭若。芳林擁桃李，怪石帖松檟。人語曠不喧，啼鳥無冬夏。對此懷巖耕，局促何爲者。

黄輝 一首

輝字昭素，一字平倩，南充人。萬曆己丑進士，改庶吉士，除編修，歷中允，諭德，庶子，少詹事，兼侍讀學士。有《怡春堂集》。

《詩話》：平倩盛有詩名，而諸體未遒，所謂似是而非者。

别汝鈍

使者分岐路，迢迢越五谿。一爲孤鳳唱，無復冷猿啼。

方大鎮 一首

大鎮字君靜，桐城人。萬曆己丑進士，除大名推官，擢江西道御史，遷大理寺丞，歷左少卿。有《方大理集》。

《詩話》：少卿與鄒忠介、馮恭定、高忠憲、顧端文諸公，講學首善書院。書院毁，築得同人于野，遂乞休，自號野同翁。年七十，廬母墓而終，鄉人私謚曰文孝先生。其《歲杪聞召》詩云：

「仕途百折如浮海，客邸孤蹤似出家。」足以占所守矣。

塗太僕揆宇先生滇中寄書附答

白雲迢遞點蒼居，十載關心萬里餘。枕上西風孤客夢，天涯北雁數行書。黄花并憶漳河賦，緑酒相從上谷車。夷蹠報施無定論，燕山迷望轉踟躕。

陳所藴二首

所藴字子有，上海人。萬曆己丑進士，除刑部主事，歷員外，郎中，調南文選司，出爲湖廣參政，仕至南太僕少卿，致仕。有《竹素堂正、續集》。

嘉善寺石壁

出郭探幽奇，驅車詣長薄。禪林一片石，絶壁聳虚壑。既疑巨靈擘，復類鬼斧鑿。俯臨百仞崖，飛度千尋閣。斗酒此盤桓，與子聊斟酌。人生會有盡，奈何苦羈縛。願言解徽纆，負耒采靈藥。

得家報家園小山已成

小築堪招隱，新成曲水潯。此時頻夢寐，何日遂登臨。但有風塵色，空懸江海心。故人相問訊，應笑未抽簪。

徐應簣六首

應簣字軒卿，淳安人。萬曆己丑進士，官至參政。有《鳳谷集》。

遠别

荒郊微雨歇，一夜生秋草。曉起望行塵，離愁滿懷抱。渺渺孤帆影，迢迢萬里道。回首故鄉心，憑誰共顛倒。人生衣食足，在家貧亦好。榮枯代相嬗，賢聖莫能保。昨日東鄰花，今朝淨如掃。

山中雜詠二首

流水看不厭，况兼溪上山。倚闌終日坐，紅葉擁柴關。

欲訪南鄰居，遥遥在何處。隔浦見晴沙，江村從此去。

春夜夢吳心淵文學

昨夜從君歌竹枝，醒來不記曲中詞。徘徊獨望西泠岸，正是潮平月落時。

晚春

曉起扶筇步水涯，緑楊烟裏酒旗斜。春來愁殺連纖雨，纔見開花又落花。

幽居

陽翟幽居好納凉，兩間草屋一株桑。十年不出籬門外，誰識人間杜五郎。

戈用泰 一首

用泰字來陽，平湖人。萬曆己丑進士，授淶水知縣，升南京刑部主事，歷郎中。有《適適軒集》。

烟雨樓

平波四面八牕開，盡日笙歌載酒來。去矣詩人誰管領，年年烟雨自樓臺。樓爲太守龔公勉建。

郝敬 一首

敬字仲輿，京山人。萬曆己丑進士，知縉雲、永嘉二縣，擢禮科給事中，謫宜興縣丞，再知江陰縣，稍遷行人司副。有《山草堂嘯歌》。

王百穀云：仲輿詩削去雕鏤組繢，獨寫性靈。

《詩話》：仲輿難經伉伉，詩非所擅。

讀春秋

五霸亂王章，春秋實經始。邦國有遺文，脩緝人臣禮。筆削非新義，興亡沿舊史。直道在人心，毀譽吾何事。後儒謾譸張，紛紛凡例起。穿鑿隻字間，褒貶悉由己。匹夫爲素王，何以懲賊子。惟有孟氏言，庶得遺經旨。

章士雅三首

士雅字循之，常熟人。萬曆己丑進士，除嘉善知縣，入爲刑部主事，改南工部。有《薄游小詠》。

湖上曲

白蓮花開秋水生，蘭橈桂檝羅衣輕。郎君試看花深處，兩兩鴛鴦飛不去。

天雄道中

天雄自昔推雄鎮，鎖鑰於今重北門。河近白溝人不渡，關連紫塞戍常屯。重陰卷雪冰還合，朔氣吹沙日易昏。極目荒原無匹馬，車輪何事促王孫。

暮秋經舊游有感

傷心客子來還去，况是重逢秋色殘。落葉又從孤館聽，青山不似故鄉看。頻年馬足征夫老，此夕雞鳴去路難。猶憶驛門衰柳樹，一枝曾是舊時攀。

朱家相 一首

家相字良輔，候官人。萬曆己丑進士，除江陰知縣，調揭陽，再調長興。

送馮南雍量移德清尹

炎海憐孤憤，臨溪喜量移。才非黄綬吏，望重白雲司。桂柚渺然去，春江空所思。雲霄飛舄近，遮莫數歸期。

孫羽侯 四首

羽侯字鵬初，華容人。萬曆己丑進士，改庶吉士，授禮科給事中。有《遂初堂集》。

小除日登玄石山歷石門七女諸峰

歲暮野遨遊，駕言陟層嶂。萬木日蕭疏，十里峰遥向。高高玄石山，獨立心怡曠。巨人跡敻奇，雲母泉清漾。中與石門連，絶境凌蓬閬。黄精神女供，丹藥群仙藏。松檜蟠靈根，衣冠閟深葬。嶺雪競晴暉，崖瀑散餘瘴。强臺意愜多，仙廬懷恣放。江湖左右流，鹿豕朝昏傍。俯視藐培塿，四顧離塵坱。安得同盧敖，八極隨笻杖。

春園雜詩二首

到處徵求苦，蕭然老一丘。誅茅揚子宅，種橘李衡洲。濁酒人間世，青門故里侯。梁鴻亦有婦，隱計雅相投。

野曠炊烟迥，江深宿霧重。藥苗經雨長，竹筍破苔封。高枕移清晝，深杯到夕舂。柴門無過客，病體得從容。

擬古樂府

郎船泊湖頭，儂船傍湖曲。夜半風浪生，移船相并宿。

明詩綜卷五十六

小長蘆　朱彝尊　録
甪里　曾安世　緝評

區大相 四十八首

大相字用孺，高明人。萬曆己丑進士，改庶吉士，授檢討，歷贊善，中允。有《海目先生集》。

屈翁山云：嶺南自張曲江倡正始之音，明三百年，詩之美者，海目爲最，在泰泉、蘭汀、崙山之上。

《靜志居詩話》：海目持律既嚴，鑄詞必鍊，其五言近體，上自初唐四傑，下至大曆十子，無所不仿，亦無所不合。嶺南山川之秀，鍾此國琛，非特白金水銀、丹砂石英已也。又云：海目五言律詩，如純鈎初出，拂鐘無聲，切玉如泥。又如鐃吹平江，秋空清響。顧虞山錢氏置而不録，予特爲表出，取之稍溢焉。

定朝鮮

皇赫怒，命東征。千翼舉，七萃行。渡緑江，援王京。鼇足斷，海波平。扶桑拂，暘谷升。旭日中，仰大明。一解。戮群倭，定朝鮮。武功振，文德宣。櫜弓矢，戢戈鋋。藩服固，王會全。祥瑞降，諸福駢。祝聖壽，萬斯年。二解。

青樓曲

新鶯囀畫堂，新燕集雕梁。柳葉裁眉出，桃花學面妝。珠簾映日卷，錦袖隨風揚。大道連平樂，高樓接建章。容華豔陽月，夫壻侍中郎。挾瑟調鸘鵠，將簫待鳳皇。朝回欲有問，軒騎滿東方。

淮浦吟

淹泊清淮浦，悵望丹水涯。狂風吹我舟，不得早還家。一解。征夫念閨人，非爲顔色好。游子戀故鄉，非關萬里道。二解。

月夜花下小酌和友人

碧空散微雲，孤月照遠客。以君衣上光，鑒我花間席。傾壺逐夜凉，隔林望歸翮。槭槭葉墮階，淒淒風入隙。清光正娛人，徘徊戀終夕。

紀朝鮮事 萬曆戊戌九月。

自有東師六七載，廟堂歲歲議封貢。近者群公幸主戰，折將隳軍竟何用。海闊芻糧不易渡，五鍾一石勞傳送。橫征頗慮空杼軸，轉輸未免妨耕種。去年小挫由忌功，今年大衄緣輕縱。執事顔行屢見逆，天王威命何曾共。封既無成戰失利，公私之積咸哀痛。更無一人能畫策，徒有諸僚成聚訟。要荒交侵古來有，更於中國何輕重。當時止合問曲直，按兵境上不爲動。朝廷制馭自有道，豈在勞民與動衆。奈何誤聽小人計，日以和好自愚弄。從此兵端尋歲月，豈知海内爲虚空。財傾左藏不足惜，民傷萬命能無慟。近聞有議留屯戍，老成億度或屢中。充國金城上方略，李牧雁門費邊供。年來喪敗咎北軍，弓馬雖閑備騎從。吴越少年習水戰，檣檝輕利過飛鞚。儻能訓練三萬人，坐見狡蕃受羈控。腐儒何敢與肉食，聊以短章代微諷。繞朝勿謂秦無策，中興尚看甫作頌。

過韶石

玉輦南巡日，從天降九韶。仍聞舞百獸，真想格三苗。風雨仙靈集，雲霞絳節朝。有時盤石上，天籟暮蕭蕭。

別汪和叔之塞上

花前各盡觴，游子賦河梁。我望南枝返，君同北雁翔。笳聲咽隴底，海色愁漁陽。未共酬恩去，相思塞草長。

夏日同諸客泛舟青溪二首

錦席人須醉，仙舟客共登。年華各自惜，意氣轉相矜。瓶水沉朱李，溪花覆紫菱。莫誇姑射雪，吾有玉壺冰。

卷幔千花暝，回舟一水遥。芳情瑤瑟怨，別曲鳳笙調。桂苑通仙閣，蘭房接畫橋。倚歌待明月，長笛不須邀。

金陵城南宴

逸客東山至，佳人南國多。袖飛金谷舞，梁繞石城歌。妝閣宜春入，花蹊愛晚過。留歡方待月，無遽動鳴珂。

入羅滂水

井邑新安集，閭閻雜漢猺。火耕春伐木，山獵夜歸樵。潮響蠻溪合，林光瘴峒消。直須勤撫字，慎勿困徵徭。

曲江值雪

急雪孤城下，同雲萬里長。客情猶故國，春色漸他鄉。冷氣開炎嶠，流光豔早陽。紛紛何所擬，諸謝有歌章。

客中九日

細雨黄花節，秋風竹葉杯。異鄉誰送酒，何處更登臺。木落江雲暮，天寒塞雁來。惟憐三徑在，歸去翦蒿萊。

早春長安道上

雙闕麗朝霞，千門競歲華。苑雲微帶雪，宮柳半藏鴉。結駟過平樂，揚鞭赴狹斜。春風纔幾日，先發上林花。

九日偕館中諸友集天寧寺

帝京重九日，朋舊共開尊。地遠城西寺，臺高薊北門。雲光移塔影，山勢斷河源。忽覩南征雁，令余思故園。

家人初至京置酒亭中對雪作

庭霰今朝集，家筵此日開。不知燕地雪，猶訝故園梅。玉袖承花出，珠簾卷絮回。瑤華雖可贈，留賞上春來。

送胡孟弢之沅江 豫章人，時疏論邊事。

浮湘明日事，江畔暮行吟。易動騷人怨，難爲國士心。秋風吹芷岸，落日滿楓林。知有還家夢，潯陽九派深。

送薛行人持詔南楚便歸嶺外

邊事勞行役，秋冬兩戒輈。方回遼左使，復作楚南游。雪樹江關驛，雲帆海國樓。仍聞下詔日，父老共銷憂。

送張僕卿還桂林

還朝能幾日，去國逼殘年。別路春前酒，離亭雪後天。衡陽隨雁去，湘浦問歸船。未是投閑日，東山卧莫堅。

登來青軒

層軒翠微裏，宸翰此高題。仰見星辰列，平看雲霧低。路盤陵樹北，山擁帝城西。萬乘來遊地，應無七聖迷。

癸巳九日同焦太史攜酒興德寺後池臺

杖屨侵霜葉，壺觴就徑花。高風疏薜荔，薄霧隱蒹葭。山遶層城暮，橋通小苑斜。正逢邊雁下，西北有塵沙。

寄梁兵憲天津

碣石横燕甸，天津控海門。梯航萬國會，貔虎五營屯。遠浪含夷島，長沙接塞垣。人傳新節制，清嘯似劉琨。

昌平道中

山家未夕昏，半已掩柴門。車馬爭塗疾，牛羊下坂喧。春陰入陵樹，雨色過湖村。誰道相如病，猶堪守漢園。

朝陵遇雨

言避崤陵雨，翻行大壑雲。微風清樹氣，積潤洗山文。銀海春波闊，龍池細澗分。九陵松柏路，香靄日氤氲。

供事長陵二首

文皇鼎成後，此地葬衣冠。日月神宫閟，山河帝寢安。塞雲疑扈蹕，關塞想回鑾。寂寞犂庭事，深知創業難。

弓劍思軒后，山川會禹陵。翠旗何日返，龍馭幾時升。寢殿行春草，幽宫寂夜燈。萬年關路北，神武至今稱。

游宗謙老年出塞，壯之

嗟君垂老日，策馬薊門東。易酒顔猶壯，燕歌氣尚雄。敝裘經積雪，頹鬢逐秋蓬。寄謝行間客，無輕塞上翁。

送何儀部稚孝謫桂林

長沙非不遠，南去更蕭森。謫宦楚山盡，獨行湘水深。鄉書同雁少，官舍共猨吟。今夕懷人夢，隨君到桂林。

出錢塘門覽古作

駐馬錢塘路，逢人說勝遊。湖光吳苑晚，山色宋陵秋。巖桂密連寺，渚花高映樓。傷心六橋月，不照汴河洲。

晚霽玉峽驛望玉笥山

峽東江流窄，山蔌堞影低。玉梁沉宿霧，金澗落晴霓。水鳥窺魚下，林猨摘果啼。靈峰不可到，矯首問丹梯。

謁張文獻祠

一代孤忠在，千秋大雅存。詩才推正始，相業憶開元。曝日陳金鑑，蒙塵想劍門。更吟羽扇賦，搖奪不堪論。

秋日還山

村邊黄葉路，溪上白雲岑。草屋山家淺，松門野寺深。群魚依密藻，獨鶴返高林。若問還山事，多應負此心。

浮丘洞中宴

洞府游仙入，樓臺望氣通。焚香來桂女，行酒命芝童。鶴舞春池月，鶯啼碧樹風。何當倚長袖，共挹浮丘公。

晚發三水溯北江

行客纔經宿，離愁已不堪。郵亭數長短，江路背西南。里樹春烟斷，山城夕照含。何時已行役，歸結桂松菴。

於曲江逢高正甫奉使南還

相逢一杯酒，與子暫綢繆。以我北來信，附君南下舟。鄉心滄海上，客淚曲江頭。爲問乘槎使，何時到廣州？

東林寺

昔讀《高僧傳》，兼懷逸士蹤。停車虎溪水，對面香爐峰。舊殿丹青落，荒池蔓草茸。我來松下坐，日暮但聞鐘。

送混成子

夫子富道術，世人無不聞。徒聞不能用，長嘯空青雲。丹籠烟霞記，玉鈴龍虎文。西山有鸞鶴，應共爾爲群。

秋雁

秋風度玉塞，候雁發金微。纔共邊塵起，還同關葉飛。排雲聲漸衆，帶月影全稀。徙倚東南望，江皋何處歸。

中秋望月簡董玄宰太史

月滿層城上，秋分御苑中。玉樓寒自迥，珠箔照還空。望美今宵隔，含情幾處同。此時折桂客，或在明光宫。

夜坐

夜坐不覺久，庭烏棲復啼。燈前下黄葉，井上鳴莎雞。漏静風聲細，帷空月影低。城南有思婦，幽夢越遼西。

寒日

霜林無一葉，寒日復多風。碩果猶存否，危巢本易空。誅求三戶盡，杼軸萬方同。白石南山曲，悲歌夜未終。

大科峰是西樵絶頂

登高四望開，絶頂出瑶臺。遠岫一方缺，長江數道來。雲間下鸞鶴，天上掃莓苔。高揖烟霞外，三山何處哉。

厓門弔古

遺恨前朝事，吾來問水濱。乾坤存一旅，社稷有三臣。慘澹勤王志，間關護主身。至今厓畔石，風雨洗凝塵。

京師苦雨作

入夏多霪雨，經秋未肯晴。直須憂地陷，無計補天傾。方割傷民瘼，其咨軫帝情。古來堯命禹，天地乃平成。

潘子明光禄解官南歸

故人官不達，久欲賦閒居。忽見秋風起，翻然思舊廬。寧貪數升醖，定憶四腮魚。前路多歸興，江天鴻雁初。

南行感懷

聞道貂璫輩，由來爲掃除。先朝停鎮守，舊日典方輿。貢採山川竭，徵輸井邑虛。明明皇祖訓，宮府意何如。

端溪雜詠

夕陽下前山，山光落溪水。欸乃時一聞，只在山光裏。

望七星巖

仙山對城郭，纍纍七星石。中有太古文，世人了不識。

鄭明選四十六首

明選字侯升，歸安人。萬曆己丑進士，除安仁知縣，擢南京刑科給事中。有《鳴缶集》。

朱平涵云：先生詩不施鉛粉，不事雕鐫，一稟於雅，澹然成趣。《詩話》：先生五言近體，全學高達夫；七言近體，全學杜子美。語不求工，而句鎚字鍊，卓然名家。是時汪伯玉、劉子威、馮元成、屠緯真輩，類守其聱殼，而遺其神明。其在西吳，徐子與、吳峻伯皆然。先生之詩，遂無人賞激者，以致錢牧齋《列朝詩集》，僅録數首。予故取先生之作特多，天下之寶，要當與天下共之也。

感懷

黄虞世已遠，大道漸陵遲。十室八九空，姦邪乃猖狓。法令日以繁，盜賊日以滋。宣尼相魯國，道路不拾遺。君子正其本，禮義將自治。莫以鞭與轡，能使疲馬馳。莫以刑與戮，能使風俗移。長吏苟有闕，三尺將安施。

短歌行示徐秀才正公嚴從事稚荆

九月豆葉黄，十月菊花槀。朔風一何寒，清霜凋百草。時物頓如此，人生亦以老。憂日常苦多，歡日常苦少。攬鏡令人悲，朱顏非昔好。

過東阿山寄鄒大

東阿之山石散亂，大者如席小如彈。大石如席尚可行，小石縱橫馬流汗。青馬玄黄白馬飢，長鞭策馬馬更遲。行人日短心欲碎，山石紛紛無盡時。故人昔共山中路，犯雪蒙霜凡幾度。君今哭父且南留，我獨朝天仍北去。東阿山頭首重回，東阿山外使人哀。玄雲不飛日氣薄，蕭蕭草白三歸臺。

與楊二叔純

許子南昌去，王孫嵊縣遊。舊交如雨散，春水滿城流。不見江邊閣，徒懷雪裏舟。故鄉惟汝在，莫惜屢相求。

雪不止復作

大路倉橋口，貧家霅水灣。寒雲常滿郭，春雪不離山。夾雨琤琤下，隨風款款還。逡巡小僮僕，擁袖出柴關。

初冬

數日風纔罷，初冬水始冰。門寒朝懶出，山近午還登。密竹藏斑雉，枯松下黑鷹。千村穡事早，生計稍堪憑。

暫移山居

春晚營蠶事，移居郭外村。白花低覆水，翠竹遠侵門。拂几開殘帙，攜鉏理廢園。鄰人儻相訪，薄與酌清尊。

恭閱天壇

圜丘圜殿外，清晝日沉沉。玉陛春沙暖，瑤壇古樹深。太微瞻帝座，大享見王心。想像鈞天曲，輕風落妙音。

十五夜寫懷

明月孤懸夜，空齋獨坐人。地平連海嶽，天闊散星辰。禄米悲親沒，柴門憶弟貧。吾生無限事，況感百年身。

野望懷王時立朱大復

驛外晴江白，洲前夏木青。過橋風細細，立馬水泠泠。岸柳鳴鴝鵒，汀花卧鶺鴒。歌成也自愛，難得故人聽。

邳州晚泊

日落留侯廟，春深呂布城。殘花晴抱蝶，細柳暗啼鶯。漸集河船密，遥生野燒明。客愁無可慰，膝上一經横。

客至

萬里清秋水，孤城薄暮雷。故人江上至，凉氣雨中來。吴粤分離久，風塵老病催。猶餘十年釀，今日爲君開。

傷春

野漲村村水，山城日日風。雨深荒縣裏，春盡訟庭中。朋輩他鄉異，鶯花往歲同。牀頭十年酒，未有一尊空。

官舍晚酌

百里山圍縣，雙江水對門。日斜初解帶，秋爽一開樽。家遠思親舊，官貧任子孫。醉看青竹淨，纖月照黄昏。

過汶上縣

汶上齊封近，蒙山魯望尊。寒城初出縣，落木更逢村。冰黑經旬合，沙黄萬里昏。茫茫人獨去，日暮欲銷魂。

陽穀夜步

清夜一孤客，寒燈強半時。露垂陽穀樹，月傍太山祠。魯酒沽長薄，燕歌聽自悲。茅堂卧不穩，散步獨遲遲。

鄭州即事

滿目皆湖水，家家傍水居。地貧村少米，冰闊市無魚。樹入天雄小，雲飄涿鹿虛。風塵半萬里，消息故鄉疏。

春日愁生

寺古山門靜，春深野日遲。晴沙浮宿麥，小徑舞游絲。西蜀軍書急，東倭廟算疑。禁中應獨歎，難得外臣知。

燕子磯宴羅諫議

投老登臨健，平生故舊來。共騎沙苑馬，一泛竹林杯。雪暗山雲重，江喧石壁開。吏人歸亦懶，閒看暮潮回。

望鍾山

鍾山望不極，終日紫氤氳。宿雪雙峰出，春沙八水分。龍蟠思霸主，鶴怨想徵君。縹緲園陵外，松楸起白雲。

遊獻花巖

融公昔悟道，留此獻花巖。野寺人初識，山花鳥舊銜。洞門無日月，石縫有松杉。東北清江闊，微茫萬里帆。

金川門志感

靖難興師日，天戈向此門。乘輿何處去，宮闕到今存。衮冕新君盛，旌旗叔父尊。當時漢官屬，幾輩泣皇孫。

拜方孝孺先生墓

隔世祠初建，荒山冢僅存。薦蘋惟我輩，收骨豈兒孫。祇覺丹心苦，寧辭赤族冤。精靈江月裏，長到孝陵園。

朝天宫登白鶴樓

紫府深通逕，丹梯半入雲。樓飛三百尺，門鎖五千文。郭外吳山盡，牕中楚樹分。游仙今夜夢，親謁武夷君。

送何比部告滿之京

貰酒石城門，送君花外村。曉風飛海燕，春水上河豚。滿秩稱能吏，趨朝報至尊。萬方堪涕淚，别後向誰論。

清明日上孝陵

夏后藏書穴，軒皇鑄鼎湖。人間留石獸，地下想金凫。谷暗春泉響，松高曉月孤。江山滿目在，萬古見黄圖。

閲城

萬雉金墉壯，三江玉浦通。天回青嶂外，日轉碧雲東。古木盤秦水，春花簇漢宫。偏安四十帝，未有聖朝雄。

燕子磯即事

突兀磯頭寺，蒼茫野水村。凍雲垂日氣，斷石落潮痕。法曲新翻譜，香醪屢換樽。山僧遥指點，風信有江豚。

病中憶新種竹示家童

南牆新種竹，今有幾竿存。移石容抽筍，通渠好灌根。病中思拄杖，健日想開樽。但放高人看，來時莫掩門。

通上人見訪夜坐

市罷寒溪靜，城昏夜霧交。高僧扶竹杖，落日到蓬茅。風栗開丹殼，霜橙破紫苞。清談對支遁，明月度松梢。

幽趣

但見滄洲趣，清溪對竹扉。牕陰懸薜荔，水色受薔薇。村鴨迎船浴，山蟲冒雨飛。田家蠶已老，日暮翦桑歸。

恭聞冊立皇太子喜而賦詩

少海初流潤，前星已麗空。九重元獨斷，四皓本非功。鶴馭丹霄上，龍樓紫禁東。君王有金鑑，早晚賜春宫。

峴山宴陳太常

七月峴山天氣凉，風亭乍雨湖茫茫。輕舟出浪若飛瓦，巨石滿岡如聚羊。斗酒未覺主人薄，高歌正宜秋日長。窪樽遺蹟至今在，不見昔賢空斷腸。

宿濟寧南關潘中丞具舟見送兼留夜酌

濟州城外風氣凉，汶泗之水東流長。孤州白鳥背人發，十月黄花滿店香。中丞爲我具舟楫，薄暮遣吏延壺觴。明朝遠道一回首，太白樓高烟樹蒼。

上渡即事

上渡人家生午烟，青絲絡馬寺門前。纖纖杜若風香細，翦翦椶櫚日影圓。疊嶺遙來彭澤雁，晴江爭落信州船。村中父老知農候，拄杖南疇課種田。

經黄葉嶺

黄葉嶺邊黄葉飛，江風蕭颯吹我衣。清秋塞北斷鴻去，落日馬上行人歸。百年回首已衰白，萬事傷心今是非。一望長安一惆悵，無人知道寸心違。

至日

今日何日日初長，所思何思思建康。朝天鳴玉已往事，對水看雲仍故鄉。萬里淒風掃落木，中宵陰壑生清霜。可憐物色歲云晏，白首高歌空斷腸。

中夜枕上口號

東溪先生雪半顛，樽中酒盡挑燈眠。誰家月下尚鳴杵，隔水夜深頻喚船。清時幸許著棄物，薄産聊足供殘年。明朝料理登臨事，去看青山瀑布泉。

春日嚴稚荆邀游蘇灣

桃花李花二月時，反接兩手登山遲。一湖春水泛漁艇，終日野禽啼竹枝。石嶺張筵坐無次，村童喜客行相隨。不見前朝蘇學士，風流千載使人思。

上永陵

肇聖清河水，興王自郢都。三爲代邸讓，一握漢家符。社稷承堯服，乾坤定禹謨。神功九葉盛，大禮百王殊。紫氣真人散，丹砂術士誣。石扉藏玉虎，銀海浴金鳧。二女悲湘水，群臣望鼎湖。地環滄海闊，山擁薊門紆。王氣真葱鬱，精靈欻有無。中官供寢薦，七萃護雄圖。願錫皇孫福，長聞萬歲呼。

獻縣懷古

漢代賢王子，風流獻縣存。遺書千載散，雅樂幾人論。墓道松楸古，祠堂俎豆尊。故宮迷草色，殘碣鎖苔痕。雁鶩浮河水，風沙暗郭門。行行一回首，烟月度黄昏。

寄朱比部二十韻

未補馮唐署，能陳晁錯書。氣高憂國日，名重罷官餘。北闕承新譴，南山返故廬。直詞元忼慨，時論共咨且。請劍心徒憤，埋輪事已虚。何人招隱士，未老賦閒居。落日菰城卧，秋天震澤漁。遠遊常有興，多病近何如。以我叨青瑣，分曹傍石渠。恩深蒙茹納，才薄負吹嘘。廊廟多旁午，閶閻異古初。聖謨殊奥窔，小智獨躊躇。昧死思劉向，偷生謝史魚。妻孥霑雨露，歲月費居諸。託宦身何用，遊仙夢久疏。初心今已矣，晚計欲歸歟。彭澤教栽柳，於陵學灌蔬。清齋心不染，導氣髮常梳。厩馬雖思主，山猨恐怨予。如君終奮發，不作楚三閭。

寄祝諫議

尚憶陪青瑣，相隨寓白門。馬蹄偕出入，鷺序接晨昏。諫疏分封署，文章共討論。晚尋桃葉渡，春酌謝公墩。李杜名虚并，雷陳義久敦。風塵身汩汩，霜露疾惛惛。二豎心難惻，三彭口莫捫。乞骸元我志，歸骨乃君恩。伏枕安時命，居家玩子孫。小童舂藥杵，故舊捧匏樽。野意頻栽樹，山歌日扣盆。鶯啼藏竹塢，犬吠出花村。守拙心無用，逃名道豈尊。老人應世棄，王事獨君存。晝省兼群職，銅章領六垣。别離經歲月，書信隔寒温。天地堪搔首，江湖屢斷魂。中官仍虎視，西賊且鯨吞。内府招桑孔，前星望綺園。舜琴須解愠，堯鼓爲求言。巖穴已枯槁，雲霄常奮翻。批鱗終不怒，張膽莫辭煩。氣激憂丹扆，詞危叫紫閽。回天諒有力，拭目在丘樊。

早行

雞鳴客下牀，出門天未曙。山黑不見人，但聞馬蹄去。

新江營對雨

漠漠江雲生，江天雨如霧。東望白鷺洲，蒼茫不知處。

憶吴興

衢州霜橘紫金苞，玉液瓊漿不用調。此物遠來三百里，香風散滿駱駝橋。

王士騏三首

士騏字冏伯，太倉州人。尚書世貞子。萬曆壬午鄉試第一，己丑進士，由禮部主事，調吏部員外郎，坐妖書獄，削籍。有《醉花菴詩選》。

《詩話》：罔伯《醉花菴詩》，不拾過庭片語。

贈別

東風吹柳柳成絲，細雨釀花花滿枝。可惜春光正駘蕩，相逢恰是別離時。

送顧太史使朝鮮

徹天火樹照邊陲，軟繡肩輿坐自移。到日定知春麥秀，請看箕子廟前碑。

明妃怨

秋來無事不消魂，幾度貂裘換淚痕。却憶天家全盛事，少年公主嫁烏孫。

歸子慕 十九首

子慕字季思，崑山人。萬曆辛卯舉人，崇禎初追贈翰林待詔。有《陶菴集》。

錢受之云：季思清真靜好，五言詩澹雅，似其爲人。

沈山子云：古今效陶而肖者，王、韋之外，不得不推季思。

《詩話》：季思善病，再試南宮，歸而屏跡田里。所居陶菴，插槿爲牆，縛茅爲屋，小如蝸殼瓠子，養痾其中。迭相往還講學者，無錫高攀龍存之、嘉善吴志遠子往，主客從容，晏坐默識，凝然不語。一有所得，輒怡悦相告。存之稱其「有絶人之慧，絶人之識，絶人之趣」，又言「季思出諸口者，不漫作無味語；筆諸書者，不漫作無味辭；措諸躬者，不漫作無味事。即其眉宇顰笑，足以洗濯一世塵垢」。傾倒可云至矣。季思雖病，猶授生徒。友人勸其輟講，報之書云：「生徒固無累於我；豈惟無累，且以爲樂。清晝飯餘，滄江日落，或童或冠，油油與偕。共坐槐陰，閒譚啜茗，臨江藉草，以觀雲物。風帆往來於目，農歌不輟於耳，亦可謂至樂矣。」君子謂其樂天知命焉。季思卒時，年四十有四，崇禎下詔，特贈翰林待詔。其詩學陶而得其神髓，韋蘇州後，鮮有其倫。誦之令人增陋巷簞瓢之樂。

丙申六月過吴子往荻秋菴

蕭瑟湖上廬，六月如清秋。涼雨過柴門，緑楊風颼颼。水濱一穉子，洋洋何所求。終日無一魚，持竿釣不休。問之向我笑，使我心忘憂。

歲暮别諸生

惻惻不可道，臨岐但依依。常恐語言多，貌勝中情微。感兹寒色厲，北風吹爾衣。歲暮室家好，各各念爾歸。群居雖云樂，人情理難違。所患不同心，不患相見稀。尼父重久要，如醴久已非。勗哉儀先民，雅道庶可幾。

感悟

人人惜富貴，富貴諒難私。居位食其食，抱關有攸司。若懷凍餒憂，不如農桑宜。平心任公道，天下能者爲。人事當前昏，事後更相嗤。三十五年前，歷歷皆可思。以此徵後來，何勞復多疑。願言謝將迎，履坦希前知。

館城北

妻孥昔居城，我淹江上廬。妻孥來江上，我去城北居。城北何所事，二生喜從余。既愛童子真，且得人事疏。長夏北牕竹，風吹几上書。坐看墻外帆，樹中去徐徐。中情苟無繫，觸物皆有餘。今兹對佳節，秋風秋月初。香稻感我鼻，歸食江上魚。小女解思父，一見當何如？

歸江上

去年冬盡歸，室家尚完好。兒女曝簷限，墻頭日杲杲。今年冬盡歸，離憂不可道。中饋閴無人，虛堂塵不掃。一兒依外家，兩女歸兄嫂。奚獨天運乖，謀生亦草草。人世骨肉緣，尚爾不可保。而況一切營，何足攖懷抱。久矣吾行迷，回車苦不早。

城北初夏

三見草木榮，悽悽猶未旋。偶與城市遠，因耽此地偏。獨館背清池，一無俗事牽。晨興課書罷，日午蛙聲喧。出門見新秧，微綠映遠田。久晴初得雨，穉子亦欣然。田父説歲占，今兹定有年。物情既如此，予樂復何言。

庚子正月吴子往見過同訪高存之於漆湖

令節思故人，流光懼蹉跎。心在隰桑篇，三復當如何。忽聞叩門聲，良友遠見過。攜吾訪同志，詰朝鼓輕艖。情殷無遙路，信宿踰關河。依然漆湖上，春山渺晴波。主人愉愉如，兼以風日和。風和卷簾坐，開樽鳥來歌。忘飲飲更適，不覺芳顔酡。階前山茶花，落英何其多。

暮春

梅陰蔭西牕，實繁枝葉低。小鳥時來鳴，向我如棲棲。一鳥鳴未已，一鳥隨和之。鳥聲處處起，高下聲參差。日出聞鳥聲，不覺日已西。池塘小雨過，夕陽鷓鴣啼。

元德秀

吾愛元德秀，天然真澹姿。榮進非所好，聊仕亦不辭。於彼紛華中，連袂歌于蔦。一日駕柴車，欲去亦不疑。惟盡名利心，長得情性怡。飲酒彈鳴琴，眉宇若見之。悠悠千載下，寤寐勞相思。

雜詩

日出群動作，智計千萬端。用此徒爲勞，不用不自安。所繇在有身，坐令思慮殫。所以古賢達，與物同一觀。俛仰任所之，宇宙何其寬。

冬日病棲新構小屋

天寒小屋宜，潔靜兼新築。短簷近低牕，意親足我欲。牕邊兩木榻，編秧煖於褥。西榻朝食暄，東榻晡時燠。暄燠既互轉，盤旋與相逐。藥物難長供，日惟飽饘粥。

壬寅正月西村築室成

經始逼歲除，春肇室云考。結構稱心爲，彌拙亦彌好。村樹既羅列，溪流復縈抱。北牖移修篁，南圃藝藥草。室中圖與書，閒暇可探討。農人理櫌耡，念此歲供早。顧我長負疴，不耕慚亦飽。

寄姚孟長

道同不用結，氣同不用求。神在未交先，彼此潛相投。感君嘐嘐志，高廣正無儔。慷慨燈前言，奚止情綢繆。男子患無志，有志良難酬。懷居易隨俗，安樂生煩憂。可憐早春役，烟雨維揚舟。不知何所牽，行止不自由。殷勤孟秋約，期屆無淹留。

泛湖

離居久相思，乍見人情喜。各從遠方來，相知若伊始。晴空泛秋湖，天際水瀰瀰。中流將焉如，東西非所擬。微風送輕舟，颯入蘆叢裏。村家插新標，有酒清且旨。漁人近前問，銀魚初出水。美物應佳節，及時在我爾。滌盞欣對酌，高情詎能已。言旋發清歌，夕陽下西涘。童冠樂何如，點也千秋起。

辛丑夏日閒居

閒居不勝娱，何妨抱微疾。長以無事心，當彼攝生術。白日一何長，臨牕坐捫蝨。飯餘弄清琴，卧起展殘帙。孤雲御微風，翩翩獨高出。

對客

嘿然對客坐，竟坐無一語。亦欲通殷勤，尋思了無取。好言不關情，諒非君所與。坦懷兩相忘，何害吾與汝。

移居

冉冉歲云暮，寒風動林於，言辭東村宅，去適西村廬。豈無舊巢戀，歡與吾仲俱。西村況不遠，相去一里餘。回瞻竹樹間，炊烟出前廚。吾病四十衰，厭厭日不如。憂患易反本，戚戚念友于。安得我叔氏，亦復來此居。遙望城中山，引領空嗟吁。

閒居寄沈伯和博士 時伯和將之京，應貢舉。

蹇劣仍負疴，分定無越想。柴門槿葉疏，卧看人來往。江南寒信遲，十月氣和朗。一夜好雨過，階前菜甲長。念我遠行人，中心悵養養。盤餐有餘滋，高駕何時往。

北地曉征

夜半寒雞不忍聽，主人炊熟夢初醒。出門不復知南北，馬上持鞭數七星。

張民表二首

民表字林宗，一字武仲，中牟人。萬曆辛卯舉人。有《原圃》、《塞菴詩集》。錢受之云：林宗十上不第。有盧舍在夷門内，客至必留之，醉頂高冠飄二帶，帶上繡東坡「半升僅漉淵明酒，三寸纔容子夏冠」之句。乘柴車，無幔，一老牸牽之，朗吟車中。日醉卧南陂老杏樹下，弟子扶掖而歸。兀傲自放，世莫測其淺深也。崇禎壬午，黄河決，年七十三，死於水。《詩話》：寇圍大梁，汴人死守不降。有獻策高巡撫名衡者，曰：「賊營附大堤，決河灌之，盡爲魚鼈矣。」周王募民壘羊馬城，高厚如岸。援兵掘朱家砦口。賊黨覺之，移營高岸，多儲大航巨筏，反決馬家口以灌城。河驟決，聲震百里，排城北門入，穿東南門出，流入渦水。渦忽高二丈，士民溺死數十萬。林宗負其先祠木主登筏，鄰并求登者衆。林宗不忍，移筏就之，筏且沉，乃移筏登屋，水大至而没。久之，門人周侍郎元亮，爲刊其遺集，僅存百一爾。存者悉非其稱意之作，可惜也夫。

飲酒示唐肯堂

飲酒非吾好，逢君強共斟。已聞譚世變，悔不入山深。猛士功宜録，書生職豈任。東南民力竭，爭忍索黄金。

閶門見别者代爲吴歌

一船往東撥，一船往西開。兩船不相顧，都看姑蘇臺。

明詩綜卷五十七

小長蘆　朱彝尊　録
休陽　程　岳　緝評

朱燮元 一首

燮元字懋和，紹興山陰人。萬曆壬辰進士，除大理評事，累官兵部尚書，兼右都御史，總督川、湖、雲、貴，加太師。有《恒岳遺稿》。

《静志居詩話》：太師儀表豐偉，飲噉倍十餘人。其莅湖南、川、貴，土司以壺漿乾肉迎車前，相接於道。公傾槃倒甕，一無留餘，衆皆驚歎曰：「此天人也。」相誡不敢出犯。歲既久，威望著於西南，比之蜀相諸葛云。公詩不多，作句如「買得勞薪先煮酒，不嫌疏鬢也簪花」，「荒徼有誰憐白髮，故園亦自有青山」，越人至今傳誦之。

馬嵬坡

六龍回轡此重過，遺恨秋墳掩轆羅。南内蕭蕭風雨夜，淒凉應比壽王多。

王在晉一首

在晉字明初，太倉州人。履歷注濬縣。萬曆壬辰進士，除中書舍人，歷官太子少保，兵部尚書。有《龍沙會草》《越鐫楚編》《蘭江集》《遼海集》《西湖小草》。

道傍歌

莫作道傍民，道傍之民多苦辛。莫作道傍舍，道上之人行徹夜。南來北往齊叩門，只聞門外聲爭喧。廚下無薪馬無料，暮夜行人索火照。官家不聞給一錢，叫呼不應揮長鞭。紞如已急三更鼓，道路之人走傍午。五里一堡寒無烟，寥落人家不得眠。貴人如此夜行促，點火無茅且拆屋。

畢自嚴 一首

自嚴字景曾，淄川人。萬曆壬辰進士，除松江府推官，累官戶部尚書，加太子太保。卒，贈少保。有《石隱園藏稿》。

塗次詠桃花

緑楊春樹蔭芳鄰，中有夭桃別樣新。馬上不煩頻指點，好花應笑白頭人。

李騰芳 一首

騰芳字子實，湘潭人。萬曆壬辰進士，改庶吉士，授檢討，歷官禮部尚書，兼翰林院學士，贈太子太保。有《李宗伯集》。

博望驛

孤亭瞰虚空，危闌翼石壁。亭亭數株松，雲端發深碧。起視群巒層，溪光亂相射。盤梯花倒看，入閣烟相逼。雨過萬瓦鳴，燈殘四村夕。疏星柳外明，河漢看不隔。去矣問津人，空思泛查客。

劉一焜二首

一焜字元丙，南昌人。萬曆壬辰進士，除行人，擢吏部主事，歷郎中，升太常少卿，以右僉都御史，巡撫浙江。有《石閭山房集》。

清蹕

清蹕歸何晚，刊山紀漢功。猶餘玄石碣，竟墮鼎湖弓。社稷三犂後，園林百戰中。如何膏血盡，辛苦事和戎。

寄題金山寺

長江流日夜，縹緲一峰殊。落景疑飛動，盤根定有無。雲端清磬濕，樹杪佛一作聖。燈孤。幾見登臨客，扁舟下五湖。

張五典一首

五典字和衷，沁水人。萬曆壬辰進士，授行人，遷戶部主事，歷員外、郎中，出爲山東參議，累遷大理卿，加兵部尚書，贈太子太保。有《海虹集》。

送喬儆我

長路天涯外，驅車背朔風。三秋驚別鶴，千里慕征鴻。尊酒荒城外，關山落照中。前程行色晚，裘馬自匆匆。

王愛 一首

愛字仁甫，宛平人。履歷注任丘人。萬曆壬辰進士，除潞安推官，入爲戶部主事，歷員外、郎中，升陝西參政，進右布政使。有《息機園存稿》。

緜山道中

昔賢棲隱地，兩壁盡高山。入夏風應凜，經春花未斑。烟猶遺俗禁，廟許妒人還。平定州孃子關，有妒女祠，唐李諲作頌，傳是介之推妹。立馬看唐碣，神林不可攀。神林大樹，腹中有郭令公碑，禁樵采。

徐必達 一首

必達字德夫，嘉興人。萬曆壬辰進士，知太湖、溧水二縣，升南吏部主事，累官南京兵部左侍郎。有《南州草》。

讌集巾山

幘山山寺倚江隈，脱幘仙人去不回。華頂峰連雙塔迴，海門潮湧片帆來。疏松礙月娟娟淨，細竹含風个个開。握手共成雲外契，一回清話一傾杯。

蘇茂相 一首

茂相字弘家，晉江人。萬曆壬辰進士，除户部主事，累官户部左侍郎，總督倉場尚書，再加太子太傅，改刑部尚書。

弔方正學先生

寧海侯城里，停車意愴然。風雲蕭瑟氣，天地革除年。臣罪單辭定，孫枝一葉傳。龍山真突兀，仿佛首陽巔。

李本緯一首

本緯字君章，錦衣衛籍，曲沃人。萬曆壬辰進士，除鞏昌府推官，仕至山東右布政使。有《灌蔬園集》。

登張掖甘泉樓

乍別酒泉郡，來登張掖樓。關雲排檻入，塞水背城流。夜湧陂塘月，寒生草樹秋。凭高聽不盡，羌管數聲愁。

石九奏一首

九奏字伯成，冀州人。萬曆壬辰進士，授大理評寺，歷寺副、寺正，出知萊州府，以憂歸，補兗州，升開原兵備副使，進右參政。

春郊

三月長安花正飛，長河隄畔柳依依。獨憐芳草王孫路，立盡東風不肯歸。

岳和聲 一首

和聲字爾律，嘉興人。萬曆壬辰進士，除汝陽知縣，入爲禮部主事，遷員外郎，出知慶遠府，調贛州，以憂歸，補東昌，升福建提學副使，轉廣西參政，以右僉都御史，巡撫延綏。有《餐微子集》。

柳林操 并序

秣陵有柳林者，建文殉難臣黄侍中觀、暨夫人二女墓在焉。侍中奉詔勤王，夫人知必及于難，先事招魂，葬之江上；而後自沉于江；兩女并溺死。岳子展其墓而悲之，作《柳林操》。

河瀰瀰兮白日翳，露塗塗兮，不可以履。吾足陷於汙泥兮，不如其蹈於水。上顧滄浪之天兮，下竢夫子。

金忠士二首

忠士字元卿，宿松人。萬曆壬辰進士，除樂平知縣，擢廣西道御史，巡按貴州、浙江、河南，轉福建左參政，累官右僉都御史，巡撫延綏。卒，贈兵部右侍郎。有《旭山集》。

瞻尼父像

瞻彼百泉流，春來何滉瀁。新廟貌崔嵬，儼存尼父像。日月雖遞更，素王靈不爽。俎豆有明禋，光輝在吾黨。瞻依適所願，聖門如指掌。嗟哉戶外人，宮墻隔天壤。

慨時

黃帕朱幡紫貝囊，朱衣小隊儼成行。奉何敕使留都去，爲摘楊梅四月嘗。

陳懿典 一首

懿典字孟常，秀水人。萬曆壬辰進士，改庶吉士，授編修，歷少詹事。有《吏隱齋集》。

李公巽招飲柰子花下

淑景春城暮，聯鑣韋曲來。共尋金谷墅，同泛竹林杯。縞夜分穠李，生香喻早梅。不愁風雨至，只恐暝鐘催。

吳士奇 一首

士奇字無奇，歙縣人。萬曆壬辰進士，除知寧化縣，調歸安，升南京戶部主事，歷官陝西左布政使，遷太常寺卿。有《緑滋館集》。

《詩話》：太常留心國史，草成副書藏于家，遺稿爲江都汪楫存貯。較諸野史，頗純正，第稍略耳。詩特餘藝，要非所長。

灧澦

孤根夾浪擁江間，百二層巒片石關。急峽倒流天上水，高灘下指榜頭山。形同牛馬心逾怖，舟近魚龍膽詎豩。聽説風波前更惡，來朝百丈費牽攀。

李日華十首

日華字君實，嘉興人。萬曆壬辰進士，除九江府推官，謫汝州判官，轉西華知縣，徵遷南京禮部主事，升尚寶司丞，歷太僕少卿。有《恬致堂集》。

《詩話》：太僕恬澹自持，居官日淺，優游田里，以法書名畫自娱。家近春波橋，爲吳仲圭舊里，暇寫墨竹，兼擅雲山。其詩非《選》非唐，別裁風格，頗與王辰玉、陳仲醇同流，微尚纖豔，近《家宴集》語。

石佛寺冰鑑房

秋來風日好，瀟灑放輕船。僧院房房竹，沙村處處橋。清吟黄葉句，雅坐白雲寮。妙悟仍相許，時煩慧遠招。

挽吴少君

海上孤明月，天南失少微。江山餘涕淚，冠蓋盡歔欷。泉咽莓苔井，雲封薜荔衣。梅花三萬樹，差可想容輝。

春日送徐冏卿北上

青莎白鷺洲，細雨桃花岸。看乘春水船，遥遥到天畔。

題海湛畫卷

溪漁罷釣歸，殘雪蓑上落。暝色踏扁舟，翩然似孤鶴。

贈顧長卿

碧梧風葉響虚廊，細葛輕含午夜凉。不獨疏螢能照字，明河高映讀書堂。

山居絶句二首

雪花撩亂撲春蟲，擁褐單牀睡思濃。夢裏一聲聞折竹，呼僮亟徙小盆松。
四月雨晴山路香，松花灑地鶴翎黄。輕衫短笠荷鉏去，斸得青芝一尺長。

贈維揚王孝廉中玄

蕪城春雨漲江沙，沙上紅樓映遠花。一抹濃烟萬株柳，紫騮嘶入玉鈎斜。

贈陳禹玉

木蘭零落海棠殘，風雨蕭蕭欲釀寒。花氣曉來渾不定，暗隨春夢到江干。

書贈小友張叔度

張緒風流正妙年，一春常自手芸編。偶隨草色湖隄去，醉裏逢人墮馬鞭。

謝肇淛四十一首

肇淛字在杭，長樂人。萬曆壬辰進士，除湖州推官，移東昌，遷南京刑部主事，調兵部，轉工部郎中，出爲雲南參政，升廣西按察使，歷左布政使。有《小草堂集》。

李本寧云：在杭樂府，豐約文質，適得其中。五古贍而不俳，華而不靡。七古音節鮮明，氣勢沉鬱。五七言律、長律，比耦精嚴。絶句意在筆，爲韻在言外。春容警策，短長合度，大都率循古法，而中有特造孤詣。體無所不備，變無所不盡。今詩道向衰，予將以在杭爲砥柱焉。

張幼于云：在杭蓄藻于建安，騰聲于慶曆，希躅于少陵，泛駕于長慶。兼綜潘、陸，妙契陶、韋。其辭宛以麗，其氣雄以健，其攄思優以雋，其援事典以則，其振響和以平。既美才情，尤深寄興。

屠緯真云：謝君詩峭蒨秀偉，卓然名家。

王伯穀云：在杭詩寄興微而綴詞雅，取調古而命意新。秀若可餐，沃其堪挹。穆如温如，以雅以南。

陸無從云：在杭詩冲融婉至，深于性情。

《詩話》：在杭格不聳高而詩律極細，其持論亦平。如于鱗、元美、敬美、子與、伯玉，皆所傾心。《漫興》詩云：「徐陳里閈久相親，鍾、李、湖、湘非吾鄰。丸泥久已封函谷，怕見江東一片塵。」徐指孝廉維和山人興公，陳謂文學汝大孝廉幼孺山人振狂。是時景陵派已盛行，而在杭能距之。又云：「石倉衣鉢自韋、陶，吳越從風赤幟高。若問老夫成底事，雪山銀海瀉秋濤。」此則在杭自任匪淺矣。

示湘潼二弟

於乎小子，各敬爾守。無婦言是用，沉湎于酒。惟勤無斁，維慎無咎。惟德惟厚，可以長久。往者不可追，聊毖爾後。於乎戒之，天命不又。

發真州別諸子

折坂無安蹄，風林少寧翼。頹波既東徂，喜光復西匿。行子逐轉蓬，朝旰不遑息。擬垂邗江綸，仍脂薊門軾。仰送鴻雁翔，俯攀楊柳色。別緒若絲棼，欲言涕沾臆。早歲負好修，中道遭反側。行止信盈虛，風波安終極。白璧委精光，何當重拂拭。揮手從此辭，他鄉復異域。贈君以盃勞，持此長相憶。

雨霽寄陳隱君

新晴動花氣，鳥啼漳水春。出門見芳草，忽憶山中人。種藥斸雲母，煮石炊松薪。甲子誰能識，空山無四鄰。

寒夜感懷

凜凜歲云暮，歸鴻浩南征。客心渺天末，役役哀吾生。撫劍中夜起，碧宇何淒清。霜氣襲四野，素月流前楹。寒燈黯欲滅，萬籟闃無聲。欲奏思歸引，淚與朱絲并。調孤絃易絶，山鬼徘徊鳴。浮生無期別，離恨何時平。

秋日邀龍君御同鍾伯敬林茂之賦詩君御將赴湟中

營道寡高操，大音謝俗機。誰云京洛塵，而能緇素衣。前蹤既云邈，後會安可希。斗酒自斟酌，蟹螯秋正肥。南陸有殘暑，西山無留暉。不知松際月，已挂花間扉。雜坐忘磬折，緒談聞芬菲。君今赴河湟，戎馬生郊畿。紅顔誰見賞，青雲願多違。舊歡意未浹，新離淚仍揮。余亦倦遊者，因之歌《式微》。

桃丘歲暮作

衡門杜俗轄，時與參术親。三旬九梳髮，不知昏與晨。早來踐繁霜，積霰紛成塵。白日光慘澹，氣色黯不伸。始知玄律窮，黍谷無回春。歲功忽云改，勞生猶艱辛。四鄰起寒杵，惻惻傷我神。天地固有盡，年華安足云。

偕李元祉水部游蜀山

一水劃爲山，兩湖東西匯。漕渠貫其中，盈盈若衣帶。西湖漸成陸，東湖淼無届。千頃碧琉璃，風雲互變態。中流一卷石，突起砥溯湃。金鏡浮芙蓉，銀盤捧螺黛。荒祠久零落，花旛皆破敗。雞栅倚龜趺，燕泥凝佛背。開尊面南浦，雲水澹相對。漁艇散復集，鳴榔出深瀨。蒲荇交亂流，帆檣遶天外。濤驚山影搖，波漾日光碎。恍如金焦間，疑在蓬壺内。憑虚倏往還，已隔人天界。浮雲何時閒，勝游與居會。回首空烟波，疏鐘隱林靄。

十六夜彭城對月

辭家席未煗，望舒倏已圓。初隱層峰外，俄挂高城巔。徘徊麗絳闕，瀲灎搖紫淵。遠望杳無極，忽覺在我前。流輝照綺席，素波相澄鮮。玉宇何淒清，孤鴻唳中天。寒江抱平楚，離離含輕烟。美人天一方，皓魄私自憐。但恐佳辰邁，弦望自推遷。胡爲勞我心，愁對江楓眠。

安平宋尚書禮祠

文皇既定鼎，上國勤灌輸。汶流久湮絶，負載勞牛車。戴村一以壩，分水開龍渠。畚鍤不再舉，天府盈倉儲。誰建平成烈，共城宋尚書。挽彼澶漫流，盈盈歸尾閭。至今會通河，俎豆紛庭除。白英獲侑食，流慶及餘胥。

劉尚書大夏祠

引黄濟汶水，譬彼借寇兵。龍性不恒馴，況乃與之爭。百年罕成績，間殫吾山平。忠宣纘禹緒，四載勞經營。上流既南絶，猛勢隨東傾。載下淇園竹，永奠宣房名。蛟鼉徒窟穴，柔櫓多歡聲。沉馬不可再，寄言厪守成。

望點蒼山

點蒼十九峰，一一芙蓉青。緜亘百餘里，疑張雲母屏。鳥道當太白，鐵壁排高冥。白雲遶其腹，玉帶橫萬釘。一峰一溪流，奔卸如建瓴。散入市廛間，家家鳴琮琤。遠近注畛隰，禾黍藉生成。陰崖四五月，積雪輝廣庭。陽光照不及，力與造化爭。北麓產文石，玉質聲瓏玲。濃澹合圖畫，蒼素何分明。追琢豈天巧，醞釀誠地靈。馮河不可極，乖龍猶潛腥。林巒非一狀，蘭若棼連甍。相對不數武，空翠盈牕櫺。奇境趣自合，絶域心所輕。悠然獨長嘯，忘此支離形。

送練中丞遺裔歸家有序

自金川門之變，練公子寧，以御史大夫抗節死闕下，闔門荼毒，獨有侍媵抱匝歲子，匿民間得免。展轉入閩，爲人傭保。六世孫綺者，爲新寧陳孝廉掌書記。萬曆戊戌，孝廉計偕入浙，有江右楊生應祥同舟。先一夕，生夢練公持刺謁已，心異之。比入孝廉船，見書記侍側，雅皙不群。指問：「何姓？」答曰：「練。」生心動，叩之曰：「得非吾里練中丞後乎？」綺不應，而涕淚滿面。生益疑駭，窮詰之，具得其狀。亟以百金爲贖，孝廉不受，遺綺，綺不肯行，曰：「以死殉國，人臣之恒。且九族赤矣，歸將何爲生？」益賢之。歸家具白當事者，以幣來聘，授以衣巾，俾奉公祠；官爲置田廬百畝。一時聞者，莫不歎息泣下，以爲天道有知云。

燕山日黑黄塵起，金川門外鼓聲死。長樂宮爲瓦礫場，殿庭流血成海水。御史大夫練子寧，手持三尺干雷霆。覆巢自分無完卵，一門百口歸冥冥。事去人亡二百載，蘆荻蕭蕭餘故壘。長陵松柏已十圍，孤臣遺骨今安在？釣龍臺下水可楫，新寧城東山巀嶪。灌園誰能識法章，傭肆猶堪藏李燮。一日天回地轉時，千金購出練家兒。若敖之鬼終不餒，行路聞之皆歔欷。我登鍾陵山，遥望石頭城。寧爲孝孺死，不作陳瑛生。爲君慷慨終一曲，悲風颯颯江波緑。

少年行

鎖甲帶明犀，輕裝出御隄。銀牀調舞馬，金距鬭鳴雞。酒向新豐醉，花從杜曲迷。春寒何處宿，楊柳玉樓西。

折楊柳

青樓大道傍，垂柳復垂楊。白馬黄金勒，春風何處郎。柔支縈素腕，香絮裛啼妝。看盡年年别，曲終空斷腸。

丙申書事

羽檄飛千里，天災及兩宫。君王聞罪已，社稷付和戎。海汛乘春急，山田望歲空。孤舟有嫠婦，灑淚五湖東。

谷里

谷里三家市，仍爲暴雨淹。逢人無漢語，入饌有戎鹽。溪釣青鱗小，村沽白釀甜。亂峰相對晚，空翠滿茅檐。

十月吴江舟中晚望

年年改歲長爲客，無奈愁心付酒缸。寒雁背風歸越渚，孤帆帶雨下吴江。黄知霜後柑三寸，白起沙邊鷺一雙。日落洞庭天似水，青山無數入雲牕。

送孫子長之滸墅

度支使者榷吴關，飽看姑蘇郭外山。稅減任教商舶過，吏稀長對戟門閒。灣中銷夏留僧住，橋上行春載鶴還。西望吴興衣帶水，舊時玉筍已成班。

安平署中述懷五十六韻

丘壑元吾好，風塵力未勝。謾言金馬隱，翻作土牛乘。賜履三河遠，封章六郡承。幸無官長罵，時有簿書仍。地重飛艘集，曹閒老吏能。抱河城似玦，臨水署爲冰。北極通幽薊，南流控魯滕。穆陵齊地壯，淮甸楚天澄。畚鍤冬還舉，秔稌歲屢騰。郵籤妨午夢，官舫促晨興。面目隨人改，文章避世稱。寧知貧是病，轉覺愛爲憎。旅食愁新況，離群憶舊朋。彈棋時映竹，開卷夜挑燈。方外忘年友，山中結夏僧。露華紅擘荔，冰水緑翻菱。逐電青絲騎，排雲白角鷹。胡姬春釀壓，趙女晚妝凝。寶帶鳴條脱，銀牀織毾㲪。夢回香炧篆，歌闋月藏稜。玉笛吹横塞，瑚弧走射堋。鄰多窺宋玉，酒或送王弘。仗劍經吳苑，觀濤過廣陵。名山皆蠟屐，絶壑獨擔簦。象闕通瑤極，燕山應玉繩。雲衢隨地望，天路得階升。蜩鷽飛將奮，駑駘價亦增。詞猶慚色絹，宴已預紅綾。捧日心常繫，從雲氣倍蒸。詎知鵷鷺侶，便隔鹿麋層。綬忝郎官貴，茵均刺史憑。分符行郡國，簉羽後農丞。未學操刀割，彌深捧玉兢。雲霄霜翮勁，象緯彩毫凌。但欲深懷瑾，何知遠避矰。風雲變蒼狗，天地亂青蠅。萋菲終安用，蹉跎亦自應。積薪甘似汲，投杼更疑曾。舉世羞駢指，何人問折肱。沙蟲吹未了，塞馬失何曾。白眼終難變，紅顔轉自矜。擬抛雞肋去，勉就鶴書徵。冀北千金駿，圖南六月鵬。寒流河漭瀁，秋色岱崚嶒。北郭竽長濫，東山屐再登。無勞沉璧馬，祇惜費金繒。楗恐薪垂盡，沙防岸善崩。桃花無怒浪，瓠子有荒塍。樓迴隨雲度，亭虚任月昇。榜師聲欸乃，稚子髮鬅鬙。蟻穴容周弁，龍門媿李膺。全身看奕局，守口固緘縢。宿鳥知驚彈，傷魚已遠罾。鴻心元矯矯，蟲羽故翾翾。趨舍寧無定，升沉固不恒。長歌聊自適，休弔剡溪藤。

春怨

長信多春草，愁中次第生。君王行不到，漸與玉階平。

秋怨

明月憐團扇，西風怯綺羅。低垂雲母帳，不忍見銀河。

早行山中

驅車入雲烟，連山齊雪色。怪禽作鬼啼，枯樹如人立。

宿吳山寄長安舊人

春時相送出燕都，秋到江南一字無。半夜寒燈數行淚，滿天風雨下西湖。

錢唐逢康元龍

黄梅細雨暗江關，我入西吴君欲還。馬上相逢須盡醉，明朝知隔幾重山。

聞鐘寄曾人倩

十年去國夢滄浪，夜夜鐘聲似上陽。謾憶長安驅馬伴，東華門外月如霜。

鼓山采茶曲

雨前初出半巖香，十萬人家未敢嘗。一自尚方停進貢，年年先納縣官堂。

重過分水關

一水中分兩不回，關頭原是望鄉臺。不知客淚能多少，二十年中五度來。

雨中度北峽關

溪流屈曲路巉巉，細雨斜風轉不堪。惟有馬頭雲霧裏，青山一片似江南。

廬江道中見風沙

四野黄塵欲暮天，行人駐馬淚潸然。自從歸去江南路，不見風沙已一年。

入齊界

楚山淮水苦風烟，纔到滕陽又一天。溝外短牆牆外柳，一條官路直如弦。

渡汶河

霜飛月落野雞啼，霧鎖長林水拍堤。夾岸人家寒未起，孤舟已過汶河西。

田真墓

汶河如帶日西斜，禾黍荒村四五家。惟有田真墳畔樹，春風猶發紫荆花。

淮上重送永奉

輕黄柳色緑烟含，欲折行人自不堪。兩岸梨花寒食雨，孤舟今夜泊淮南。

夢作

白鶴屏寒月影稀，水精簾卷篆烟微。生憎柳絮如蝴蝶，撩亂春愁處處飛。

春日遡汶河作

東風殘雪繫蘭橈，滿目山川對寂寥。記得門前春水滿，美人蕉壓赤闌橋。

舟滯安山

百丈方舟一綫泉，待風待閘兩留連。客程莫笑蹉跎甚，拙宦何如上水船。

葛陽道中雜詩二首

雨中新水漲平沙，芳草連天鳥道斜。隔水松門人不閉，斷橋流水紫藤花。
烏桕成林稻滿畦，新篘白酒配黄雞。老農醉卧無人唤，日落子規頭上啼。

醴陵

萍鄉西上萬山低，路入湘南近五溪。日暮東風吹雨急，連天芳草鷓鴣啼。

桃源道中

春風籬落酒旗閒，流水桃花映碧山。寄語漁郎莫深去，洞中未必勝人間。

平壩

愁雲三月風滿溪，一日一程西更西。鬼門關外無相識，頭白老鴉朝暮啼。

沈朝煥 二首

朝煥字伯含，仁和人。萬曆壬辰進士，除工部主事，調兵部，歷員外、郎中，謫靖州知州，升南京刑部郎中，出爲四川按察僉事，終福建參政。有《泊如齋集》。

陶周望云：伯含詩，情務已出，格由古造。材富故詞博而工，神完故氣和而暢。

王伯穀云：伯含詩，才不爲法所縛，思不爲調所泥。

龍君御云：伯含使君守靖，詩多温厚爾雅，不露牢騷、悱惻、不平之氣。

曹能始云：伯含詩體罔不該，而才足以達意，不斤斤師古法，而不與古背馳。

立秋夜不寐

雨深催病葉，不獨井梧飛。候到蟲先覺，燈寒燼漸微。感時難穩卧，未老漸知非。枕上驚秋信，明朝換客衣。

禁馬

可笑東司馬，官無一馬騎。自遵臺長約，却任吏人嗤。捷足已無路，卑棲何處枝。不如歸抱犢，隨意隴頭宜。

鄧原岳一首

原岳字汝高，閩縣人。萬曆壬辰進士，除户部主事，歷員外、郎中，出爲雲南提學僉事，終湖廣按察副使。有《西樓存稿》。

儀真道中見桃花盛開感而賦之

偪側何偪側，行盡江南又江北。二月桃花爛熳開，燦若朝霞弄春色。今年苦雨花較遲，江北不如江南時。但願春風隨轉轂，到處花開迎馬足。

王樂善三首

樂善字存初，霸州人。萬曆壬辰進士，除行人，改吏部主事。有《鷃適軒詩稿》《扣角集》。

五渠晚渡

野潦浮平楚，扁舟續馬蹄。揚舲風漸緊，落日望全迷。林暝漁燈出，天空雁陣低。叩舷歸意嬾，情興屬幽棲。

春宫曲

輦路春深細草連，妝成空坐百花前。昭陽昨夜誰承寵，聞道金錢賜董賢。

秋宫曲

一從金殿鎖娉婷，春鳥秋蛩祇自聽。惆悵無心還乞巧，潛來花下拜雙星。

袁宏道二十四首

宏道字無學，宗道之弟。萬曆壬辰進士，除吴縣知縣，改京府學官，國子博士，遷禮部郎，調吏部，移病，卒于家。有《錦帆》《解脱》《瀟碧堂》《缾花齋》《華嵩游草》《破研齋》《廣陵》《桃源》《敝篋》等集。

弟小修云：《錦帆》《解脱》，意在破人執縛，間有率意游戲之語。或快爽之極，浮而不沉；情景太真，近而不遠。要出自性靈，足以蕩滌塵坌。學者不察，效顰學語，其究爲俚俗，爲纖巧，爲莽蕩。烏焉三寫，弊有必至，非中郎之本旨也。

錢受之云：萬曆中，王、李之學盛行，黄茅白葦，彌望皆是。中郎昌言排擊，大放厥辭，論出而雲霧一掃，其功偉矣。特機鋒側出，矯枉過正，於是狂瞽交扇，鄙俚公行。竟陵代起，以淒清幽獨矯之。而海内之風氣復大變。詩道憯息，豈細故哉。

陳卧子云：石公才情，本自流麗。

李舒章云：中郎淺俗。

繆天自云：公安之罪薄于竟陵，然啓竟陵者，公安也。

沈山子云：牧齋尚書論詩派之壞，動以何、李、王、李并舉。以愚觀之，王、李可非，何、李似難輕議。

袁中郎詩云：「草昧推何、李，《爾雅》良足師。」則中郎亦不專非何、李矣。《詩話》傳有言：琴瑟既敝，必取而更張之。詩文亦然，不容不變也。隆、萬間，王、李之遺派充塞，公安昆弟起而非之，以爲「唐自有古詩，不必選體。中晚皆有詩，不必初盛。歐、蘇、陳、黄各有詩，不必唐人。唐時色澤鮮妍，如旦晚脱筆硯者。今詩纔脱筆硯，已是陳言。豈非流自性靈與出自剽擬，所從來異乎！」一時聞者涣然神悟，若良藥之解散，而沉痾之去體也。乃不善學者，取其集中俳諧調笑之語，如《西湖》云：「一日湖上行，一日湖上坐。一日湖上住，一日湖上卧。」《偶見白髮》云：「無端見白髮，欲哭翻成笑。自喜笑中意，一笑又一跳。」《嚴陵釣臺》云：「人言漢梅福，君之妻父也。」此本滑稽之談，類入於狂言，不自以爲詩者。乃錫山華聞修選明詩，從而擊賞歎絶。是何異棄蘇合之香，取蛣蜣之轉邪？予於中郎，盡汰其鄙俚之作，存其稍用意者，對之可以刮目矣。

横塘渡

横塘渡，郎西來，妾東去，感郎千金顧。妾家住紅橋，朱門十字路。認取辛夷花，莫過楊柳樹。

折楊柳

豔陽二三月，楊柳枝參差。每逢雙燕子，憶得別君時。憶得別君時，遺君珊瑚枕。君行佳麗地，何人薦君寢。

妾薄命

落花去故條，尚有根可依。婦人失夫心，含情欲告誰。燈光不到明，寵極心還變。只此雙蛾眉，供得幾回盼。看多自成故，未必真衰老。辟彼後開花，不若初生草。

哀殤

弱腕繫金鈴，青絲綰偏髻。胸前兩繡囊，猶作長命字。欠爾三斗乳，償汝一升淚。穉魂半尺餘，荒荒投旅次。我嘗靜坐思，生死同一例。子既先我行，即是鬼先輩。如彼排場人，尊卑乃相遞。一去與一來，孰知非天戲。

潞河舟中和小修别詩次韻

小艇烟江雨，長堤柿葉霜。一洲魚子市，千樹木奴鄉。客去尋空谷，書來話酉陽。繁華銷枕上，家近呂仙堂。

集平山堂用平山字爲韻偕游者方子兩謝生也

大業空遺事，披圖咫尺間。斜橋興廢水，淡墨有無山。野老耕香澤，妖狐學黛鬟。荒亭猶故井，馬上挈泉還。

揚州曉泊

薄霧隨風盡，寒霜對酒銷。芋魁騰曉市，蟹子落歸潮。往事瓊花觀，新溝揚子橋。雖然富羅綺，未必似前朝。

送洪子崖之歸化縣

小邑無官長，登臨費履綦。方言從事譯，山景隸人知。廨舍巢鸚鵡，鄉田貢荔枝。嵐光侵簿牘，長日但圍棋。

夏日泛舟

泛泛鵁鶄近，深深雀鸛聞。空潭不受暑，野竹半捎雲。公子收行蓋，佳人曬舞裙。垂楊亂荇藻，日色冷紛紛。

登高有懷

秋菊開誰對，寒郊望更新。乾坤東逝水，車馬北來塵。屈指悲時事，停杯憶遠人。汀花與岸草，何處不傷神。

江上

白霧迷荒楚，青流帶遠空。沙平晴獻雪，樹老夜屯風。曠野眠饑兕，孤洲落晚鴻。布帆如屋裹，何處有城中。

學齋留梅子馬

踏盡高槐影，青蟲落酒巾。袖懷三月草，衣涴一年塵。夢裏聽朝事，杯中覓聖人。貧廚非大祭，未有肉留賓。

別小修

瓜洲雲色蔽天昏，腸斷金山寺裏猨。狎客也須同海鳥，過江切莫食河豚。幕中有主當持牘，雪裏無錢且典褌。畫戟如林高丈五，不知何處是朱門。

託龍君超覓仙源隱居詩以寄之

雲石村中且卜廬，憑君爲買一峰餘。全栽芝菊爲疆界，盡寫雲嵐入券書。門對仙童澆藥地，巷通毛女浣花渠。閒中準擬天台去，好伴劉晨間屋居。

送鄒金吾游白下時寓武昌

將軍此日驟征輪，楓葉蕭蕭漢水濱。我已銷魂千里外，那堪重別故鄉人。西風馬度離亭柳，落日衣吹客舍塵。莫向勞勞亭上望，秋江容易得沾巾。

辛卯元日

滿城佳氣鬱玄霄，海日如規上海潮。率土再興弘治朔，百年三倍穆宗朝。柳含初緑風前舞，梅帶殘香雪裏飄。笑我疏愚非董子，太平猶頌不鳴條。

感事

湘山晴色遠微微，盡日江頭獨醉歸。不見兩關傳露布，尚聞三殿未垂衣。邊愁自古無中下，朝論于今有是非。日暮平沙秋草亂，一雙白鳥避人飛。

歸來

歸來兄弟對門居，石浦河邊小結廬。可比維摩方丈地，不妨揚子一牀書。蔬園有處皆添甲，花雨無多亦溜渠。野服科頭常聚首，阮家禮法向來疏。

擬宫詞

玉殿蓮籌夜未央，内人傳旨出昭陽。朝來剛赴西宫約，莫遣經筵進講章。

江上

桃花春水滿江頭，獨擁佳人翡翠樓。誰抱琵琶江口上，聲聲彈出小梁州。

經下邳

諸儒坑盡一身餘，始覺秦家綱目疏。枉把六經灰火底，橋邊猶有未燒書。

罷隱南齋中小集憶舊

珠樓曲曲貯仙娃，一帶風牕十里紗。記得中和門外路，女牆東去是伊家。

桃花流水引

華陽巾子碧絲環，紫府簾前舊押班。阿母筵頭爭一擲，醉中輸却小蓬山。

宿朱仙鎮

祠前簫鼓賽如雲，立石爭劖弔古文。一等英雄含恨死，幾時論定曲將軍。

江盈科 一首

盈科字進之，常德桃源人。萬曆壬辰進士，除長洲知縣，擢吏部主事，歷官四川提學僉事。有《雪濤閣集》。

袁中郎云：進之詩才，俊逸爽朗，務爲新切，但有矯枉之過。

《詩話》：進之與袁中郎同官吳下，其詩頗近公安派，持論亦以七子爲非。特變而不成方者。中郎謂其「矯枉之過」，所謂笑他人之未工，忘己事之已拙，文人通病，大抵然矣。

讀張魏公傳有感曲壯愍事

子聖焉能蓋父凶，曲端冤與岳飛同。何人爲立將軍廟，也把烏金鑄魏公。

《詩話》：徐秀才善敬可，一日語予曰：「周公謹，小人哉？張魏公，朱子所父事，何可毁也？」予曰：「公瑾三代，直道之遺也。宋之南渡，將帥有人，可以戰，可以守。自寄閫外之權于浚，喪師動數十萬，元氣重傷。譬諸孱夫，不能復起矣。浚於李綱、趙鼎輩則劾之，於汪伯彦、秦檜等則薦之，尚得云好惡之公乎？至曲端之誅，與檜之殺岳飛何以異？而讀史者務曲筆，以文致端有可死之罪，不過因浚有子講學，浚死，徽國公爲之作狀，天下後世遂信而不疑爾。中郎《朱仙鎮》詩，已極悲惋；不若進之一詩，露膽張目，洵詩家之南董也已。

唐之屏 一首

之屏字君公，松江華亭人。萬曆壬辰進士，除常山知縣。

《詩話》：君公之官常山，鄉黨贈以僕馬，力却之，曰：「常山斗大縣官，便自裝飾。苟至三槐九棘，更難踵事增華。」既而中讒，罷歸，養親不復出。

登金山

一柱東南表地靈，芙蓉萬古插清泠。江淮潮色無邊白，楚蜀山光不斷青。鯨噏風雷波自撼，龍過樓殿雨猶腥。枕流無限滄洲意，極目何妨我獨醒。

韓上桂一首

上桂字孟郁，南海人。萬曆甲午舉人，天啓初以學官上公車，遷南京國子監博士。

錢受之云：孟郁才氣，可方吳中桑民懌，詩賦多急就，長於古詩歌行，於今體殊不經意。

歸里

栗里歸來尚未荒，蒹葭深處水周堂。一雙白鴨對人語，七尺青欆共我長。穉子能尋蝴蝶繭，村姑不少鷓鴣香。此中嘯傲翛然足，休對仙家問海桑。

陳薦夫二首

薦夫名邦藻，以字行，更字幼孺，閩縣人。萬曆甲午舉于鄉。有《水明樓集》。

海口城晚望

蒹葭藹藹樹蒼蒼，平楚閒看益渺茫。驛路遶山多落木，孤城臨水易斜陽。潮回近浦寒生雨，雁度遥天夜帶霜。暫息征鞍瀛海上，烟波千里斷人腸。

竹枝詞

荷葉田田柳色垂，三船五船多女兒。與郎暗約花間去，不唱竹枝知是誰？